有一种力量，叫文学；

有一种美好，叫回忆；

有一种感动，叫青春；

有一种生命，在鲁院！

鲁迅文学院·百草园文集

像树一样飞翔

李晓平 ◎ 著

知识出版社

一个人，你可以独处蜗居之室，
像树一样生长，
但你决不能忘却全人类的精神责任，
是的，
你必须学会像树那样飞翔！

图书在版编目（CIP）数据

像树一样飞翔/李晓平著. --北京：知识出版社，
2017. 1
（鲁迅文学院百草园文集）
ISBN 978-7-5015-9379-8

Ⅰ．①像…Ⅱ．①李…Ⅲ．①散文集–中国–当代
Ⅳ．①I267

中国版本图书馆 CIP 数据核字（2017）第 013605 号

像树一样飞翔

出 版 人	姜钦云
责任编辑	易晓燕
装帧设计	游梽渲
出版发行	知识出版社
地　　址	北京市西城区阜成门北大街 17 号
邮　　编	100037
电　　话	010-88390659
印　　刷	北京一鑫印务有限责任公司
开　　本	787mm×1092mm　1/16
印　　张	15
字　　数	280 千字
版　　次	2017 年 2 月第 1 版
印　　次	2020 年 2 月第 2 次印刷
书　　号	ISBN 978-7-5015-9379-8

定　　价　39.00 元

C目录
ontents

心灵场

正如电有电场，磁有磁场，生物有生物场，其实，人的心灵也有一个场，那就是心灵场。

那天电视里播放了一则关于红外体温检测仪的新闻，通过检测仪，人们可以清晰地看到人体周围布满了线状或雾状的气体，据说北京奥运会在安保方面也动用了这种检测仪器。看完那则新闻，我先是呆若木鸡，既而便手舞足蹈了起来。如果照这个速度发展下去，人类是不是很快就会发明出测试人体生物场的仪器？那么测试心灵场的仪器呢？

突然明白了人与人之间为什么会有所谓"同性相斥，异性相吸"，其实都是一种心灵场啊！

每个人都有一种心灵场，只不过目前还没有相关的仪器能够让人直观地看到这种场，但看不到并不表示它就不存在，就像孤陋寡闻的我直到今天才知道有红外体温检测仪一样。

不同的人因为其内涵的不同，心灵场所呈现的能量也就各不相同。心灵场的能量不同，与人相处时的结果当然也就大相径庭。正如俗语所说："心大，量大，包容天下；心小，量小，一句话气倒。"我想：伟大的人释放的心灵场一定是最有吸引力的场，就像天空，就像大海，不仅可以包容他人，当然更能包容自己，所以可以与各种各样的心灵场相谐相融，这种场如果用有韵律的仪器来显示，那么仪器里所播放的音韵一定就是天籁之音，不但优美动听，而且余音袅袅，绕梁三日，让人久久不能忘怀；恬静的人释放的心灵场一定是透明的，微微透出几缕淡紫色的意象，弥漫些许茉莉花的芳香，这种场就像一朵花儿在默默地凝视着你，一定会让你感受到最美、最祥和的气息，让你也会不由自主地微笑，对自己拥有的任何东西都要倍加珍惜；快乐的人所释放的心灵场一定是粉红色的，就像一块若有若无的轻纱，稍有风动，就要随风飘舞。忧郁的人释放的心灵场一定是黑灰色的，就像一种细菌，一种传染源，或者一块含着水气的乌云，不但侵蚀着自我的机体，也会给人带来郁闷的气息，稍稍沾上，就不由得会心灵沉重，黯然神伤，这时只企盼雷声大作，让水汽凝成大雨倾盆而落；仇恨的人释放的心灵场一定是具有杀伤力的，就像炸弹场，令人望而生畏。并且可悲的是，这种杀气首先伤害的是那个人自己，其次伤害的才是别人。于是我明白了：为什么一些心灵明亮的人，即使是破衣敝体，哪怕是面相丑陋，也令人敬畏，因为那种大彻大悟的智慧会使他的心灵场释放出世界上最美的光泽；于是我明白了：为什么一些邪恶的人即使头戴王冠，身着龙袍，也让人觉得猥琐低贱，因为他的心灵场一定是封闭的、排他性的，别说走近，即使观之望之都会让人不寒而栗。所以，一个心里对学生充满爱的老师，即使教育方式不当，也会受到学生的欢迎；反之，一个道貌岸然的伪君子，哪怕假惺惺地做了一些好事、善事，也会让人觉得虚伪，因为一种色彩阴郁的场正在紧紧地包围着他……

对于心灵场，也许小孩子或小动物的感觉会更为敏锐一些吧，比如一些天资聪慧的孩子，一看见祥和的人就会微笑，一看见不怀好意的人就要大哭不止；再比如一些小飞鸟，当人要喂养它亲近它的时候，它甚至会飞到人的肩膀上或者手心里，可当人要加害于它的时候，它就会忙不迭地飞走，并发出几声绝望的哀鸣。在一些作品里，为了吊起读者的胃口，有人甚至会把这些情节描写得神乎其神，殊不知这都是人的心灵场在起作用呢！

罗曼·罗兰说："要散布阳光到别人心里，先得自己心里有阳光。"——太符合辩证法了！一个人的心灵，只有先拥有了阳光之场，你才会把真正的阳光带给别人。与之相比，"话不投机半句多"

这句俗语就更为精辟入里了，两个互相排斥的心灵场聚在一起，就像两块同极磁铁，那种拒绝是源自骨子里的，这时别说仅仅是半句话了，即使是沉默的眼神，也是带有攻击性的。所以一些识相的人不但能够懂得接近，更会适时地选择远离，因为人的心灵场决定了人都有属于自己的生存圈，就像老百姓所说的"羊肉贴不到狗身上"，所以，一些恰到好处的舍弃，也是一种睿智的体现。

当然，心灵场不是与生俱来的，它也是可以提升的，就像智者的修真悟道，武者的潜心炼身，商者的经商先调心，作者的为文先为人，修得好了，心灵场自然会清气上浮、浊气下沉。

真希望科学发展的步伐再快一些，让人能快一些看到自己的心灵场，如果那样，对于公众的社会道德评价也将会有科学的依据了。

走过荒园

这片园子，什么时候已经变成荒园了？

我慢慢地从园前经过，无意间向园里扫了一眼，心里便突然有一种被抽紧了的感觉。只见里面一片荒枝败草，显得非常凄凉。原来绿色的围栏早已锈迹斑斑，此时已被一片乱树杂草掩埋，乱树丛后面的那一排曾经豪华气派的砖瓦房，如今也是一派萧条破败的景象，鸟儿在灰瓦下筑巢，树儿在房檐上扎根，尽管那网状的锈迹斑斑的铁栅栏依然顽强地行使着保护窗户的权力，可里面窗的玻璃还是被顽童们一块块打碎，千奇百怪的黑窟窿透过栅栏孔望出来，常常会让人联想到盲人的眼睛，让人本无所谓恐惧又不能不恐惧。那一段花墙上的绿琉璃瓦虽然还新鲜地反射着几丝阳光，但那圆圆的拱门却被一堆垃圾堵着，把那曾经最美的后花园全都堵到了记忆深处，让人只能凭空想象。那天从园子边走过，我甚至听到里面传来一阵类似乌鸦的哀鸣声，当时正值黄昏，树影重重，阴风瑟瑟，一种恐慌突然直袭骨髓，让人不由加快脚步，逃似的快速离开。

论关系，我与这片园子还有一段缘分的。我刚从农村转到街里上班时，工作过的第一个的地方就是这片荒园。当然那时这里还根本不是荒园，不但不是荒园，还是一个很神奇、很美丽的地方，如果把荒园比作一个人，那么那时的这片园子应该正是血气方刚的时候，四季交替生长的繁茂的花草点缀着三趟高脊的砖瓦房，高贵中有典雅，气派里有清幽。这里的每一个角落都显得生机勃勃的，园墙是一道绿色的铁栅栏，栅栏上爬满了各种颜色的藤萝，姹紫嫣红，分外妖娆，从视觉上更增加了园中幽深静穆的意韵。中间的花门对开，两边对称悬挂着两块白底黑字的门牌，忘了牌子上都具体写着什么了，但其中的一个牌子上肯定是写着"教师进修学校"字样的。那时城乡差别还很大，所以用农村人的眼睛仰视这里，这里当然给我一种神圣的、肃穆的、可望而不可即的感觉。记得第一次走进园中，我就像《红楼梦》里初进大观园的板儿，既兴奋又胆怯，只恨前边没有一个刘姥姥能够遮挡且解围。当然，我的前边也的确走着一个引路人。他是我的第一任领导，那位领导的个子很小，身体很单薄，所以头就显得很大。他当时有五十多岁，据说是个怀才不遇的隐士。他给人的第一印象的确与众不同，对什么都是一副无所谓的样子。他就那样一路无所谓地在前边走着，边走边摇晃着他那硕大的头，我则一路小心翼翼地跟在后面。我看到他的一条裤管卷到鞋里了，这使他本就细瘦的腿更显得细瘦了，可是我一直没敢提醒他。

我工作的单位是教育学会，单位是借用进修学校的一间办公室工作的，所以既和这所学校有关系，又和这所学校没有关系。内行的人都知道，一个单位被称为什么学会，就意味着这个单位的人们所从事的都是一些学术性的工作，而世上大多数学问都是要被束之高阁的，人人都试图尊重，但人人都用不到，敬畏或望尘莫及的结果往往就是被遗忘。从我走进园中的那一天开始，就注定要被人遗忘了，进修学校的工作正如园中的花草，一天天、一季季总是显得五彩缤纷、热热闹闹的，最让我们羡慕的是这里逢年过节时的热闹：今天分肉，明天分苹果，秋天分大葱，冬天分土豆。用大车浩浩荡荡地拉来了，然后又闹哄哄地被分解成一个个鼓囊囊的小兜小袋子被拎走，无论是分的人还是得的人，都显得喜气洋洋的。人就是这么容易满足的动物，只要是白得的，哪怕是一棵葱、一个土豆，得到了的人心里也会愉快，而得不到的人当然会眼红了，我就是仅有的几位眼红者之一。

得不到，当然就会有怨气，我当然是敢怨不敢言，而同屋的大姐是一位敢说敢做的人，她有事没事就常把这种怨气发泄到那个"硕头"领导的身上，那位领导又偏偏是"不以物喜，不以己悲"的隐士，于是，几个人每天的话题便始终围绕物质和意识谁应是第一位在不断地纠缠。

年轻终归还是耐不住寂寞，两年以后，我得了一个时机便飞出了那个园子，再后来，老师进修学校也搬到一幢新楼里去了，这里便被人承包，开了一个大饭店。园子变成饭店后，曾几度易手，但每任主人都曾用心装修过这里，今天这处添一个亭子，明天那里多一段花墙，每次走进园子，总会有令人惊喜的发现。我曾在园子最鼎盛时期来饭店吃过几次饭，啊，那时这里实在是太美了，有一种苏州园林的韵味，且不说园中的花草被修剪到如何完美的程度，仅是门上的牌匾、角落里的字画就让人耳目一新、流连忘返。连室内的音响也是独一无二的，所以常常吸引了本地最擅长歌舞的人前来助兴。站在花丛中倾听那软绵绵的情歌，常常以为自己真的走进了林黛玉的故乡，连心底里的那缕爱惜都变得软软的了，只恨自己不会说几句吴侬软语，以配得上当时的气氛。饭店的服务人员也一律亭亭玉立，秀色可餐。我的邻居小华也应该算是美人胚子了，可竟然也没能入选到前台，只在厨房找到了一份切菜的活计，即使这样她也天天乐呵呵地早出晚归，显得分外地知足。当时开饭店的是一位身姿绰约、仪态万方的女老板，那时，她的外貌和她的园子一样雅典美丽，她的名气也和她的饭店一样家喻户晓。我在一次吃饭时曾到后厨去看望过我的邻居小华，正赶上女老板也走进后厨，记得她身穿一件淡青色的风衣，头发高高地盘起，面如满月，峨眉秀目，令人一望顿生敬畏之感。她的驾临，就像天上的公主突然飞至人间，一时间，后厨内所有锅碗瓢盆的碰撞声都没了，"小华们"更是马上噤声垂手，现出一脸的恭敬来。

然而世事难料，人生无常，大约也就两年后，这个卑微的小华竟然突然强大，变成了女老板真正意义上的贵人。因为女老板被查出患了脑瘤，不久丈夫又和她离婚，饭店也因不景气而另易他主。可见人在世上，真的没有什么绝对的高贵与卑贱，当然也就没有绝对的富裕与贫穷。小华告诉我，女老板在患病后的最后一段岁月里，一直瘫痪在床无法自理，那段艰难的日子都是小华在她身边服侍她、陪伴她、照顾她的，一直到她寂寞地死去。

也许是因为患了相思病吧，这座花园从此便像被人抽去了筋骨一般一蹶不振了，饭店也终于在某一天悄然地关了门。后来，东面的几幢高楼突然拔地而起，一下子抢夺了这里所有的阳刚之气，从此这里便变得阴郁灰暗、静寂无声。再后来，园门就不知被谁用乱砖泥巴堵死了，所以这里便真正成了一座荒园了。

荒园真正地老了，就像秋天去了，冬天就要来一样，该老的就必须要老去，这是人力无法回天的事实。现在，据说有不少开发商都把目光投向了这座荒园，当然，他们看中的绝不是荒园的房子，而是这片土地，照这么说来，荒园的寿路也真的快要走到头了。

都说园子荒到极致，就有故人来访，那天从荒园外走过，我突然有一种错觉，我恍惚看到了那个漂亮的女老板正在园中款款地寻觅，我的胆子突然变大了，立即停住脚步朝那个女人望去，可遗憾的是，我只看到一片落叶被风轻轻地卷起……于是，我偷偷地落泪了。

不再怕老

花儿凋零，美人垂暮，可以算是悲哀且无奈的事情，我虽然不是美人，可随着人到中年，也常会产生悲凉之情，就像头发里那总也拔不尽的白发，染又不是，不染又不是，那种烦恼真的难以用语言形容。

那天去看八十岁的老娘，只见她目光恬静，面带安详，独坐在厚厚的床垫上，正如公主一般享受着同样是八十岁的老爹周到的服侍。在温暖的阳光下，我突然觉得老娘很美，并且是非常地美。于是，心里洋溢着因这种发现而突生的喜悦，我坐在了老娘的身边，想仔细看看那种美丽到底源于何处。是那刚刚被爹剪过的、黑白相间、参差不齐、有些滑稽的头发吗？是那被松松的眼睑围着的、有一层岁月的黏膜、显得混浊无神的双眼吗？还是那因多年的操劳而扭曲变形的、青筋暴露、瘦小枯干的手？……我突然明白了，老娘的美丽主要来自于她几十年人生岁月的积淀，来自于她生命的内涵，这种积淀从眼神里展示出来，她的眼神才如此恬淡，如此祥和；这种内涵从面容里闪现出来，她的面容才如此柔美，如此圣洁。不是所有的人都能拥有这种孩子般的眼神、这种圣母般的光泽。老娘的这种富有，是她六十年如一日艰辛付出的结果。是的，在老爹以及我们这些儿女的眼里，我的老娘就是我们家头等的功臣，我们只恨自己无能，否则我们会让她享受皇帝般的待遇。世上没有无缘无故的爱，也没有无缘无故的恨，人生的因果报应深奥就深奥在这里，简单也就简单在这里。

那天看电视，忘了是哪个台哪个节目，只记得那是一位年岁很大的女教授在讲《诗经》。听完她的课很久了，我的耳边依然萦绕着她那属于老年人特有的颤动、纤细、清丽的声音，久久挥之不去："将仲子兮，无逾我里，无折我树杞。岂敢爱之？畏我父母。仲可怀也，父母之言亦可畏也……"我被感动了，可一时又说不出到底为什么要感动。上班的路上，我的耳边一直萦绕着她的声音，坐在桌前，耳边依然萦绕着她的声音。究竟是什么，让她的声音这样充满魔力？就这样苦苦地思索了一个上午，我突然弄懂了：是内涵，还是内涵！——是的，有内涵就有美丽！无论她多大年纪，皱纹有多密多深，无论她嗓音怎样，哪怕她的声音嘶哑，但只要她满腹经纶，就一定会让人觉得敬重。从她讲课的字里行间，我得知这些年她一直生活在国外，做大学讲师。她讲课非常稳重从容，没有一定的知识储备，没有一定的道德修养，绝不会产生那种效果——腹有诗书气自华，是的，美丽来自于内涵，内涵才是人生的真正品味。

我突然可怜起那些几乎在挣扎地渴望永远留住青春的女人了。她们把大好的时光都浪费在美容店里，把本来很健康的面容都交给外科大夫们，把珍贵的毛发和皮肤都交给了化学药品，她们的可怜之处就在于她们是通过伤害自己、欺骗自己，以求得别人的带有挑剔性或讥讽性的赞美的。这正如严寒之时偏要违背天时穿一条夏天的短裙一样，既不会让别人感到美丽，也不会给自己带来感官上的享受。在电视上，我经常可以看见那位在我小时候就已经很走红的女演员，可让人难过的是，几十年过去了，她还要强迫自己如同我小时候看到的那样年轻，皮肤绷得紧紧的，眼睫毛粘得长长的，头发染得黑黑的，胸部隆得高高的，可即使这样，还是掩饰不了那种衰老，让人看了觉得分外难过，以至于此时此刻我都不忍心再说出什么尖刻的语言。和她一起出场的另一位明星我却看着舒畅，她的头发白了，反倒更显出她眼睛里那孩子般的神情，那种没有一丝叵测的透明的神情。是的，物极必反，老到一定的程度，人真的可以老成一个孩子的。

季节更替，春华秋实，的确是一种自然天理，人千万不要违背生命的规律，所以哲学家才说"适者生存"。春天有春天的娇嫩，夏天有夏天的热烈，秋天有秋天的厚重，冬天有冬天的深刻，就这样从容地享受岁月赋予我们的一切吧，快乐地享受每一天。在闲暇之时，如果非要修理自己，我们就真正潜下心来修一修我们的内涵吧，只要心灵充溢，我想，一年四季都会有美丽的风景。

日子的脸

常常觉得日子就像一个人，有一张很大的脸。

居家过日子，特别害怕日子变脸，但也特别害怕日子不变脸。

害怕日子变脸，当然是害怕日子的脸会变得恐怖，如果那样，日子还真不如不变脸了；但日子要是真的不变脸，那日子就太难熬了。一天一天，翻来覆去，周而复始，日子就像一个古旧的车轮，吱吱嘎嘎、不紧不慢地沿着同一个轨道无情地转着、转着，带着一种麻木的表情，板着一副相同的嘴脸……或者更像是毛驴拉磨，整天围着一个磨盘拉呀拉呀，连毛驴都会觉得乏味，于是，为了不让毛驴发疯，人们总是给毛驴蒙上眼，让毛驴在蒙眼中去想象。可人呢？人要是遇到这种事情会怎样做呢？当然，人是永远不肯给自己蒙眼的，可聪明的人会给自己制造一个无形的眼罩，那就是学会自我欺骗，有人也叫它"精神胜利法"或"自己找乐"，明明自己在拉磨，却偏偏看不见自己的磨，一双茫茫然的大眼虽然睁着，看到的却总是快乐的、新奇的事情。然而偏偏有那么一些蠢人总是学不会自己找乐，偏偏什么事情都看得清晰，却又无力自拔，便只能感叹"聪明难糊涂更难"，其结果只能是更烦躁、更忧伤、更苦闷……唉，有的时候，人实在是很可怜呢，可怜得不如一头毛驴。

——我便是这样一个忧伤的蠢人。

因为渴望日子变脸，追求日子变脸，所以我日子的脸一直都在变着，当然每次变化，我都会付出太多的代价，并且常常因为碰壁而弄得满心伤痕，也常常因为劳累而变得心力交瘁。可悲的是，日子的脸变呀变呀竟然又变回来了，变成了原来的老样子，这时面对日子的脸，那心情就别提多糟糕了，就像一个迷路的人，走了很长时间的路，却突然发现自己还在原地打转转，那种忧伤就别提了。

日子的脸很多彩的时候，我内心深处其实是很瞧不起日子那平庸的脸的，觉得那只是一种生命的浪费、无意义的消耗，与天上的飞禽地上的走兽差不了多少。可多彩的日子毕竟很少遇到，更多的时候，我日子的脸是阴晦的，在阴晦的日子里挣扎时，便又常常羡慕那些有着平庸之相的日子了。那些安于平庸的人可真有耐心，总能不急不躁地打发着自己的日子。刷着同样的锅碗，用着同样的油盐，住着同样的房屋，走着同样的路线，一天天，一年年，从来没听过他们抱怨，也从来没见过他们厌倦。我的母亲就是这样的人，养大了九个子女后，还是坚持和父亲单过，两间矮矮的房屋，一小块四四方方的菜园，她整天屋里屋外地忙啊忙，忙得津津有味，忙得有板有眼。每天她都早早地起来，掏炉灰，做早饭，收拾屋子，侍弄园田，晚上又总是早早地睡下，好养足力气第二天接着干活。每次见她，她都在笑着，是那种发自内心的笑，知足常乐的笑。没事时，她还总会说起过去挨饿的日子，受婆婆气的日子，在她看来，只要天天有自由，有饭吃，有衣穿，就是神仙的日子。面对我的忧伤，妈妈总会露出同情或哀怜的目光，仿佛我永远是个柔弱的孩子，她永远是个强壮的母亲。唉，有时翻看十卷书，不如听老妈说一句话，只一句她就说到了你的心坎里，让你如释重负，然后轻轻松松地回家，接着面对日子那古板的脸。

日子的脸太平静了，心就会起刺儿，就像野兽突然掉进一个四壁光滑的井底，总是希望能抓住些什么，可又什么都抓不住。等日子真的变脸了，又总是显得惊慌失措，哪怕是一张笑脸，也依然要担忧，生怕日子的笑脸不会长久。最刻骨铭心的变脸，是一次生病，没想到那次治病会越治越重，最后差点要了我的命。病渐重的时候，日子的脸是死神的脸，十分地可怖，常常吓得人不敢闭眼，一闭眼就看见自己在黑黑的无底的洞穴里行走，没有同伴，也没有声音，那种孤独的感觉胜过了死亡。等真的要死了的时候，就看不见日子的脸了，是啊，连日子都没有了，哪里还有什么脸啊？当然也就没有了忧伤，没有了孤独。最快乐的感觉是在自己毫无感觉之时突然就有了感觉，一睁眼，发现阳光明媚，春风和煦，亲人们都围着你，有的人甚至为你流出了珍贵的泪水……这时，日子的脸便是一张笑脸，尽管日子还是原来的日子，但她的确是在笑着，而且还笑得很美、很尽情、很灿烂。

想得最多最苦的一个问题是：日子到底应该有一张怎样的脸？然而这个苦恼的问题偏偏就没有一个固定的答案。寂寞的时候渴望多彩的脸，劳累的时候渴望安逸的脸，无助的时候渴望多情的脸，愁苦的时候渴望明媚的脸，遭遇挫折的时候渴望平淡的脸，可一旦日子真的平淡了，倒又渴望起那变幻多姿的脸了……

这也真难为了日子。

于是，为了寻找日子的笑脸，人们便在日子中浮沉、挣扎，有的人甚至不惜要用一些卑鄙的手段，好让日子尽快地变成笑脸。最悲哀的莫过于当一个人的日子即将失去时，他才突然发现自己的日子曾经笑过；最可贵的是明明自己的日子没有笑，可有的人偏偏把它看成是笑，所以无论受到多大的苦难，他都会带着一种感恩的心态去生活。

但无论日子有着怎样的脸，日子都得过下去。其实，日子永远都不会变脸的，会变的只有人们自己的心。

倾听自己

　　很多的时候，我喜欢倾听自己。

　　看书看累了，我喜欢把书放在胸前，微微闭目，这时，我便开始倾听自己了。白天，会有阳光伴着我，会有花香伴着我，晚上，月光也常来和我一起分享倾听的快乐。是啊，倾听，那可真是一种只能意会、不能言传的快乐啊！洁净温馨的小屋里静静的，静静的，此时我全部的注意力、全部的身心，都投入到对自己的倾听中了。倾听血流的声音，倾听心跳的声音，倾听呼吸的声音，倾听胃肠蠕动的声音……哇，如果你不去体会，你绝对不会相信，我们小小的身体里面竟然是热闹非凡的啊！有时，它是由一把静静的古筝，在不远的水边山下被人倾情弹奏的小夜曲，有时，它是由一位月光下的美女用心灵轻轻拨响的一支叫不出名来的钢琴曲，曲调太美了，意境太美了，犹如天籁之音，厚重平稳、流畅明丽，也像舒展的舞姿，尽情地展示生命的健康和美丽。在演奏者的情绪渐入佳境的时候，你还会听到那种很有特色的和弦声呢！啊！这时，直到这时，你才会发现：活着是多么地好，生命是多么地好，这血流、这心跳、这呼吸……尽管每一天都伴着你，每一天都跟着你，可你对它却觉得那样地陌生，那样地新奇！每天，我们每个人都带着自己的身体东奔西跑，从蹒跚学步的幼儿，到血气方刚的青年，可谁又能真正地读懂自己，真正地疼爱自己，真正地战胜自己呢？所以有的人才会用忧伤侵蚀自己，有的人才会用纵欲糟蹋自己，有的人才会用疯狂践踏自己，有的人才会用酒精、甚至用毒品麻痹自己……人，只有先学会倾听自己，才能真正地学会倾听别人，如果一个人连对自己都不能了如指掌，那么他究竟又能够了解人世间的多少呢？"人生如梦，过眼烟云"，真是这样吗？"人生不过百，常怀千岁忧"，难道不是吗？

你无论对人生做怎样的感想，也不过只是你的感想，但现实是你必须得好好地活着，健康地活着。一位伟人不是说过嘛："一万年太久，只争朝夕。"倾听自己，你就会自然地忘记那些本来就与你生命关系不大的细枝末节，比如名利，比如地位，比如财富。是啊，世上哪有一幢房屋是永远属于你的呢？我们只有房屋的使用权，没有房屋的拥有权，既然知道了这一点，那你还去争什么，还去怨什么呢？倾听自己，才会真正地知道你到底需要什么，什么才是最重要的，什么才是你最应该珍惜的！倾听自己，那种麻胀的感觉就会慢慢地在你的身体里自由地涌动，涌动，于是，淤积在心肺之间的病菌便会被那缕快乐而祥瑞的气息驱散，徘徊在胃肠之间的废气也会被那股内在的力量消除……好处太多了，还用再具体描述吗？那天，坐在电脑边，我感觉自己的心脾之间一直都在隐隐地作痛，用手抚摸一下，又弄不清到底痛在哪里，痛得我无心再继续工作。怎么办？这是身体这部机器在向你提出抗议了，你当然要去调节了，于是，我马上离开电脑，默默地站在窗前，面对外面的菜园，呼吸着田野里的芬芳，开始闭目，开始放松，开始倾听自己了。疼痛不是就在心脾之间吗？我偏偏不理它，这在战略战术中，应该叫做欲擒故纵。我慢条斯理地按照以往的意念方式，先从手指开始放松，接下来便是肩、背、腰……最后是内脏，也就是十分钟的时间，那种疼痛的感觉就消失了，是啊，不通则痛，内脏都通畅了，还有什么能让你觉得疼痛呢？

看来，倾听自己，真可以达到有病治病、无病健身的目的呢！当然，最好的倾听，则是健康之时的倾听了，正因为没有目的，所以才能达到极致。此时此刻我不知道应该去感谢谁了，是应该感谢思索，还是应该感谢伟大的书籍？是的，是思索让我养成了倾听自己的习惯，也是书籍让我真正理解了一些看似深奥其实很浅显的道理。啊，倾听自己，这是多么好的感觉啊！

很多的时候，我喜欢倾听自己。

留住自己

　　无论你的小屋多么的狭窄拥挤，你一定要为自己寻一个可以独处的地方，使你能够和自己的心灵静静地交谈。那里可以是一个阁楼，也可以是一个角落，可以有一盆鲜花，可以有一幅字画，你也可以给它起一个清逸高雅的名字……当然，也可以什么都没有，但那里必须洁净、清爽，在那里独处，你永远都不会被人打扰。

　　无论你所在的城市多么地繁华热闹，你一定要为自己找一个与大自然界最近的地方，使你能够向蓝蓝的天空、裸露的大地坦露你的胸臆。那里可以是一片树林，可以是一弯清泉，可以是一座小山，甚至可以是一块未被开垦的处女地……但那里必须能毫无遮拦地看到天空，毫无隔阻地踩到泥土，耳畔轻响着大自然最古老的声音，空气中弥漫着大自然最原始的气息，你可以没有那里的任何证件，但你去那里的时候，那里却只属于你……

　　无论你的地位多么的显赫重要，你一定要为自己留一段属于你自己的时光，使你能够放下心灵上的所有重负，真真实实地做一回自己。你可以伸一个长长的懒腰，你可以做几个深深的呼吸，你可以吟诗作画，你可以唉声叹气……你也可以什么都不做，就那么懒懒地躺着，像牧童躺在温暖的牛背上，像婴儿躺在舒适的摇篮里……是的，那段时光，你可以做任何你愿意做的事情，不会有急促的敲门声，当然，更不会有电话突兀地响起……

　　无论世间多么地喧嚣，无论人们多么地浮躁，你必须要奢侈地留住你自己。你可以仪态万方，你可以丑陋无比，你可以腰缠万贯，你也可以清贫如洗，但你必须是那个只能够是你自己的人，无论出生无论死亡，别人都无法代替。凡事俗务无法沾染你心灵的空间，市井琐闻无法侵蚀你灵魂的领地，是非、恩怨、名利、得失、快乐、忧郁、公关、交际……这一切，对于生于泥土并终将回归泥土的你来说，永远只是一件件各式的外套，暂时把这一切都通通地脱下吧，轻轻松松地走进大自然的浴室，彻彻底底地清洗一下你的身心和你的情绪。

人世间最高深的哲学，是与自己谈话的能力。一个人，如果对自己都无话可说，那他说给人世间的声音还会是什么？所以，请放下各种虚幻的包袱，真真实实地做一回你自己吧！每天，每天，都要与自己进行一次最坦诚的谈话，当然，要是有清风明月为伴，花香鸟语为侣，就更是神仙般的境遇。如果不平，就清点一下你的拥有；如果快乐，就品味一下你的惬意；如果烦躁，就梳理一下你的思维；如果忧伤，就欣赏一下你的亮丽……相信我，只要你认真寻找，你总会有意外的发现：没有贵人，你还有朋友；没有朋友，你还有亲人；没有亲人，你还有金钱；没有金钱，你还有力气；哪怕什么都失去了，你还有一颗跳动的心，于是，你就还拥有你自己。留住自己，绝不是放弃责任，而是一种重塑；留住自己，绝不是自私自利，而是一种升华。目的是诱人的，但过程更值得品味；果实是丰硕的，但花卉更令人珍惜……朋友，无论你身在何方，哪怕在天涯海角，请你千万要留住你自己！那种照亮一切的精神之光，会让你的人生更加多彩，更加柔情，更加绚丽。

幸运之至

能成为一个人，真是一种幸运。

买彩票并中头奖，概率是几十万分之一；父母亲在茫茫人海中相爱结婚，概率是几十亿分之一；战胜那么多的精卵而结合为属于你自己的生命体，概率是几千亿分之一，更何况还有数不清的灾难呢？瘟疫、疾病、战争、意外事故……可见，人之为人，是比中彩票得头奖还要幸运千倍万倍的。我在家中排行第八，且又赶上了计划生育，然而，最不该出生的人偏偏就顽强地出生了，并且还活得理直气壮！唉，真是太幸运了！

乡村里的孩子就像荒地里的野草，虽然无人呵护，却也落个自由自在、无忧无虑。可我这根野草偏偏有些自怜自艾，于是便苦恼，便悲哀。小时候身体多病，在对生命刚刚有个模糊认识之时，对死亡的理解就已相当深刻了。记忆中经常坐在爹的自行车前架上，耳边响着爹因气管炎而发出的呼噜声，在一条林荫小道颠簸，前行的目的地就是公社的卫生院，那也是我童年所能到的最远的地方了。夜里常常梦见自己突然地就死去了，被放羊的老头用草随便地一卷便扔到了野外，继而野狗便蜂拥而来……大汗淋漓地猛然惊醒，不但惊奇自己活着，而且天上正皓月当空，窗外正蛙鸣蝉唱，于是，一种特别舒爽的感觉便涌遍全身，那也许就是我对幸运的最初感受吧。

七岁那年，姐姐出嫁，穿一件闪着金色花纹的红袄，愈发显得明眸皓齿，颜如桃花，便万分地羡慕。在姐姐的新婚之夜，我竟然失眠了，咋想咋觉得自己肯定活不到 25 岁了，便觉万分的恐惧，万分的悲凉，眼泪泉水般地涌流出来，打湿了破旧的被角。童年的担忧真是太可笑了，岁月流转，我不但侥幸地活过了 25 岁，而且还嫁了一位下辈子大下辈子依然还要嫁的丈夫，生了一个虽像他母亲一般傻乎乎，却是健康挺拔的"白马王子"，每想及于此，那种幸运的感觉便会喷薄而出，有时快乐得甚至都有些惶恐了，总想着要行善积德，生怕自己稍有不慎会失去所拥有的幸福。唉，幸运，真是太幸运了！

上学时不明白学习的目的，每天迷糊糊地，只知道做梦，快进初三了，名次还在 50 名之外且又不知羞惭，于是便经常听父母感叹：这孩子这辈子是没戏了。可幸运的是：初三一开学，全班学习最好、长得最美的女生偏偏成了我的同桌，全校最年轻、口齿最伶俐的女教师偏偏成了我的英语老师，并且偏偏还有了那么一个炎热的下午……在同桌的面前，英语老师一顿凌厉的训斥使我颜面尽失。士可杀不可辱，若当时手中有刀子，也许我早就是一个少女杀人犯了。可现在想来，那个下午，真是一个美丽的下午，那个歧视，也真是一个高尚的歧视，值得我用一生的感情去回味，去珍惜。从此，那个一直沉眠于生命河床之下的微薄的自尊开始复苏了，用一种近乎疯狂的冲刺，我拼命向前奔跑着，没想到临近终点，竟意外地得到了那个金光闪闪、可望而不可即的冠军之衔……唉，幸运，幸运，真是太幸运了！

如今，我的父母都已年近八旬，虽然他们住没有高楼别墅，行没有宝马雕车，却都有健康的身体、达观的心态。每个周末都要随夫携子到父母膝下坐坐，听一听母亲那过去的事情，看一看父亲那孩童般的笑脸，狭窄黑暗的小屋竟渐渐地如天堂般温馨明亮了。于是，一种飘飘然的感觉便把自己托了起来，仿佛天上的福星随便就可以轻轻摘下。

是啊，人之为人，还有什么不知足的呢？

不种五谷，却吃上了大米白面；不纺麻线，却穿上了漂亮衣衫；不动砖瓦，却住上了宽敞楼阁；不善交际，却赢得了珍贵友情……幸运，幸运，真是太幸运了！

2008 年圣诞节前夜，我和几个知心朋友围坐在一个装修别致的小饭馆里，静静地度过了那个浪漫而美丽的平安夜。面对一双双坦诚而亲切的眼睛，我轻轻地举起那盏闪耀着生命颜色的苹果酒，虔诚地说："朋友们，让我们举起酒杯，共同感谢这个世界吧！"话未说完，泪水已濡湿了眼睛。是啊，人世间值得我们用生命去体会、去珍惜、去感谢的东西实在是太多了：友谊使我们温馨，亲情使我们富有，挫折使我们睿智，苦难使我们坚强……只要太阳还在，只要希望还在，我们就应该为我们所拥有的每一天而祝福啊！

　　幸运之至。

闲话安逸

坐在电脑边，我的大脑一片空白。这时我才突然意识到：不知从什么时候开始，灵感已经把我遗忘了。

检点自己的生活，我自以为是活得很安逸的。身体健康，工作顺心，衣食无忧，家人和睦，甚至有时还达到了衣来伸手、饭来张口的地步。外面飘着雪，屋子里却始终温暖如春，明媚的阳光懒洋洋地撒进室内，照在我慵懒的身姿上，那个镜头只能用安逸来描述。是啊，一个人穿着柔软宽松的睡衣在客厅里慢慢地转，没有压力，没有忧愁，什么话都可以不说，什么事儿都可以不想，那种舒适的感觉怎能不算是安逸呢？更何况耳边还飘着轻风般的音乐，四周还萦绕着合欢花的暗香。

当然，与那些真正有钱的人相比，我这种生活连小康都算不上，如果非要说安逸的话，也只能算是个温饱式的安逸。可即使这样，也足以让我如此颓废了，这也许就是米兰·昆德拉笔下的"生命中不能承受之轻"吧。此时的我，不但对得失不在乎，连名利之心也没有了。记得一位哲人曾说过：人无名利之心，则心死。一位外国作家也说：人的每一次进步，都意味着离死亡更近了。美国文化传播学家波滋曼的《把我们自己娱乐死》的著作，也曾泛起过不小的波澜……以前，报纸上要是发表了我的一篇文章，哪怕是豆腐块大小的，我也会觉得非常地兴奋，尽管当时脸上可能没有笑容，但那种快乐却是实实在在的。可现在呢，哪怕是上了国家级的报刊，哪怕是那篇文章很长很长，心情也依然平静。往深里想想，那种麻木真的比死亡都可怕呢。是否可以这样说，安逸的结果，往往会换来思想上的迟钝？人的思想要是迟钝了，那人也就只能算是行尸走肉，或者更准确地说，是装饭的桶了。

看来，人也许生来就是为了吃苦的。

疲惫的时候，安逸是一种渴望；苦难的时候，安逸是一种奢求。于是，为了追求这种人生最高的享受，有的人不惜加倍受苦，就像被缚的人拼命挣扎，窒息的人拼命喘息。可事实上，大多数人是享受不了真正的安逸的，或者说世上并没有真正的安逸。再或者说，真正的安逸也许就意味着死亡。常常听老人们这样说：人有享不了的福，没有受不了的罪。关于福，人间也没有什么固定的模式。那些在百姓眼里很是享福的人，他们的眼睛往往闪着迷茫，闪着困惑，有的甚至布满忧伤；而那些看起来很不幸，很可怜的人，他们的眼睛倒常常因为充满感激而变得分外柔情，因为充满希望而变得分外明亮。回顾自己的人生经历，也有相同的感悟。在自己认为最苦的时候，往往也是最有激情、最有勇气的时候，如果这种时候恰巧有一个人与你相濡以沫，那人生的风景就不仅仅是悲凉了，更有了近乎悲壮的大美。你想想：在坎坷的路上，有两个身影始终在风雨中相依相伴、互敬互爱，那种风景难道不是人生中最美丽的风景吗？

曾听过一个这样的故事：一个牧童，虽然家里清贫如洗，但他每天都唱着歌儿去山上放牛，不但自己的日子过得快乐，他快乐的歌声也感染了周围许多的人，大家每天伴着他的歌声做事干活，就像每天呼吸着新鲜空气一样自然。可突然有一天，人们却听不到他的歌声了，他开始变得沉默了，原来清澈明亮的大眸子里，此时也显得非常的黯然……

他到底遭遇什么了？

没有了他的歌声，人们仿佛失去了什么一样惶惑，于是，就有人去探个究竟，可结局呢？结局真的让人大跌眼镜：原来，原来他捡到了一块金元宝……

给心灵放假

都说写作需要灵感，其实过日子也是需要灵感的。比方说"给心灵放假"这个灵感，就来自于一次装修楼房。

日子渐渐地宽裕了，于是装修楼房便被提上了议事日程。原先，我刚办作文辅导班时，是在我家楼上的客厅里开办的。学生们年纪小，自然要糟蹋房屋，于是，当我们于次年把作文班搬到一楼时，楼上的客厅已经不堪入目了。然而由于忙，再不堪入目的房屋我们也只能入目，可后来日渐长大的孩子却提出抗议了，孩子说："房子弄成这样，我们同学要来家里做客，我都不好意思。"话说到这个份上，再忙的父母，也要抽时间装修房屋了。

收拾房屋本来就很麻烦，装修房屋则意味着要把所有的家具全都折腾一遍，可谓是加倍的麻烦。好在丈夫是一个持家的好手，只要把钱交给他，剩下的大事小事就都让他一个人包揽了，大家都忙的时候，我在家，他们反倒觉得碍事。于是，在丈夫的建议下，除了上班，其余的时间，我就干脆把"家"搬到了辅导班，过起了"与世隔绝"的日子。

辅导班虽然地处闹市，但因为没有电视、没有电脑、没有音响，也就是说，所有的与外界可能有联系的、对感官有刺激的"因由"都没有了，便显出了异常的静寂。外面当然也有车声人声，但偶尔传来的声音反倒加倍了那种静寂。晚上早早地关上窗户和门上的铁栅栏，把一切喧嚣都挡在了门外，于是，这里便成了一个绝对自由、绝对静寂的"乐园"。

因为是作文辅导班，除了学生的作文，还有一些不值得收藏但又舍不得丢掉的老旧书刊，可事实上，再老旧的书刊，既然舍不得扔掉，就有它能够留下来的理由，有的书刊翻看起来，会收到意想不到的效果，甚至比看那些"值得"收藏的书籍收获还要大。说这句话的意思不是说值得收藏的书籍不好，而实在是因为那些书籍太过于珍贵，所以常常要放在别人无法轻易拿到的地方。别人轻易拿不到，自己也就轻易拿不到，于是，自己要想去拿，就得有闲暇的时间，闲适的心情，最好洗心沐浴，庄重地坐下，并熏以微香，泡上一杯好茶……然而人生在世，这种闲暇和闲适实在太过于奢侈了，于是，那些好书自从放在那里后，便实实在在地被放在那里了。"束之高阁"说的正是这种境遇。这些老旧书刊翻阅起来就不用这么麻烦了，想什么时候翻就什么时候翻，想用怎样的姿态翻，就用怎样的姿态翻，坐着，躺着，歪着，看了一半想起别的事情，也可以折页，甚至干脆就那么摊开了，"叭"地一声扣在桌上。有时看着看着就发起了呆，突发了一种想法，忙不迭地爬起来，去一张纸上写记，有时看着看着睡着了，书页上便留下了一滩花瓣状的口水……这真是极自由的阅读，随心所欲，漫无边际，心一直处于一种极其放松的状态，极其地放松，没有了那根平常总在绷紧的"目的"的弦。

思维是唯一不分等级的存在，各种思想见地，哪个算得上高贵，哪个算得上低贱，哪个又算得上平庸？歌曲可以分为阳春白雪和下里巴人，但思想却只能说是百花齐放，百家争鸣。如果非要去分，也不过要在包装上分出档次，就像那些被我"珍藏"起来的书籍，只不过外观上看着华丽了些，也像我家的楼房，装修前和装修后根本的区别，就是感观上的变化，色彩上的变化。然而人就是这么地怪，面对"好"的东西，总要强制性地约束自己，看好书，就得先洗手，在装修过的楼房里生活，就不敢再像以前那样为所欲为了。有了这些前提，心灵当然也就有了约束，于是，哪怕真的有了自由，也都是相对的自由。

看书看累了，便掩书闭目，听那有力的心跳，咚，咚，咚，突然意识到此时的心灵是多么地平静，多么地和谐，多么地熨帖。之所以这么平静、和谐、熨帖，就是因为远离了一切诱惑和喧嚣。眼不见，嘴不馋，耳不听，心不烦。多么通俗的古训，又是多么准确的哲理。不上网不看电视，便不知道外面的精彩，也就没有了纷扰和担忧；不和别人相聚，便少了一些比较和鉴别，也就不再难为自己。人外表上看各不相同，心灵都极其地脆弱，别人的升迁发财等际遇的变化，都会不同程度地刺激你的感官，让你失落或激你发奋。当然，一些文人对这些际遇的变化都相对迟钝一些，但文人也有文人的"蛇七寸"，比如听到和自己"才气相当"的人成功了，表面上虽然装得很平静，心底里还是大有波动的，只不过大家都不说罢了。看来要想活得快乐，人真应该定期给"心灵放几天假"！对，给心灵放假！一种冲动，让我立即起身，翻开日记本，我要写下此时的幸福。

　　幸福的时候就要表达，跟谁说呢？当然是心灵上的朋友了。于是，在写了一番日记后，我又编了一则短信，向我的朋友表达了此时的幸福。

　　很快，短信的"嘀嘀"声响了，当然是朋友的回信了。不过朋友的短信却是一副不相信的口吻："不会吧，这种样子的你怎么能算幸福？想把心闲下来，能吗？看似悠闲平静的你，只是外表平静罢了！你想让心灵放假？你的心让吗？你就是受累的命啊！丫头。"语气如此决断，仿佛比"我"还是"我"，并且似乎说的都是真的，因为在接短信的时候，我不是正在构思这篇名为《给心灵放假》的散文吗？拿着手机，我真不知该怎样给朋友回信了，我甚至怀疑起我这位心灵上的朋友了。从短信不难看出，朋友是在责备我"矫情"，可是此时我真的感觉到了幸福！此时此刻，我该怎么向朋友申述？所以，我索性关了手机，什么也不再说了。不说是不说，一句诗却涌入脑际：知我者谓我心忧，不知我者谓我何求。

　　你看，这就是与外界交流的"好处"，既然觉得自己幸福，就这样默默地享受这种难得的幸福吧！为什么非要在意别人会怎么想呢？可见，人真应该定期给自己的心灵放几天假了。

　　对，给心灵放假！如果每周放两天不太可能的话，那就每个月放

25

给心灵放假

两天，让自己远离一切诱惑，真真正正、实实在在地独处一小段时光，就像武士闭关，就像凤凰涅槃。这样，当你再从那间小屋里走出来的时候，你就真的不是原来的你了。

梦中的花园

　　总有一个梦，在心里隐隐闪烁。那是一个风景宜人的所在，有山，有水，有树，有花草，当然还要有一幢属于自己的房子。可随着生活水平的提高，山水花草却离我愈来愈遥远了，于是我便常常感叹生活的无奈。

　　圣诞节前夜，朋友在 QQ 上给我发一个帖子，点击后才知是个大礼包，按照上面的指点，我一层层打开，我的心便慢慢地熨帖了。那是一幢非常美非常美的房子，房后有山，房侧有河，房前有树，点击那树，就见跑出两只可爱的小动物，点击房子，那房屋里的灯便亮了，点击天空，天空礼花四起，映得美景如同仙境。

　　啊，这就是我梦中最美的花园啊！是谁在圣诞节前精心制造了这么一个价值连城的所在？看来，人的梦想都是相通的，你渴望的，朋友也在渴望，就像制作贴子的人也在渴望一样。

　　我把这种惊喜同朋友说了，朋友便笑了，说那有什么难？把你现在的楼卖了，换一所你说的那样的房屋，估计也绰绰有余。

　　可静下心来一想，还是不现实。

　　我去过一个有山有水的地方，那里也果真有一幢房屋，然而，别说在那里居住，我仅仅待了一个小时就受不了了。当然，不是那里的景色不美，而是那里的条件实在难以让你有美丽的心情，首先是没电，有太阳的时候才会有光；其次没有供热设备，这对于冬季漫长的北方来说，有大半年都不能入住。更可怕的是那里的蚊虫，蚊子个个贼大，如小飞机一般，吓死个人。并且实现这一切也不仅仅是房子的问题，一般这样的房子都在郊外，那么远的路，没有车怎么能行？假使这一切都有了，可谁来种植蔬菜？谁来收拾房屋？当然你会说，为了梦想，让自己勤快些呗！是的，假使真的可以放下一切，去全力以赴地料理花草，可累了那么久，人还能有那种美丽的心情吗？

我接触过几位一直在美景中生活的果农，和他们交谈，听到的多是抱怨和叹息，看到的也多是劳碌和艰辛，他们一个个都面庞黝黑，双手粗糙，那过早降临的衰老沧桑与周围的美景正好形成强烈的反差。他们每天都忙忙的，日出而作日落而息，连吃水果时的心都在别处，那种心不在焉的吃相如同嚼蜡，更别提还会有什么闲情逸致去感受风景的美丽了。

庄子的《知北游》里说："是其所美者为神奇，其所恶者为臭腐；臭腐复化为神奇，神奇复化为臭腐。"说的就是这个道理。

忘了在哪篇文章里读到这么一段：一个作家被一片美丽的白菜花吸引了，正在陶醉之时，菜农过来奇怪地问他在干什么，他说，"在欣赏花呀！"菜农便像看怪物似的看着他说，"白菜花有什么好看的？白菜花怎么能是花呢？"

熟悉的地方没有风景，美梦之所以奇妙，就是因为离现实很远，一个人，无论他生活在怎样的美景中，只要掺杂了现实的烦恼，那么所谓的美景也就荡然无存。

这么说来，重要的不是我们拥有美景，而是我们应该培养一种感受风景的心情。

早晨上班，因气压很低，居民区的烟雾都半悬在了空中，连朝阳都变得迷蒙了，空气中到处弥漫着浓重的呛人的烟，便觉得万分懊丧。突然想起人应该换一个角度思考，假如不把这迷漫的烟雾看作烟雾，而把它想象成云雾呢？如果这样，那么此时我所处的地方不就是个仙境了吗？其实，烟雾和云雾除了气味上的不同外，剩下的真的没有太多的差异，你看呀！天上云雾缭绕，早晨的雾便显得诡谲而又温柔，就像一幅暖色调的写意画，有一种吉祥的美丽。楼的剪影也成了海市蜃楼，神奇而又遥远，脚畔是修理齐整的常青藤，在严寒中这种植物泛着一种暗淡的黑绿，愈发显得肃穆和庄重，走在清静的人行小道上，风景就在身边，还上哪儿去寻找风景呢？

把山水根植在心中吧，只要心中有山，心中有水，心中有树，心中有草，你便拥有了那个心中的花园。

真正的美景在心里。

强者快乐

又一个秋天来了。

也许是悲天悯人的天性吧，秋天的到来，让我感到格外的伤感。这天早晨，自打起床后心情就不好，哪怕一片微不足道的落叶，都能引出我一些无滋无味的泪水来，且又无从排解，便只能任这种烦躁在心上沉着。心沉，脸自然也无法明媚，于是，整个人整个早晨一直都在唉声叹气，引得家人也跟着不快乐。

好不容易打扮齐整了，骑了单车上了公路，心情依然还是沉重。路上，人特别的多，大小车辆争着鸣笛抢路，仿佛什么都抢在了今天，明天都不得活了似的，于是，沉重的心自然又增加了些许烦闷。就这样负着气行进着，突然一声清脆的呼唤吸引了我的注意。迎面，骑来了一位长发飘逸的女子，新款的风衣，恰到好处地衬托了她窈窕的身形和白皙的面庞。"上班?"她快乐地微笑着，冲我轻轻地摆了摆手，便与我擦肩而过了，留下了一缕淡淡的清香在空气中弥漫。

不自觉的，微笑也洋溢在了我的脸上。

她依然还是那么年轻，依然还是那么漂亮，依然还是那么乐于用特殊的服饰装扮自己……更令人敬佩的是，她依然还是那么快乐。

不了解她的人，一定以为她活得非常幸福，就是那种有些纯粹的幸福，如同所有天赐给人的福气一样，显得既简单又苍白。

其实不是的，完全不是的。据我所知，她其实是非常不幸的。她早年丧母，从小就吃尽了人间之苦，后来，她唯一的哥哥又因车祸去世了，在同一次车祸中受伤的她的丈夫也从此改变了开朗的性格……但这一切都还可以忍受，最不幸的，她于几年前，被查出患有绝症。

听她的同事说：听说自己有病后，她只是悲戚了一小会儿时间，就平静如初了，平静得令人有些生畏。有的朋友劝她说："如果你要难过，你就哭吧，哭出来也许会好一些。"可她只是苦笑了一下说："哭有什么用呢？该治病就治病，该活着还得活着啊！"

真不知道她独处的时候是怎么过来的，是不是也有泪水迷蒙了双眸，打湿了衣衫？但在人们面前，她永远都是那个幸福快乐的她！她的衣着款式永远那么新潮，她的面庞永远那么坦然从容，她的眼睛永远那么明亮清澈，她的神韵永远那么仪态万方……

面对她的微笑，我突然有了一种顿悟：人的幸福只有在经历劫难之后，才显得如此令人珍重！虽然命运是无情的，秋天是冷漠的，但再无情的命运，再冷漠的秋天，也无法剥夺人类追求幸福的希望和勇气。是啊！命运可以剥夺人的健康，却夺不走人的快乐；秋天可以让百花憔悴，万物凋零，却阻挡不住那扑面而来的冽冽春风……

记得一次去长白山旅游途中，我们与一些朝鲜族的朋友相会在一个小小的歌厅，刚见面的生疏感，使我们都显得有些矜持，谁都不肯主动亮开歌喉，施展才艺。正相持间，突然走进一位身材小巧的朝鲜族大姐，不等音乐响起，她就快乐地展开双臂，边舞边唱了起来，那优美的舞姿，那嘹亮的歌声，顿时点燃了大家快乐的情绪。于是，许多人都不由自主地站起身，随她一起翩翩起舞了起来。这位大姐后来对大家说，"不瞒大家：我已经五十多岁了，身体还患有多种疾病，我的肾少了一个，我的胃也少了三分之一，可我并没有因此而消沉下去，你们也看到了，我活得很快乐。我想：哪怕明天我就进火葬场，我也值得了！"她这几句朴实的话，使我渐渐地热泪盈眶了，一种羞愧的感觉油然而生。

有人说：命运都是天注定的。可强者认为，命运还是掌握在自己的手里。于是，凡是强者，便会永远快乐！

等待一朵花开

自从楼房装修以后，丈夫便爱上了养花，经过一段时间的经营，宽敞的楼阁里，果然就春色满园、万紫千红了。有叫得出名字的，如柳桃、兰花、樱花，还有叫不出名字的。总之不管什么花，都很艳丽，很饱满，很知足。

不用人的眼睛看人，比如站在神仙的角度或站在蚂蚁的角度，人就都是人，没有美丑、没有等级、没有贵贱。但作为一个人看人，人就分出三六九等了。同样，不用人的眼睛看花，花也就是花，无论大的小的，无论红的蓝的，各有各的美丽，各有各的妖娆。然而作为一个人看花，那花就还是有了贵贱，有了等级，有了美丑。比如我家的花，最贱的花是月季，因为那是丈夫花三元钱买的，其次是米兰，花了二十五元钱，而最贵的要数樱花了，虽然樱花并没有花钱，却是丈夫的朋友从别人家里"偷"出来的，其中融入了太多的情感，更何况不还是有那么一句话吗？世上最难偿的债务是人情债，所以这一盆无论颜色、形状，还是香气，都与它他的花迥异，所以无论观赏，还是侍奉，就显然与别的花不同了。记得花开后的第二天，我就与这株花合影留念，不知道花当时什么感觉，反正我觉得自己是给足了此花面子。

写到此时，突然毫无缘由地想起那句诗：老人簪花不知羞，花应羞上老人头。如果花能言语，花的悲哀一定比人还多。

那天难得在家休息半日，看了一会书，突然想起丈夫早晨说月季花快开了，便马上走到阳台，去看花开。来到阳台才知阳台有多么地好，阳光暖暖的，那么明亮，便后悔自己怎么不懂得来此消受，真是辜负了那么好的时光。于是，带着一种急于弥补的心情，我拿了一个小凳子坐在了花株前，专心致致地与那朵已经绽开了的月季花对视。

那株花就是刚才提到的丈夫花三元钱从花摊上买来的，仅一枝，单单薄薄的，其实买来时就含了苞。此时，那小小的花苞虽然没有达到怒放的程度，但粉红色的花瓣却已经都伸展开了，我把鼻子凑到花朵上闻了闻，一股淡淡的香气便充溢了我的鼻孔。于是，我突然为这朵花的廉价不平起来，月季，多么美丽的名词，月季花，多么富丽的花卉，为什么偏偏就值三元钱？不和别的花比，仅那鲜艳和美丽的程度就已经胜过了米兰，可她为什么要这么低贱？我不懂花，所以我更弄不懂花的价值。记得丈夫曾花一百余元买过一盆铁树，当然买铁树不是为了看花，而只是为了看叶，因为歌里不是唱道"千年的铁树开了花"嘛！也曾花几十元钱买过一盆"枝子"，但直到现在，也没有看见枝子开花。早知月季花如此廉价，为什么丈夫早不买月季呢？并且她还有着多么娇美的容颜啊！

月季的花瓣还含在苞里，但那深红的颜色已经若隐若现了。我默默地看着她，心思就渐渐地飞得很远了，就像当年颦儿边葬花边吟诵诗句……我突然有些羞愧，因为我的一位老师曾说我有自恋的毛病，为了改掉这一毛病，年初的第一天，我特意在我的日记上写下了消除自恋的字样，可现在看来，毛病一旦形成，要改真的很难。

唉，面对一朵花开，突然又找到了那种幸福的感觉。是的，多么地幸福！"一个人如果你愿意幸福的时候一定会幸福的，因为幸福在你！"我想起了一则格言，不知道是谁说的。

源自天然的争斗

　　自从楼房装修后，丈夫除了养花，还弄了个鱼缸养了六条鱼，但很快就死去了三条，剩下的三条有两条叫"地图鱼"，棕黄色的，满身长着黑色的有些神秘的花纹，的确很像地图，颜色深一些的我就叫它"大图腾"，颜色浅一些的我就叫它"小图腾"。另一条身形稍小一些的鱼，浑身金黄，丈夫说这条鱼也叫"地图鱼"，可我却没有在它的身上发现有什么地图的迹象，于是，我就叫它"金霸王"。

　　动物界弱肉强食，这三条鱼能够存活，也都源自骨子里的勇猛和强势。特别是金霸王，虽然长得很小，却一点都不受欺负。当然它天性很文明，并不像大小图腾那样总是四处挑衅，并且它还不喜动，常常停驻在鱼缸的左上角，但如果大小图腾前来侵犯，它的身体立即会绷得直直的，张着嘴，向前做冲刺状，有一次它和大图腾真的冲到了一处，我甚至清晰地看见它狠狠地咬到了大图腾的下嘴唇，直咬得大图腾摆了两下尾，仓皇退却了，它才又恢复原来的悠闲柔软的状态。后来，我就轻易看不见大小图腾与金霸王的争斗了，也许是经过一段时间的较量后，金霸王已经巩固了霸王的地位，大小图腾已经对它臣服了，但大小图腾之间的争斗却始终没有停息过。我家的鱼缸和电视摆放在同一面墙边，看电视时，我常常被大小图腾的"战争"所吸引，看着看着甚至会笑出声来。大小图腾都没有自己的固定领地，它们经常随意地上下游动，它们的嘴都很大，眼睛也都鼓鼓的，给人的感觉傻乎乎的，这两条傻图腾游着游着，常常不知为什么就对峙了起

像树一样飞翔

来，它们都张着嘴，鼓着眼，两个身体都绷成一条直线，就像两支箭，箭头对着箭头，有时两张大嘴就咬到了一起，但随即又都马上分开，这时一方就会退却，胜利的一方马上会翻翻鼓鼓的眼，那意思就像是说："跟我斗？还嫩了点！"当然，认输的一方也会不甘心地翻翻眼睛，好像在说："我不是怕你，是不稀罕和你斗了！"可相安无事了没一会儿，大小图腾就又对峙了起来。

有时我甚至觉得，它们之间这种对峙也许并不是争斗，也许真的就是玩，或者就是鱼们的亲呢。两张大嘴咬到一起，会不会是鱼在接吻呢？

鲁迅说：花有花的道理，我不懂。是啊，鱼也有鱼的道理，我当然也不懂。

那天刚下班，正赶上大姑姐来家，姐俩便一起准备晚饭。这时，我姐姐突然打来电话，只听她语调怪怪地说："妈要跟你说话，妈说她要宣布一则消息，她往后再也不怕爹了！"我的老爹老妈都已经八十多岁了，老妈一辈子怕爹，用她的话说是爹挣钱，有工资，妈没有工资，正所谓吃人嘴短，拿人手短，受人养活，只好忍气吞声。但八十岁的老妈为什么突然变得勇敢了，我便很好奇。很快妈妈那含着哭腔的声音便直直地传入了耳际："五姑娘，妈给你打电话是想郑重地告诉你们一件事，从今天开始，我再也不怕你爹了！我要和你爹斗争到底了！我都这么大岁数了，吃也吃不了多少，穿又穿不了多少，我还怕他干啥？再说我还有这么多的姑娘呢，你们也不会不管我！"

我立即说："可不是，从今往后妈你就勇敢地活着，你啥也不用怕，你咋高兴你就咋活着，我爹要是不管你我们管你！"

妈妈的声音变得更加快乐了起来："是啊！我还怕他干啥？我有这么多的姑娘，况且我五姑娘还是警察呢！"

我忍不住笑了："是啊！五姑娘是警察，您怕他干啥？"

那天，我一直给妈妈鼓劲儿，把妈妈哄得很高兴，可电话即将放下时，妈妈还是没有忘记她的老习惯，跟我说："你不和你爹说说话吗？"我说："那当然得说了，我要好好教训教训他呢。"紧接着，爹那总是啥都不在乎的声音便在电话里响起了，我便拉着长声对他说：

"爹呀，你听到了吧，我妈往后不怕你了！"爹便又哈哈大笑了，说："她不怕好啊，不怕就打呗……"

唉，人都说老小孩老小孩，人老了真的很好玩呢！放下电话，一股幸福的滋味便涌满了我的胸膛，大姑姐听了我的话就笑了，羡慕地说："瞧你多有福，老爹老妈身体都那么好……"我大姑姐的羡慕我当然懂，因为我的婆婆已经去世很多年了。一想到这一点，我便会对我的丈夫以及他的姐妹们更加地疼爱，因为和我相比，他们可都是没有妈的孩子呢！

这时再看那鱼打架，我就有些明白了，也许争斗，真的是动物赖以生存的资本呢！现在回想一下我老爹老妈的生活，他们可以说是吵了一辈子架，但谁说他们没有恩爱了一辈子呢？现在他们都已年逾八旬，俗话说老伴老伴，他们现在可是真的谁也离不开谁了，别看他们之间直到现在还经常吵架，但要是哪个儿女敢侵犯其中的一方，另一方一定会立即旗帜鲜明地站出来和他理论到底。也许，这才是真真正正的人生吧！

明白了这个道理以后，我突然就释怀了，往后也不再会因为一些磕磕碰碰而耿耿于怀了。那天和几个文友谈友谊，一位文友说："真正的友谊都是经过斗争斗出来的，就像俗话说的'不打不相识'，两个从不争斗的人不可能成为真正的朋友，因为那不符合人性……"

是啊，舌头哪有不碰到牙的，两个在一起生存的自然人，不可能不存在摩擦，除非一方要在另一方身上谋求些什么，或者一方真的把另一方征服了，不然一个健康的人为什么要一味地忍受呢？忍是心上一把带刃的刀，试想一想，如果你天天都和一位表面微笑，而心上却插着一把刀的人在一起生活，那将是一件多么可怕的事情。

燕妮曾问爸爸马克思："人最大的幸福是什么？"马克思回答："斗争。"难道不是吗？

鸟儿争吵是音乐，花儿碰撞是图画，鱼儿打仗是景观……人与人之间的争斗才是真正鲜活而沸腾的生活啊！

在人生的屠宰场里

岁月如一把刀，每天都在一点一点地切割着你的生命。无论是谁，无论以怎样的心态面对，都无法逃脱那种阴森的锋芒。可见人活着，就注定要被切割，所以人生就是一座巨大的屠宰场。

电视里的她，上次看着还那么年轻，一脸朝气，可再一次看她，脸上的肌肉就明显地松懈了。又过了一段时光，那天她又出现在一个访谈的节目里，远远看去，她还是那么年轻漂亮，主持人也刻意地夸奖了她的年轻漂亮，其实，真正的年轻，是不用人提醒或夸奖的，主持人之所以一次次地提醒，恰恰证明了她的衰老已到了相当的程度。果然，当镜头真正拉近的那一瞬间，我还是一眼就瞥见了她脸上那无法掩饰的衰老。

于是，我是那么的伤感，面对她就像面对镜子里的自己。我曾在报纸上看过她的年龄，是的，我们同龄。

啊！时光的刀，好可怕！

在时光的刀子面前，我只能抱着逆来顺受的态度，任其在脸上、身上尽情地切割，于是，一天一天就这么过来了。可有的人却偏偏不服气，当然，他们不服气的方式都各不相同，最可怕的一种方式是以毒攻毒，当时光的刀把面皮切松了，她们就让人用手术刀再把面皮绷紧，虽然结果是脸上的皱纹少了，可事实上，再没有皱纹的脸庞也无法隐藏人的衰老。

在我人生的屠宰场里，这条熟悉的小巷是我经常被切割的地方，我是灵敏型的人，别人被切割，他们有时感受不到，而我被切割，每一刀下来我都能感受到一丝丝地疼痛。我的疼痛明显的时候，大多是我独自一人在小巷里走的时候，天边的斜阳常常一同和我感叹被切割时的难受，她难受的表达方式有时是无语地把红红的或黄黄的脸垂下去，再垂下去，然后埋在大地的衣服里。有时干脆就不出现，让乌云的面纱包住她，包得比阿富汗的女人还要严实。她最让人难受的表达方式就是流泪，当然，她流泪的时候，我多数是跑回家，然后站在窗前看她流泪，我真的做不到和她同病相怜。但很多的时候，我们就这么相顾无言，一步一步地慢慢地走，任时光之刀切着天，切着地，切着万事万物。一位同事从我身边大踏步地走过去了，他冲我笑了笑，什么也没说，他当然也在被切割着，我看见岁月的刀已把他原本矫健的身影切割得如此瘦弱而弯曲。当时一同被切割的还有我的丈夫，可我的丈夫也不知自己被切割，他望着我那位同事的背影连连感叹："唉，都这么老了，你可不知道他原来有多帅气……"

我回头看看丈夫，丈夫的两鬓也早已斑白，此时在夕阳的幕影里，他可是比那个同事还要显得老迈呢。

我曾死死地盯过一根小草，直到眼睛都盯酸了，我依然没有看到它被切割时的变化。但是有一天我回头一望，我害怕了，那根小草不但早已长高了，而且已经焦黄枯干，我轻轻地一碰，它就折断了，一个生命就此宣告结束。我的朋友养过一只满身长白毛的狗，她经常在日落西山的时候牵着她的狗在街上散步，也就是说，每到夕阳西下的时候，她和它都把自己被切割的屠宰场暴露在街头，然而时光对人和对狗并不是公平地切割，很快地，那条狗就明显地衰老了，等有一天，在街头的屠宰场里，我已很久看不见她的时候，我才听说她的狗已经老死了。那天在报纸上看她写的一篇文章，写的是一个关于满洲里的故事，原来，她实在无法面对故地，已把她人生的屠宰场转移了别处。

坐在那个老式的靠椅上，我却不能舒服地把身体全部靠上去，因为那个靠椅也老了，当然，把它切割得这么老的不仅仅是时光，还有人为的因素。靠椅有一个腿儿的螺丝脱落了，家里人便很自然地把靠椅倚在窗台上，这样靠椅依然能够成为一个座位。我一开始不明就里，曾舒舒服服地躺在那上面，不小心就连人带椅全仰倒在地上了。家里人马上围过来关切地看我摔伤了没有，好几个人一起把我扶起，我四处动动并没有什么伤，大家就哈哈大笑了，接着，椅子也被扶了起来，依然被倚在窗台放了，人们依然在椅子上坐，只不过坐着的时候要绷紧身体里的每一根神经。可是，没有一个人想起去修理一下这个靠椅，仅仅是因为这个靠椅的确是太老了吗？还是因为父母的家是"公共场所"？并且反正父母从来也不坐？说父母的家是"公共场所"也不算准确，因为父母的楼是我买的，也就是说产权归我，但我无论在哪里，都是一个吃粮不管事的人，用丈夫的话说，是油瓶子倒都不愿扶的人，所以我当然就那么堂而皇之地坐着，时而看看电视节目，时而看着对面床上的老爹老娘。老爹老娘也都舒舒服服地靠坐在被卧上，也时而看电视，时而看我。时光的刀就这样在我们之间一点一点地切割着，外面的日影也一点一点地移动着，配合着室内的切割，然而幸福的时候是感觉不到时光的切割的，肉眼也看不到被切割时的变化。

　　父母年轻时，我曾经感叹过他们时光的荒度，觉得他们的时光正在白白地流逝。那时我不感叹自己，因为那时我有梦，有一个很伟大的、想当作家的梦，所以那时我觉得我的时光是充实的，没有白白地度过。自己的时光没有荒度，而父母的时光却在荒度，他们是我最亲的人，我当然要替他们觉得心疼。感觉最强烈的时候，也是我的梦做得正酣的时候。那时父母每天除了一日三餐，剩下的时光都用来打麻将了，他们有几个相对固定的"麻友"，一到那个时间就陆续前来，一玩就是一小天，有时父母高兴了，还留他们吃饭。如果他们玩的时候我在上班，一切都相安无事，如果赶上我星期天休息在家，矛盾便来了。因为我从骨子里反对父母搓麻将，所以对客人便没有好脸色，更何况母亲还常常不合时宜地支使我干这干那，一些小活计还令我能够忍受，如果那个活计是占用很多时间的，比如给鸭子剁食，或者是做午饭等，我当然会觉得不公平，因为我可是有理想有抱负的、想当大作家的人啊！尽管我并没有把分分秒秒都用在写作或看书上，但我这宝贵的时光怎么能用在给鸭子剁食上呢？当时这对于我来说无疑是一种对崇高理想的亵渎。对母亲的吩咐我不去干或表现出不愿意干的神态，母亲当然会不满意，但我和母亲最终还是没有起过什么冲突，也许是因为母亲还是深知我的理想的，她只不过是叹了几口气或骂了几句就拉倒了，现在回忆起来，母亲就是和别人不一样，她的骨子里还是柔弱而且善良的。为了不让母亲搓麻将，我也曾经试图阻止过他们聚会，但最终我还是放弃了，因为我阻止以后，父母虽然暂时不搓麻将了，但他们的时光也照样是白白地流走了，也没有看出他们创造过什么价值，并且看他们你瞅我、我瞅你的落寞神情，又觉得他们的时光流逝得很痛苦，既然怎么都是个白白消磨，那么为什么不让他们快乐一些呢？等到父母被时光的切割机终于切割得老态龙钟的时候，父母也玩不动麻将了，玩不动麻将的父母见儿女们一聚到一起就玩麻将，有时候也显得不耐烦，不耐烦又不敢责备，便显得很难受。那天，神志有些糊涂的父亲突然问我："五姑娘怎么从来不玩麻将？"同样对麻将不感兴趣的大姐便讥讽地说："如果你五姑娘也像你一样贪恋麻将，你就别想住楼了。"见已经耳背的老爹根本没听到她的话，她便又笑着加了一句："那你就只能住茅楼了！"我知道大姐说这话的意思，她这是在拐着弯赞扬我呢！自从我给父母买了这幢楼以后，我就发现我在家里的地有些见升，被人夸奖和被人辱骂的滋味就是不一样，尽管实质都是一样地被时间切割，但被赞扬的时候，即使明明知道被切割，心里也是甜的。

事实上，我的时光就真的过得有意义，就真的没有白白地消磨吗？虽然我每天都给自己规定一些任务，有的完成了，有的没有完成，有的成功了，有的没有成功，但至今也没有形成什么气候。但即使真的形成气候了，我的时光就真的算是有意义的吗？可是，既然知道自己无论过得是否有意义，最终还是要被时光切割殆尽，那么就让我们干挺着任时光宰割吗？我不甘心！我不甘心！我不甘心！

舜问乎丞曰："道可得而有乎？"

曰："汝身非汝有也，汝何得有夫道？"

是啊，作为一个人，诞生不归你左右，性命也不归你左右，能归你左右的，只有你的那点可怜的心思。既然知道了这一点，那么还是让我们快乐地被切割吧！

走人生

就这么慢慢地走，静静地想，走了多远了？想了多久了？

树绿了，在走，花开了，在想，却怎么也没走出这条苍凉的小径，却怎么也没有想出什么惊世的绝学。

那片花又开了，零零星星，走了这么久了，并没有见过修剪花树的人，但那花却年年都在绽放，虽然年年都风韵不同。很多人都在花前走着，老迈的身影走得都慢，年轻的身影总是步履匆匆，但无论年老的，还是年轻的，他们都没有像我这样看过花，没有把目光、把心思、把梦幻一点点印在花瓣上、斑叶上、虬枝上……于是，我总是用感恩的目光寻找养花的人，如果我见了他，我一定也这样深深地注视他，因为那片花海就是我的书籍，而这部书籍却是他帮我完成的。是的，这片花记载了我许多沉默的时光、思想的脚步、隐秘的梦想，它已经镶嵌在了我岁月的底册，成为我生命的珍珠，无论走到哪里，哪怕走进地老天荒，我都不能甩掉它。花开了，我看花，包括花朵上的蝴蝶，花间的麻雀；花落了，我依然看花，当然这时看的却是花的骨骼、花的老宅、花的精魂。在漫漫的冬日里，伴着几片积雪、几缕寒风，花曾经和我一起缩着首、敛着容，坚忍地数着寒冷的岁月，耐心地等待开花的季节。可如今，花真的开了，可无论是花还是我，为什么依然要如此忧伤？

一阵缥缈的乐声响起了，噢，那是学校上操的铃声。孩子们都懒懒散散地聚在操场上做操，稚嫩的身影却都是那么含着、缩着，如果没有老师的看管，似乎谁都舍不得尽情地舒展腰肢。望着他们那懒散的样子，我笑了。是啊，我也曾这么懒懒散散地做过操，因为大家都这么懒懒散散的，因为那时我们真的都不懂舒展的道理。一位风姿绰约的女孩儿走过去了，她是什么时候开始在这条小径上走的？又能在这条小径里走上多久？此时，她却是在尽情地舒展，绽放出最美丽的姿容。她穿着一件月白色的风衣，银色的长筒靴，坠着金流苏的紧身裤随着她的行走时隐时露，娉娉婷婷，飘飘若仙，她满月一般的面庞比花儿还要娇艳，但那明澈的眸子里除了春情，就是没有一朵花的情影。是的，年轻的目光不需要这么久地停留在一朵花上，因为花朵儿真的不需要再依恋花朵儿。一位中年男子远远地走过来，他穿了一件春装，目光交接的瞬间，他有些羞怯地笑了，他不认识我，正如我不认识他，但我们每次相遇都会彼此微笑，因为我们都是这条小径的过客。一群老人围坐在台阶前，只要有阳光，就有他们的身影。他们坐在各自的小垫上，时而交谈，时而沉默，时而用那浑浊的老眼木然地看着行色匆匆的人们。他们为什么相中了这块台阶？他们坐在这里到底在等待什么？他们当然也曾经像我这样在一段小径里反反复复地走过，反反复复地想过，直到终于走完了那段上班的路。

叔本华说："人生就是一场苦难。"我曾经认为这是一个谬论，也曾经试着用快乐的心态反驳过这个谬论，但我的快乐总是那么脆弱，那么不堪一击。于是，我明白了，花开了终究会落，叶绿了终究要黄。人无论怎么加快自己的脚步，变幻自己的步伐，都要从年轻走到老迈，哪怕你为了逃避时光的侵蚀骑上一匹快马，可衰老依然会随你骑到马背上。既然如此，我们就混混沌沌地在小径里走下去吗？就像随风飘过的那个塑料袋子，就像被孩子遗弃在路上的满身油污的球？这时，小径里走过来一个精神病患者，她自从孩子死去后，就一直这么走，一年四季，风雨无阻。她总是那么独自地走，脚步轻盈，目光紧锁，脸上时而充满了表情，时而毫无表情。我的心突然一紧，是的，我不想这样走，尽管你看花也好，不看花也罢，终点都是相同的，但哪怕我仅有一步路要走，我也一定要清醒地走路，走出属于自己的路。痛苦是正常的，因为你是人，你必须要在痛苦中磨砺，在痛苦中思索，在痛苦中成长，叔本华不是还说吗："人生虽然是痛苦，但我们可以把痛苦转化成幸福。"看来哲学家也始终在思索，所以才常常这样自相矛盾啊。正这样胡思乱想着，突然一个孩子闯入了我的眼帘，那是一个五六岁大的男孩子，他在花间小路上时而跳着，时而跑着，小小的身躯无处不在闪动着旺盛的力量，火焰般的激情。这时，他突然又停下来了，蹲在花树边鼓弄起什么来……他的嘴里含着一根棒棒糖，那是一个乒乓球大小的棒棒糖，糖球已经把他的腮都塞得鼓起来了，可那种突出还是抵制不住他快乐的笑容，他怎么那么的快乐呀？他一边鼓弄着，嘴里还絮絮地说着什么，棒棒糖那蓝色的棒棒从他那鲜嫩的小嘴里露出来，随即，一缕口水也清亮亮地流淌出来……我好奇地凑上前去，男孩子立即用那双黑葡萄似的大眼睛警觉地看了我一眼，嘴里顿时不说了，那只拿着小棍棍捅着什么的小脏手也顿时不动了，小小的身体缩成一团儿，仿佛做错了什么事儿一样等着我的责难。我马上羞愧地笑了，为自己无理的打扰而羞愧，也为自己曾经的想法而羞愧。是啊，我还大言不惭地把这片花海称为我的书籍，可谁又能说这片花海不是这个孩子的书籍？不是那个园丁的书籍？就像我曾经把花朵上的露珠想象为花的眼泪，可既然你不是花，你为什么要替花表达心情？

每个人都有属于自己的生命的小径，可能崎岖，可能平坦，可能繁华，也可能荒芜，但无论怎样，你必须自信地走下去，快乐地走下去，仪态万方地走下去，你在走，就证明你活着。走路，不需要理由，因为活着，就是理由。

蜘蛛会飞……

因为值班，我早早地来到了单位，沏一杯茶的同时，打开了电脑，茶香飘出了，电脑启动时那优美的钢琴曲也奏响了。一切都显得那么完美，连窗外飘进来的流行歌曲也唱得恰到好处，声音不大，没有达到噪音的分贝，这样才不至于扰乱我的心志；声音也不小，小了对我就毫无意义了，也就听不清那偶然飘入耳际的唯美的歌词了。是的，不大不小恰到好处，正卡在"悦耳"的那个点上。并且在音乐将停而未停的那个时段，还有鸟儿的叫声掺进来，让人感到温馨而鲜活的生活就离我们不远，就在北窗正对着的那幢家属楼里。并且周围还飘着沁人的香气呢！那到底是什么样的香气啊！细细地品，有茶香，还有一缕茉莉花的芳香，仿佛让人觉得我正在喝的是茉莉花茶。不是的，这种芳香来自于窗台花盆里那束开得正艳的、白里微微有些泛青的茉莉花。那束花不是我栽的，我也没有浇过一次水，我也没有施过一次肥。它是我们单位李大哥的"宝"，他曾经像对待心爱的"女儿"一样，精心呵护着直到她长大成人。"李家有女初长成"，花开得正艳时，大哥突然就把她"嫁"给了我，无偿地"嫁"给了我，没有要我一分钱的"彩礼"。现在，这束美丽的茉莉花就一直归我欣赏、归我支配了，只是李大哥每天都会过来侍弄一下，有时浇一点水，有时施一点肥，怕我有心理负担，李大哥还说，等花谢了，他还会把花拿走的。言外之意是：我只需尽情地享受这束花，而不必对这束花担负一点的责任。唉！这是多么好的事啊！就像我想听鸟叫，想听流行歌曲时，不用去养鸟，不用去遛鸟，不用买 MP4，也不用去选择和下载歌曲，只需把这扇窗轻轻一开，就有鸟语飘进来，就有歌声飘进来一样。唉！生活真美，所有的好事都让我摊上了。

可是，我都这么美了，可我为什么还快乐不起来？我的心情为什么还如此抑郁？

我当然明白我的心，就像我明白这花朵、这歌声、这鸟语，真的与我没有太大关系一样。说得好听些，我只是一个借光的人，说得难听些，我只是一个偷窃者。况且，所谓的美丽，必须建立在你对这种美丽承认的前提之下。可这歌声，这花香鸟语，真的都是我所承认的吗？不是的，我所承认的可绝不是这种仅仅停留在外部感官上的美丽，我渴望倾听的是一种来自心灵里的消息，是和我的生命、我未来的岁月息息相关的发自心灵的声音。于是，我一直在等，默默地等。所以，我也一直在抑郁，默默地抑郁。

我在等待一个人的短信，当然，既然是一个人的短信，那就绝对只是一条普通的短信，是由那个人用长满老年斑的满是褶皱的手指笨笨地打在手机上并发给我的，表达着只属于他个人思想的、表面看似乎只与他一个人有关的短信。但对于我，那绝不是一个普通的短信，哪怕仅仅一两个字："行"或"不行"，都重得像大山一样，会压得我喘不匀气息。因为这么一个"行"或"不行"，就意味着我下一步的人生走向。

等待的滋味真的很漫长，一分钟一秒钟，都会被拉得很长很长，长得让人近乎窒息。我知道：消除焦虑的最好方式，是忘了这种等待，可是，该有多么刺激的事物才能让人忘了那么长的等待呢？当然，花香无法冲淡这种等，茶香也无法替代这种等，歌声鸟语反倒让这种等增加了一丝悲凉凄美的色调。那么怎么样呢？最起码的自尊又不能让我再巴巴地发一条短信去催……我的目光无意间落到了一本书上，那是一本摊开扣在床上的书，是昨天下班前刚刚翻开要看，突然有人呼唤就临时放在那里的书，那是一本爱默生的书。我把书翻转开，让它对我，当我面对了那四四方方的美丽的文字时，我突然又生发出一种感慨：书啊！的确是这个世界上对我最忠实的朋友，我随时可以翻开它，也随时可以抛弃它。心灵里不用有一丝顾虑，良心上也不用有一丝愧疚。记得一次突发急病住院，我匆匆地离开了家，住到了离家很远的一个令我非常陌生的病房里。因我的病，我的丈夫也随我住进了这个病房，并在这个病房里和我继续着我们过惯了的日子。"有丈夫的地方就有家，"这是我多年来总结出的一句话。但那些话都是我在旅游时、在闲逛时、在心灵毫无羁绊时所说的。可在那个医院里，我虽然住了很长很长的一段时间，丈夫也顽强地陪了我很长很长的一段时间，但我一直没有找到家的感觉。于是，神志刚刚有些清晰时，我就一直思念着我的家，思念着我家里的床，我床边的书柜，以及书柜上被我随意摆放在那里或摊开的、或合上的、或立在一起的，当然也都蒙着灰尘的书籍。我常常想象它们的模样，常常为它们的寂寞而替它们叫冤。果然，我回家时，一切都像我离开时的样子，床上还堆着没有来得及叠起的被子，书也有好几本在摊开着扣放在书桌上，只是书上的灰尘变得清晰可见了。但即使如此，书还是那么忠实地等待着我，特别是那几本半摊开的书，就像一个忠实的奴仆，匍匐在我的书桌上，随时都在用它全身心的耳朵，听从着我的召唤，等待着我的调遣。于是，那一天，我流泪了，带着歉疚，我用干净的抹布，小心地拭去了它们身上的尘灰，又把它们小心地按原位摆好，我发誓要报答它们，就像走出医院时，我发誓要报答我丈夫的恩情一样。

如今，我又一次找回了那种感觉，我把书小心地捧在手上，就像捧着我心爱的女儿，我读着她的脸，那张只属于她自己的独特的脸，我一小段一小段地品读着，怕不理解她的意思，读了一段儿，我又返回来重读。"这个世界就是你，你就是这个世界，"这不是爱默生说的，这只是我从爱默生那一大段一大段深奥的论述中读出来的。拿破仑说："历史不过是一个大家都同意的寓言。"因为历史是人写的，所以必须要掺杂个人的东西，所以不要把历史看得那么准确无误，那么博大无力，说白了，就是"一个人"的历史，大家都认可，它就存在了。有一千个读者就有一千个哈姆雷特，历史投射到每个人的心灵里，都会有不相同的投影。历史尚且如此，那么别的呢？就像那个人的短信，对于浩瀚无边的宇宙来说，那一个人的短信，只是一个人的短信，这个世界上每天都会有成亿成百亿类似的短信，多得就像空气里的尘灰，实在是太微不足道了。但对于我来说，那可绝不仅仅是一个人的短信了，那真的是一座山啊！

这时，我突然发现了一个很小的、很小的、肉眼几乎可以忽视的黑色的小点儿，一开始我只把它当成了一粒微小的灰尘，但自打这个"灰尘"在动了，我又把它当成了一只小小的飞虫，手指也不由自主地跟过去了，要去碾死它。人总爱习惯地打死这样的"小咬"，就像走路时总要不自觉地去踩死路上的蚂蚁一样，虽然这样的小虫子、小蚂蚁对你构不成任何的伤害，但谁让人类是如此强大的动物，总忍不住要向这些弱小的生灵施展这种伤害。但我的手指随之就停在半空了，因为我发现：这是一只小小的蜘蛛，喜蜘蛛。

忘了从哪里听来的这么一个传说了，说人看见喜蜘蛛，就会有喜事降临，哪个人不渴望有喜事降临呢？更何况正在如此焦急地等待着一条短信的我呢？难道这个小小的生灵此番突然出现，真的是某种预示吗？如果它真的是某种预示，那么它要预示什么呢？这时候，蜘蛛开始顺着床向南爬行了，真难为那么小的生灵了，竟然爬得那么快。"如果你真的要预示什么，那你就爬回来！爬回来！"我突然对蜘蛛说，甚至说出了声音，让我惊觉了室内的寂静，可蜘蛛对我的话根本没有反应，依然一直向南爬行着，爬行着……于是，我就开始沮丧了。

我当时是把下巴支在冰冷的床头横柱上看书的，书就放在床单上，我平时常常用这种姿势看书，这种姿势看书的好处是，可以改变自己长年坐在电脑前的姿势，最起码可暂时缓解头部对颈椎的压力。此时，蜘蛛的一去不返，让我看到了自己的可怜，于是，我便对自己苦笑了，一只那么小的蜘蛛，它的出现和你有什么关系呢？那么小的生灵，连自己的生命都不知如何捍卫，还哪有闲心去管你这个人的运气？我默默地叹了一口气，又继续把目光投向书里，去和爱默生神交了。"真正的诗是诗人的心灵，真正的船是造船者，我们倘若能把人剖开看，就能够在他里面看到他的作品里最微末的一撇一钩的理由……"我正要为作者的精彩论述而张牙舞爪地发表感想，我读书总有这个默默舞蹈的习惯，然而还未等我的手臂张开，我突然发现那个蜘蛛真的爬回来了。啊！它爬回来了，难道这么小的它真的要和我说什么吗？我马上停止了舞蹈，专心致志地看它，脸上也不由自主地溢出了微笑。蜘蛛爬回来了，并且一直爬到床的尽头，顺着床柱顽强地向上，也就是我下巴支撑的地方爬过来，床柱是铁管制成的，刷着蓝漆，当然很滑，那个蜘蛛便爬几步一打滑，爬几步又一打滑，反复在那里上上下下的，看得我的眼睛都酸疼了。于是，我便又开始对自己哀怜了：身高一米八五的我，真的已经可怜到把希望都寄托在比小米粒还要小多少倍的、无须用力就能轻轻捻死的蜘蛛身上吗？

正在我自艾自怨的时候，突然，我发现蜘蛛飞起来了，直向我的电脑那边飞去，在空中划出了一个优美的弧线，转眼就消失在了我的视线中。我惊得站了起来：蜘蛛会飞，这是反射在头脑里的第一个想法。接着，一种久违了的力量也慢慢地在我的心里复苏了：它虽然很小，但它真的很强大，比我还要强大，并且不知强大到多少倍，因为它不会把希望寄托在别人身上，并且它还能够飞翔。

我不知道作为小动物，蜘蛛到底会不会飞，我也不知道从科学的角度，应该怎样解释蜘蛛能够飞翔的原因。但我已然确认：蜘蛛真的会飞，因为这是我亲眼所见的。

是的，我必须用平和的心态，继续我的奋斗，继续做我认为应该做的一切。人不能在一棵树上吊死，我也不能非要靠一条短信去决定我未来的一切！

是的，蜘蛛会飞……

像树一样飞翔

一

有班儿可上的人，班儿是一种负担；没有班儿可上的人，班儿是一种向往。

唉，无论怎么懒得动弹，都得去上班啊！

我无奈地从床上爬起来，拖着懒懒的步子，准备穿衣打扮。正午的阳光很明亮，尤其五楼的阳台，简直就是阳光地带。本来时间已经不多了，可阳台上的阳光还是拽住了我的脚，我抱着豁出去了的态度，顺手拿过水果刀，拿起苹果箱子里的一个苹果，便坐在阳光中认真地吃了起来。之所以用"认真"二字，是因为我从来没有如此专注地吃过一个苹果，我边吃边端详着这个普通的苹果，端详里面的籽，籽静悄悄地躲在羽状的籽房里，就像躲在母亲子宫里的孩子，用一种异样的目光怯生生地看着我，对于我疑问的注视显得有些无助和不知所措。我突然有一种感恩的心态，觉得这只苹果之所以到世上来，是专门为我而来的，从抽芽儿，长成枝叶，到开花，结果……尽管一棵苹果树要结出许多这样的果子，但事实上，这一个果子的生长的确是为了我，尽管我不知道它在何处长大，又被何人摘下来又被何人送到市场，直到它被我购来，并被我吃掉。当然，世上有很多这样的苹果，但这个苹果却只有一个，正如世上有很多人，但我却只有一个一样。阳光很暖，很温柔，我多么希望时光能够停下来，不要带走我！——但时光又是什么呢？就是嘀嗒嘀嗒的钟表吗？就是那一寸一寸移动的阳光吗？我突然又弄不懂了。

等我终于吃完了这个苹果，早已到了上班的时间。我从容地穿着衣服，准备出发，心里突然又涌出了一种幸福的感觉。有一次丈夫曾经窃窃对我说："如果我们现在再不觉得幸福的话，那么我们就是不会享福了！"他说这话的时候是一次我们俩都早退回家并确信没有被人发现的时候，之所以窃窃地说，当然是凭着一种侥幸的心理，尽管他大声说也不会有人听见。人其实都有这个毛病，做背人的事儿，哪怕在荒郊野外，也要找个有所遮掩的地方，仿佛天空有一双眼睛在看着你。这样想着，我已穿好了衣服，准备出发了，突然间我又觉得对不起我这个楼了，我走了，我的楼就寂寞了，这么宽敞的楼阁之所以存在，也是因为我呀！可以自豪地告诉你：我是这幢楼的真正的主人，因为楼照上就印着我的名字。一想到这么宽敞明亮的楼，竟然是专门为我这么一个平庸的小女子而建的，我便更加地幸福，更加地感恩。是啊，一幢楼，从无到有，需要多少的砖瓦水泥，需要多少精力汗水！先是一砖一瓦地建，接着又一寸一寸地修磨，直到成为了现在这个样子，而他们的所有汗水都是为我而流的，你说我怎么不觉得幸福？尽管有哲学家说："人只有楼的使用权，没有楼的拥有权。""人来到世上，都只是住旅馆，别以为哪幢房子是属于你的。"但哲学能算什么呢？只是吃饭时的咸菜，有没有它，人都可以生存。我敢打赌：俗世中的人没有谁肯因为哲学就放弃自己拥有的，就像我绝不会因为看透了人生就把我的楼拱手送给别人一样。

等我关上门，心中的幸福感便更加浓郁了，因为我突然想到我尽管离开了，可我毕竟能够安全地回来，可有的人却永远都回不来了。当然，人都有回不来的时候，《红楼梦》里不是那样说嘛："正叹他人命不长，哪知自己归来丧？"谁能真正左右自己的结局呢？就像我前年送走的那位同学小L，我是亲眼看见他被推进火化炉前的告别厅的，等我们走出来后不久，楼顶的烟囱里就冒出一股浓浓的黑烟，继而有一股胶皮烧焦了的气味弥漫了整个空间。当时我瑟瑟地站在火葬场的楼下，感到一种彻骨的寒意……可是他也有属于他的楼阁呀！他的楼阁也是那么地宽敞和明亮，他的楼照上也写着他的大名，并且我相信他最后一次离开他的楼阁时，他也是觉得很幸福的！据说他还和他的娇妻爱女开了一句玩笑，然后便永久地走了，从此便再也没有回来。

人就是这样，与幸福的人相比，就有一种失落之感；与不幸的人相比，就会涌起幸福之感。这不，想着想着，心里涌动的幸福之流便浓郁了，为什么会这样呢？当然源于一种侥幸，当然是想到了那个被火化的人幸亏是别人而不是我！人有这种想法，是看重的只是自己，如果换一个角度，那么就到处都是悲剧了！比如换成苹果的角度，它无辜地就被吃掉了，是不是会感到悲哀？比如换成楼呢？楼是否情愿为我所累？这时，我的大脑突然有一种被胀大的感觉，赶紧从自己的楼里逃离，试图躲开这种纷乱如麻的思想。

把门锁上时，脑袋里依然没有闲着，还抽空想了想晚上回来要买什么菜。人就是这么怪，对自己的安全总是非常的自信，正如我并没有因为想到了我的同学小L，想到了《红楼梦》里的诗词，就放弃了自己不能安全回家的自信。事实上人都该对自己的归来充满信心，只要一息尚存，我们就必须要归来！

二

尽管是冬天，可外面的阳光也很温柔。我穿着有些臃肿的棉警服，经过一辆车时还向里面看了一眼，当然我看的不是车，而是车窗里的自己。我从车窗看见走过了一个不可一世的女人，脸绷得紧紧的，自以为有了庄严的警服，就果真变得威武。可遗憾的是那种威武只是一个架子而已，并且是一个滑稽又不堪一击的架子，不用费多少力气，仅仅一个眼神儿就能击溃。可见人是多么脆弱的动物，几秒钟前还是一个自信快乐的人，几秒钟后就颓废了。忘了在哪里看了一篇文章，把人生中的一切都比作在水面上写字，字还没有写成形，就被波涛冲走了。是啊！当你遇到一个刚刚还对你笑，而转眼就对你视而不见的人之时，你一定不要去挑剔他，他对你笑，有他的道理，他不对你笑，也有他的道理，因为生活总比作品还要精彩。

那天不就遇到这样的事吗？尽管这事在小说里才容易遇到，而我至今还不知道他的名字。头一天，我们曾在路上相遇，四目相对的一瞬间，我们彼此都微笑了，之所以微笑，当然是因为我们曾经相遇。第二天清晨，我们又一次相遇了。可这一次四目相对之时，我却没有对他微笑，当时我也许在思考一个问题，也许正看风景，也许正在发呆……反正，我看到了所有应该看到的东西，就是没有看见他。或者已经看见了他，可就是没想起冲他咧一咧嘴。于是，我们就这样默默地擦肩而过。本来这是十分正常的事，我们每天都要路遇很多人，谁不是这样看一眼就擦肩而过了呢？然而，不正常的事儿却突然发生了：他明明已经走过去了，却又折了回来，气汹汹地叫住我说："你站住！"我吓了一跳，立马就站住了。他气汹汹地说："你不就是穿一身警服吗？有什么牛的？"我愣住了，怯懦地说："我……真的没什么牛……"他依然绷着脸："那你架子为什么那么大？见了面，话都不会说一句？"说着话，一股酒气迎风而来。这也实在是太新鲜了吧？我突然来了一股气，张口就说："我就不跟你说话，怎么着？"之后便不管他的反应，大步流星地走了。走出很远了，终于忍不住回过头看一眼，你猜我看到了什么？我看见他还站在那里气汹汹地指着我骂呢，当然，我听不到他在骂什么，我只能看到他的嘴正迎着风，一张一合。不知为什么，我突然"扑哧"一声笑出来，心里仅存的那点怨气也随着笑消散了，心情也渐渐地变得明朗起来。原来我在这个世界上并不平凡，竟然会有一个人很在乎我的一声招呼。于是，我便万分看重起自己来了，再往前走，便特别地注意起过往的行人。仿佛要考验我似的，一个熟人迎着风骑着自行车过来，有了刚才的教训，我便远远地就冲他笑了，并扬了扬手，热情地说："你去上班啊？"然而，令我没想到的是，对于我的热情，他竟然一点反应都没有，他脸上的表情也没有一丝变化，就那样目光木木地擦着我的脸过去了，留我一个人在那里尴尬。这真叫现世现报，只是没想到它会来得这么快。

是的，这个世界就是这样，每个人心里都有一部风云变幻的史诗。这不，刚才的我还那么踌躇满志的，仅仅是因为在车窗镜里瞥了一眼，心情就一下子糟糕了，尤其可悲的是自己还说不清为何糟糕。突发地郁闷，使我的脚步也变得不再轻快了。接着一股冷风吹来，便吹出了我的两滴眼泪。突然想起一个顺口溜，"四十岁，淌眼泪……"后面的话原谅我实在不能照录，因为太浑了。虽说真实是一种美，但也得有个限度不是？正如最真实的人是不穿衣服的，可要是人都脱去了衣服，那人也就不是偷食过智慧果的了。为了擦眼泪，我信步走进路边的一家杂货店，想买一包面巾纸。最不愿意说话的时候，偏偏就碰上了这样一位碎嘴的大婶，她问我："孩子，你穿这身衣服是干什么的？"我出于礼貌，不得不回答她："公安局的！"然而她偏偏听不出我的不情愿，只管兀自地羡叹着："公安局？你的工作单位多好啊！"又接着问："你丈夫在哪儿工作呀？"我只得又告诉她："我丈夫在教育局。""在教育局？你们俩的工作都这么好啊！你看现在下岗的人有多少啊！你们可真有福气！"接着才把纸巾拿到手中："你家住哪儿呀？"我指了指对面的楼："就在对面的那幢楼。"老太太果然又针扎火燎地叫起来了，毫不掩饰那种羡慕："就是那幢楼吗？你这么年轻就住楼了？还是那么阔气的楼！"接着她又问了："你家孩子是男孩还是女孩？"我便笑了，说："男孩子！"正如我料想的那样，她艳羡的语调高了八度："还是男孩子？啧！啧！啧！"唉，这就是人，同样的天气，同样的处境，仅仅是别人的几句话，心情就会发生变化。总之，我走进小卖店时，是一个悲哀透顶的人，可我走出小卖店时，我已经变得春风满面，满心欢喜了。

走出小胡同，就是大街，这时一个女人很悠闲地走来，我想起一个词——娉娉婷婷，对，就是这个词，娉娉婷婷，她就那么娉娉婷婷地走着，沉浸在自己的美丽里。于是，我又释然了，在这个美丽的中午，至少还有一个拥有美丽心情的、孤芳自赏的女人，这难道不也是一种美丽吗？这样想着，女人已走到了我的身边，我注意看了她一眼，突然觉得很失望，因为尽管她的面容很年轻，但她很憔悴，也很木然，并不是我所想象的那样，原来也是一个陷在苦海里不能自拔的平庸女子……正这样失望着，一辆车突然紧擦着我的身体飞驰过去了，吓了我一跳，于是，我便又庆幸了，假如这辆车的司机在这时突然方向盘偏了一点点，我不就……于是，我又赶紧收拾起自己乱七八糟的思想，认真地走自己的路。

然而，说认真，其实谁又能管住自己纷乱的思想呢？拐弯就是一个修车厂，我突然又想起了一个镜头：一年前，我在这个修车厂的门前，遇到了我前边提起过的那个同学小L，他站在一辆车的后面，很远就冲我招手，他指着一辆半新的白色轿车对我说："这辆车是我的！大师姐，往后用车你可得吱声啊！"他那种踌躇满志我至今历历在目，然而几天后的一个早晨，我就被一个电话吵醒，电话是另一个同学打来的，他告诉我小L死于车祸。同时他还说，与他一起走的还有另外一个女人，那个女人并不是他的妻子……当然，话题得就此刹住，不然，一个新的故事又开始了。

突然想起电影里说过的关于时间隧道的问题，说时间是可以回返的，如果许多年后，时光真的可以回返过来，会不会回到这个中午呢？如果真的回到了这个中午，会不会看到我曾在这个街道里走过的身影？假如真的看到了这个身影，人们会不会知道我当时正在想着什么？

三

路还继续往前延伸着，为了安全，我特意选择了一个相对僻静的小巷。如果不是阳光明媚，我是绝不会选择这条小巷的，因为每次走入这条小巷，我都有一种阴森恐惧的感觉。小巷幽长而且狭窄，并且前边有一幢过高的楼遮住了阳光，使这里始终阴森森的。到严冬时，这里的风便比别处显得刺骨，到盛夏时，这里的空气又比别处显得憋闷。但这一切都不是我产生恐惧的原因，最主要的原因，是因为这条小巷曾经是玉美的小巷，那几年，我每次和玉美相遇，都在这条小巷；有几个黄昏，我还和玉美进行过几次倾心的长谈，当然，我们长谈的地方也是这条小巷。

玉美的年纪比我还要小一岁，她漂亮的时候，美丽的白天几乎天天都和我丈夫一起度过，因为她是我丈夫对桌的同事。玉美和我丈夫在工作的时候，是不是有过眉目上的传情？或者我的丈夫是不是也对她产生过非分之想？我不得而知。但我真的嫉妒过她的美丽，那直直的羊角辫，那水灵灵的双眸，那白皙的面庞，那尖尖的下巴，还有那羞涩的神情，都让我自愧不如。让我生气的，是她还过于细心地关心我的丈夫，甚至还给丈夫织过一件毛衣……小儿也非常讨厌她，原因是她经常逼着我的小儿管她叫"妈"。但无论怎样的经历，都已成了永远的历史，因为这个美丽的女人说走也走了，她死于癌症。

与我的同学小L相比，她的死却要痛苦许多倍，因为她有一个精神死亡的过程，因为她在死之前知道自己快要死了。屈指算来，从查出病情到死将近一年的时间，这一年对于她来说，无疑就是炼狱般的生活。在她弥留之际，我曾经萌生过要去看看她的想法，并且已经走进了这条小巷，但我还是中途就返回来了，因为我实在不敢也不愿意面对一个垂死的人，更何况她自始至终，都称不上是我的朋友。听她的爱人说，死前，她求生的欲望非常强烈，她甚至都羡慕起那些捡垃圾收破烂的人了，只要能换回健康，让她奉献什么她都愿意。然而在健康的时候，她是否真的就珍惜了自己的健康呢？好像没有这种迹象，因为这些年来她一直都在争夺着，奔波着，既为了生存，又为了欲望。

纵欲是不幸的开端，它就像一个贪婪而又霸道的孩子，早晚会引火烧身。在我嫉妒玉美美丽之时，玉美的确是值得人嫉妒的，因为她的确美丽，因为她的目光中还闪着能够遏制欲望的羞涩；等到发生了那么多的变故以后，我再一次见到她时，我心中的嫉妒之火便熄灭了，因为我发现，她已经不值得我去嫉妒了，因为她无论气质还是眼神都完全变了。她梳着一头在当时比较流行的"源美式"大卷的头发，穿一条让人觉得脏兮兮的长裙，脸上不再有以往的清纯，眼睛里也不见了以往的羞涩，总之，她已经完完全全沦落成一位风尘女子了。她的沦落，始于一场讨债风波。她原来有一个同学，是个赌徒，后来事闹大了才知道，她和他曾有一段秘密的偷情。他们相好的时候，那个赌徒财运正旺，可以说挥金如土，出来进去非常风光。可后来就背运了，然而背运之初他却不告诉玉美。他试探着跟玉美说："你的钱存着也是存着，不如我给你放出去，挣些利息。"玉美将信将疑，抱着试试看的态度，拿出一小笔钱给了他，果然像他说的，那笔钱不长时间就还给她了，并且附上了一笔数目可观的利息。接下来赌徒又让玉美放钱，玉美尝到了甜头，不但把自己所有的积蓄给了他，还动员她的妈妈把一生的存款也都拿了出来。事后她才知道，赌徒把这些钱全带到赌桌上去了。然而玉美和她妈妈的钱并没有让赌徒时来运转，那几天他一直都在输钱，直到最后输得倾家荡产，逃之夭夭。钱要不回来，玉美的母亲便一病不起，几天后就撒手西去。母亲的死使玉美万分悲愤，那段日子，她找那个赌徒都找疯了，可那个赌徒却像在人间蒸发了一样，一点线索都没有。赌徒的妻子倒是老老实实地待在家里，但对于丈夫欠债一事，她一点都不知情。她甚至破马张飞地质问玉美，问她和自己的丈夫到底是什么关系……这件事当时闹得挺大的，沸沸扬扬地持续了很长一段时间，两个女人光是大仗就打了三次，弄得头破血流的，把公安局的人都惊动了，以至于当时整个小城的人都知道了有一个被骗了的女人叫玉美。这件事后来到底怎么解决的，我不得而知，但接下来发生的事，我便一清二楚了，因为这里面也涉及了我，准确地说，我是其中一方当事者的邻居。

这便是那场比讨债风波更盛的婚外恋。

四

我了解玉美，一方面源自她曾经是丈夫美丽的同事，但更大一方面则来自她的情敌，也就是我的邻居阿善。情敌的眼睛是一把锐利的刀，容不得一丝污秽，更何况这个情敌原来还是她的闺中好友。闺中好友之所以称为闺中，是因为她曾经跟你分享过许多不为人知的秘密，本来女性的秘密从本质上说早就失去了秘密的含义，更何况这个女友已不再是原来的女友，还上升成了情敌。于是，玉美的一些龌龊便源源不断地充入了我的耳畔。阿善是一个南方女孩，其实是一个很木讷的人，本来在南方，她也曾有过自己的丈夫和孩子，然而就是因为一次怄气，她就义无反顾地和丈夫离婚了，并一气之下来到了北方。离婚的时候觉得自己很果断，很有主见，可真正回归到每天实实在在的日子，她才发现自己以前的丈夫是多么地好，自己的儿子是多么地好。然而后悔已经来不及了，因为她的丈夫转眼就有了另一位心上人，她的儿子也被丈夫一家严管起来，她想见一面都不允许。有了前任丈夫作比较，对现在的丈夫的感觉当然不说你也能猜得出来。玉美因为和阿善是好友，在阿善和丈夫吵架时，她经常前去劝解，然而劝解着劝解着，她的身份就由劝架人变成第三者了。那段日子，玉美每天都要绞尽脑汁地与阿善周旋，同时还要提防自己的丈夫。有一天晚上，因为阿善太难缠了，她甚至把电话打到我家，她拐弯抹角说了很多原因，其实就是想让我的丈夫帮她圆谎。忘了当时具体的细节了，但我的态度我却清晰记得，我坚决反对丈夫参与这件事情。之所以如此坚决，当然缘于职业，因为我是一名公安民警，而我的丈夫便是民警的家属，你说，民警的家属怎么能给人作假证呢？并且我还突然想到了那句老话："赌徒出贼性，奸情出人命！"我可不想让自己平静的生活搅进一桩随时可能出现的杀人案件里。因为我的坚持，丈夫果然拒绝了玉美，这使玉美有很长一段时间不再同我们来往，等她继续和我们来往时，她已经替代了阿善，成为了我的新邻居……

　　有情人终成眷属，当然是人间的最幸福的事啦，那段日子，玉美总是穿一件大红的棉袄，和她的新任丈夫出双入对，幸福和喜气都写在脸上。更让人不平的是，不久他们还喜迁新居，搬到楼上去了。那段日子我每次遇见玉美，心里都觉得堵得慌，总是不自觉地就替阿善抱不平，并曾经偷偷地在心里诅咒过她，但不久，我就为自己曾经的诅咒而内疚了……

　　最后一次见玉美，是在一次葬礼上，那时她还没有被查出得癌症。最鲜明的印象，是她正在为她的新丈夫而担忧。虽然她是她这任丈夫的第四房妻子，但因为他们的婚姻经历过风雨，经历过磨难，所以便显得有些珍贵，当然这种珍贵只是对他们而言的。那一天的葬礼参加得很难受，本来参加葬礼就是一件难受的事，再加上寒冷异常，风沙四起，便让人更有一种凄楚之感。在狂风中我和玉美共同忍受着这些不知是谁制造出的繁文缛节，尽管除了几个有限的家属，人们的脸上都没有什么悲痛的神情，有人甚至还在寒风中开着玩笑。但大多数人都坚持到了最后，因为最后一项才是去暖烘烘的饭店吃饭。不知在哪篇文章里曾读过这样的话：凡参加葬礼的人都知道死者是谁，唯死者不知。其实这句话说得也不准确，因为大多数人真的不知道死者姓甚名谁。大家之所以都在寒风中坚守着，其实全都是做样子给活人看的。死者是玉美新任丈夫也就是阿善原丈夫的叔叔，所以在狂风中玉美的丈夫便奔波得格外卖力，以至于头发凌乱，衣衫不整，整个人都变得风尘仆仆的了。于是，玉美便有些怜惜，叹了口气对我说："这么一折腾，他又该受不了了，你看他有多瘦？什么都吃不下，真不知他能坚持多久。"说罢长长地叹了一口气。然而正是这位她非常担心的丈夫，在她死后不久就又娶了第五房妻室，他长得相当的一般，用我的目光看，甚至是丑陋的，然而正是这个丑陋之人，命中偏偏犯桃花，害得阿善、玉美这样的人竟然为他打得头破血流……唉，这人啊，真没处说去。前天我在街里还遇见了他，发现他比以前年轻了许多，他们又买了新楼，他的新任妻子在城郊有一个"庄园"式的房子，于是他们冬天在楼上过，夏天就要举家迁到"庄园"种菜养花，生活别提有多浪漫了。真不知道这种时候，谁又会为他的健康而担忧而感叹。可玉美却真的无法再为他担心了。

五

人虽然能和别人争，但永远也不能和自己争。都说人是最有能力的动物，但可悲的是，人无论怎么有能耐，却依旧和动物一样，无法

像树一样飞翔

左右自己的生死。当然，从一些养生学的意义来说，人是应该可以稍稍左右自己的生死的，但那种左右却让人有一种生不如死的感觉。比如一些养生功，经过许多人证明，这种功对于人体的确能够调节，但这种功本身，却要求人必须无条件地投入到那种功态里，如果一天拿出十几分钟或半个小时，还可以忍受，但如若让你拿出几个甚至十几个小时，那生命即使真延长了，也是一种无谓的延长。然而，话又说回来，世上并没有哪一种功，能真正避免人的意外事故，比如战争，比如瘟疫，比如地震、海啸……可见人的智商有时候真是无用的，在大难面前，人都不如一只小老鼠。

老子在养生学方面有其独到的见解，他是这样说的："盖闻善摄生者，陆行不遇兕虎，入军不被甲兵；兕无所投其角，虎无所措其爪，兵无所容其刃。夫何故，以其无死地。"

总说人类在前进，可屈指算来，老子离开我们，已有两千三百年了，可为什么现代人的思想还是不如老子的思想深刻？比如我这样的人，为什么一遇到解不开的难题，总要掉头去翻圣贤之书？是古代人比我们强，还是我们把古代学术神化了？小儿对此却有他的观点，小儿说："人的进化是一个非常漫长的过程，几千年对于人类发展的长河来说近乎零。况且，现代人面对的诱惑又远远高于古人，而人偏偏是很难抵挡诱惑的。古人因为寂寞，所以才能静下心来搞学术创作。"我不知道他这话是否正确，但我却全盘认同了这番话，之所以认同，当然是因为他是我的儿子。

人，无论走多远，都走不出自己的心情，人每天总是生活在自己的心情里，这才是真实的人。人的地狱都是自设的。磨砺了这么多年，突然想明白一个道理，人不能盼望结果。就像上班的人只要好好地上班，不要奢求太多。叔本华说："人只能做他想做的，却不能要他想要的。"如果这样想来，人真的没了奔头。所以有的时候，懂哲学真不如不懂，就这么浑浑噩噩地前行吧，做一个隐居在深野的毫无学识的长寿老人，或者就做一条山野里的蛇。那天一个同事因为自己的境遇，把自己弄得很苦，出来进去时总是长吁短叹，仿佛掉进了苦海，似乎都无法喘息了。我指着鱼缸里的鱼对他说："你应该学学这

像树一样飞翔

条鱼!"他愣愣地看着我，以为我在往他伤口上撒盐，我马上又说："其实我们和这条鱼有什么区别?"他还怪怪地瞪着我。我便苦笑了，其实有的时候，我们还真不如鱼缸里的鱼。

那天和几位文友一起喝酒，谈起幸福，一个大哥便说："人生不过百，常怀千岁忧，幸福，什么是幸福? 幸福就是得劲儿。不要想得太远，太远的属于别人，也不要想得太近，整天被俗事缠绕，也是遭罪。真正的幸福是心灵永远处于平静的状态，该干什么就干些什么，不要琢磨干这些事会得到什么好处，过程即目的。正如我现在，就这么投入忘我地写这些乱七八糟的文字，没想过为什么而写，只是觉得尽兴，想上厕所都舍不得时间……还要求什么? 这种尽兴其实就是幸福。"顺便记一句：那天说幸福就是得劲儿的老兄，现在正在死亡线上挣扎，他患了淋巴癌，已到了晚期。

有时照镜子看自己的脸，有时伸出手来看一个个熟悉的手指，心里便顿生怜惜，觉得它们一切都那么美好。自己已在世上走了四十多年，也就是说，这张脸、这双手、这个身子已经跟了我四十多年，我无论走到哪里，都要拖着它，我无论干什么，都要带着它，它脏了，我要清洗它，它丑陋了，我还要美化它，更可怕的是它还经常出问题，让你总是处于一种担忧之中。实在可怕的一件事是，你虽然是你，可你却对你一点都不了解。有时，你必须得把你交给医生，像一个罪犯看着宣判他的法官……这样想着，突然有一种很累的感觉，仿佛背着重物的人要卸下重物喘息一下。但随即我就被自己的想法吓住了! 干什么? 想把身躯当成重物甩掉? 你想成仙吗?

那天和丈夫躺在床上看电视，自己又产生了这样的想法，先是看他的脸，多么熟悉的一张脸，从娇嫩白皙到日益松懈，但还是非常的可爱。想象不出如果有一天离开这张脸，我能不能生活下去。继而又深入地想：这张脸到底哪里可爱? 仅仅是五官吗? 当然更源自于灵魂。假如有一天，我的丈夫也灵魂出窍了，我还依然会对它如此怜惜吗? 丈夫回头看了我一眼，我赶紧把思绪往回拉了拉，从令人恐怖的深渊回到了现实。我把纤纤玉手送到他的面前，柔声说："好看吗?"他怜爱地笑了，在手上亲了一下，又去看他的电视了。我问他："假如有一天我死了，那你还能爱惜地亲这只手吗？"丈夫听了愣了一下，继而瞪了我一眼："你有病啊？"我无赖地笑了，继续自己的胡思乱想。生命，生命是什么？是这个总在想问题的灵魂吗？是这个日益衰老的躯壳吗？都不是，只有灵魂和躯壳混为一体，才能称之为生命，所以过分看重灵魂和过分看重肉体都是不对的。一次在梦中，我梦见自己在飞，那的确是一个美梦，我一生都不会忘记那种飞翔的感觉，太轻盈太美妙了！山岩在身下掠过，白云就在身边飘……对了，那次梦中，我还在岩石上衔回了一块写有梵文的又圆又扁的石头，之所以用"衔"字，是因为梦中自己是一只大鸟。记得梦中，我还问一位老人，石头上的梵文是什么意思，那个老人微笑着告诉我："是幸福！"

是的，人的灵魂真的是可以出窍的，正如此时的我，虽然肉体走在上班的路上，可灵魂却在漫无边际地飞翔……转过一个弯儿，单位的老楼便进入了我的视线，我肉体上的眼睛下意识地看了看表，虽然隔了好久我才意识到自己已经迟到了半个小时，但我还是不由得打了一个激灵。光凭胡思乱想是无法解决生存问题的，我真得认认真真地上班去！

六

办公室里一个人都没有，屋子里静静的，只有时光和灰尘在慢慢地飘荡。摸摸装着茶的茶杯，都是凉凉的，但这并不能就证明同事们干脆没有来，或者是他们来了又走了，或者也如同我一样，干脆是迟到了。我不得而知。

整个一个楼层，就我一个女警，"好男不和女斗"是条古训，不知这条古训在别的单位是否管用，但在我们公安机关，却是始终在沿用。我总觉得公安部门是男人的天下，而只有公安部门的男人才是真正的"爷们儿"，所以，在公安部门当一名女警，你就别提有多幸福了。当然，我的意思不是说女警没有用武之地，但大多数工作还真得男人才能做，比如值夜班，比如在现场抓捕嫌犯……电影里你经常能看到女子们英勇打斗的场景，但那只是在电影里，而在我们的现实中，女警都是被保护的对象，包括我这个人高马大的女警。那天单位里来了一位精神病患者，没犯病前，人显得很平静。我奇怪屋子里那不正常的静寂，刚要进屋观察，一位男警紧急冲我飞来了一个眼色，我一惊，马上止住了脚步，男警"咣"地一声关上了门。接着，那个人就闹起来了，也不知道是踢还是打，反正那声音大极了，屋里的两个男警费了好大力气，才把他制服。事后，我去感谢那位向我飞眼儿的男警，他却面无表情地说："幸亏你还聪明，没有进屋添乱。"你瞧，这就是我们女警。

外面飘起了星星点点的雪花。这雪花来得很蹊跷，阳光一直到此刻依然还是暖暖的、亮亮的，却无缘由地飘起了雪，虽只有星星点点，但还得称之为雪。雪的出现提醒了室内的温暖，于是坐在阳光之下便有了一种知足的感觉。是的，室内的温度不冷不热，倒一杯白开水也是不冷不热，一切都显得那么恰到好处，更让人欣慰的，还有一缕淡淡的茉莉花香在室内弥漫。这时，我就想起了自己写了一半的关于幸福的文章，想起了写作时的那种愉悦，而此时那种美妙的感觉又来了。我打开电脑，在等着开机的时间里，我狠狠地"拧扯"了两下身子，以此来表达自己是世界上最幸福的女人。之所以用"拧扯"二字，不是我的突发奇想，是偷用我同事的话。那天他告诉我们，我们同屋老大喝多了非要到歌厅唱歌不可，"那歌唱得像一辆破马车一样，呜啦呜啦的，可依然不解渴，还跳舞，把那身子拧扯得像麻花似的……"真是无巧不成书，正唠着呢，偏偏同屋老大就进来了，并且进来了也不说话，就站在他的身后专心地听，我们这些听众们也都不点破，连面目表情都不改变一下……哈哈！后来的结果你们当然可想而知了。

幸福的时候就想表达，就像有了翅膀就想去飞翔。我突然想起我已经很久没有到其他楼层走走了，每天上班的第一件事就是打开电脑，然后便是埋头工作，如果实在没有什么可干了，又要写一些比如你们此时正在读的这些散文不散文、小说不小说的文字。是啊，也该给自己放一放假不是？想到这里，我马上离开办公室在楼层里闲走起来。可奇怪的是，不但我这层没有人，连别的楼层也都是屋门紧关。我突然紧张起来，一种无来由的紧张，就像一个人早晨走出家门，突然发现外面的世界一下子变成了陌生的世界。我马上加快了寻找的脚步……终于在一间办公室，我看到了一扇微微开启的门。

没有敲门，我就迫不及待地走进去，坐在电脑前的小伙子正垂头在键盘上忙着，我进来好半天他才回过头来，愣愣地看了我半天，红红的眼睛在镜片的反射下像一幅漫画。我问他："人呢？咋都不来上班？"他才反应过来，笑了笑说："我还奇怪呢，怎么你们女的也来加班！原来你是忘了，今天下午不是放假嘛！"

"放假？咱们双休日也让休息了？"我傻傻地站在那里，一时不相信自己的耳朵。

"领导说好几周没休息了，大家都很累，所以这个双休日手头没有工作的都可以休息！"

"噢，是这样啊！"

他也许真的很忙，索性不理我，又把乱蓬蓬的头垂在了键盘上。我便苦笑了，不再说什么，返身就往楼上去取兜子。

回到楼上，我先去关电脑，可是手一放到鼠标上就又舍不得了！是啊！孩子补习，丈夫加班，我即使回家，也一样是坐在电脑边，在哪里坐不是坐呢！并且外面还飘着雪……于是，我便打开头一天写了一半的文档，心不在焉地浏览起来。我头一天写的关于幸福的文字仅有一大段，还没有起标题，文章以孟子的"人生三乐"开篇，用小细节诠释了自己作为女人的小幸福。文章的最后，我甚至这样抒情："上苍啊！请告诉我，我怎么做，才能留住自己的幸福？"

当我逐字逐句重新看过时，一种羞愧之感油然而生。是啊，作为一个人，特别是一个有职业的人，我所谓的幸福，是不是显得过于自私和狭隘了？继而又想到自己刚才在路上的胡思乱想，那种羞愧的感觉便越来越浓了。

人就是这么怪，刚才还在为自己拥有的幸福沾沾自喜，这时候又觉得无限悲哀了。幸福究竟是什么？什么才是真正的幸福？我的头脑

像树一样飞翔

里又一阵混沌。实在写不下去了，我便踱到窗边，专心地看起外面的雪，雪花依然飘着，此时的雪花已不再是星星点点，而是真正的雪花了。我看见雪中的人们都在匆忙地赶路，看见路旁的大树正在寒风中瑟瑟抖动，我便想：人知道冷，树也一定知道冷吧？虽然都是有生命的，但因为它们不会表达，所以即使知道冷，又有谁能够知道呢？继而又想：自己和大树的区别，就在于自己能够表达，可在人间，又有多少人能有机会把自己的感觉表达出来呢？如果不能表达，那这时的人和大树又有什么不同？又想：树真的不会表达吗？假如树会表达，又有谁能够听懂树的声音？

人世间最善于表达的，也许当数文人了。可翻翻现在的文学刊物你就会知道：现在的文人都在表达些什么！正如刚才我写下的文字一样，大多数的人都在关心自己的小圈圈，喜怒哀乐都在围着自己的小生活转。没事的时候看卢梭，看《忏悔录》，觉得文人都有相通的地方，当初卢梭所忧伤的，我们不是依然还在忧伤？人就这么一代代地忧伤下去，谁也解决不了谁的忧伤。米兰·昆德拉所说的万劫不复，也许就是这个道理吧？

这样说来，人的所谓幸福，便真是一种渺茫了。

脑袋里的矛盾鼓胀得实在让人无法忍受，逃避似的，我顺手翻开了苏联作家高尔基的一篇散文《时钟》，很巧，高尔基先生也在围绕幸福而苦苦地思索："……钟摆在滴答作响，每一响都标志着生命缩短一秒钟……这些分分秒秒是从何处来，又向何处去？谁也回答不了这个问题……决定着我们能否得到幸福的问题也尚未得到解答。"于是，我更茫然了，原来对于幸福，伟大的高尔基老师也是困惑的。但紧接着，一行文字照亮了我生命的天空："不吝惜自己——这是世界上最骄傲、最美的智慧！让我们用美丽的功勋来充实它吧，唯有如此我们才能感受到充满欢乐悸动、洋溢炽热豪情的美妙时刻！"

于是，我突然彻悟了，就像一道闪电突然驱走了我思想的阴霾——真正的幸福是建立在为别人谋求幸福之上的。是的，"不吝惜自己"，人只有真正地忘了自己，真正地把自己交出去，交给世界，交给人类，这个人才会获得真正意义上的幸福。并且，只有这样的幸

像树一样飞翔

福才是不死的。

于是，我又想起了列夫·托尔斯泰，想起了他在风烛残年为了捐出自己的财产而离家出走；我又想起了奥斯特洛夫斯基，想起了那段作为学生几乎每个人都会背诵的名言……是的，胸怀有多大，幸福就有多大！

这时抬头再看树，我突然又羡慕做一棵树了！树一定是幸福的！因为树不吝惜自己，而是把自己完完全全地交了出去，无论是一片绿荫，还是一小块木材……

当然，与大树相比，我更羡慕太阳，太阳当然是最幸福的，因为太阳也不吝惜自己，它也把自己更博大、更久远、更全部地交了出去，无论是温暖还是光明……

人做不了太阳，但人应该有做太阳的向往。

可人能够做一棵大树啊……

是啊，干脆就做一棵大树吧，像树那样把自己交出去，或者像树那样把自己的一切感觉忘掉，或者干脆就像树那样，永远沉默地扎根在泥土中，一年、十年、百年、千年，实在寂寞了，便放飞几片金叶在梦想的天空中飞翔……

我突然欣喜异常了。我想把我的这些想法告诉所有的人，包括小L，包括玉美，包括阿善……当然，小L、玉美我是没有机会和他们说了，但我必须要和能够倾听的人说！我要让人们知道：真正的幸福，就是像大树一样飞翔！

父亲，我多想大声地喊你

那时的我怎么就那么高贵呢？

记得那是在路上遇见了吧？父亲穿着他那身经常在家里穿的蓝制服。父亲在家里穿着那套蓝制服，并不觉得怎么丢人的，可走到路上，咋就显得那么寒酸了呢？

那套蓝制服还是姐夫穿剩下的衣服吧？本来够大的，可父亲因为腰弯成了90度角，所以后襟还是显短了，露出了一截破旧的棉裤。父亲又向来拖沓惯了的，裤子总是系不利落，不是前开门露出一堆破衣乱布，就是裤腰带垂下来在裆下晃荡着。作为女儿，大庭广众之下又无法替他系，唉！父亲，我的父亲，你怎么总是这样呢？

然而遇见了偏偏不知道躲避，偏偏看不到女儿眼睛里那一抹求救般的羞窘，总是远远地就冲你看着，一双红红的被肿肿的眼泡层层包裹的眼睛，闪烁的全是关注你的神情，仿佛全世界就只剩下了你一个人。于是，整个人都因为父亲的眼神儿而暴露在光天化日之下了。因实在无处躲藏了，只好硬着头皮迎上去，幸好马上就意识到了自己的浅薄，马上就弥补过错似的响响地喊了一声"爹"，喊得爹着实愣了一愣，于是，心里便更加地难受，觉得刚才的这一声呼喊也暴露了自己的浅薄。接着，便看着爹，嘴里掩饰着说着什么，当然到底说了什么自己也不知道，手却在身体的遮挡下伸到了爹的裆处，试图塞回那个晃荡的裤带。当然，如果有机会，还会徒劳地拽一拽那实在无法再抻长的后襟的，临别时当然还得匆忙地嘱咐几句，必须得嘱咐的，仿佛离开了这嘱咐，父亲就真的会跌倒在壕沟里似的。再然后便匆匆地离开，走了很远了，还能听见父亲那炫耀似的声音："是我闺女！是个作家，发表过很多作品呢！"于是，我的脸就腾地烧起来了，走了好远了，那种热气还在脸上蒸腾着。

这还不是我觉得最羞窘的时候呢。最羞窘的是在父亲的家门口突然就遇见了那些"有头儿有脸儿"的朋友们。

父亲一生，能攒儿女，却攒不下钱财。攒儿女，攒一个活一个，攒钱财，却是熊瞎子掰苞米，攒一穗丢一穗。等儿女们一个个地都飞出笼去了，他自己也就房无一间地无一垄了。先是住在一个女儿家，本来以为可以安享晚年的，偏偏赶上有一天女婿不顺心了，并且偏偏赶上那一天女儿不在家，于是，不顺心的女婿就借着酒劲，冲两位老人咆哮了起来，虽然说出的话都与扫地出门毫不相干，但两位老人还是听出了姑爷话里面驱逐的含义。于是，两个老人立即满世界地找起了房子，幸好当时他们的手里还有一千五百元的存款，幸好在那个小乡镇还真有售价一千五百元的石头房，于是，当天就买下来了，第二天就真的搬离了女儿的家。

那时的我正在城里打拼，因为经常碰壁，所以就经常想家，所以那个偏远的乡镇，那两间矮小的石头房，便成了我最温馨、最安乐的所在，每隔一段时间就要去那里疗疗伤。可是后来，连住在乡镇的女儿也进城了，两位老人就不能再住在那个乡镇了，幸好原来的房主愿意用原价再把房子买回去，也就是说，两位老人如果进城，手中就又有了一千五百元的存款了。可用同样的钱在城里买房子，就比登天还难了，别说买一幢"既温馨又安乐还能对得起脸面"的房子了，哪怕一个猪圈也得两三千元。可买不到也得硬买，谁让儿女们一个比一个穷，真的拿不出一分钱来；谁让爹的手头也就只有这一千五百元钱，再多一分也拿不出了呢？功夫不负有心人，姐姐们在城郊疯跑了几天后，还真的找到了一间同样价钱的小土房，说得好听点是小土房，说得不好听就是附靠在人家土房子边上的小仓房，一小间卧室，半小间厨房，换了窗子，在房棚上绷了一块塑料布，还算亮堂。父亲的个子太高了，而房门又太矮了，这让父亲的腰早早地就弯下去了，所以才不至于出来进去每天都撞到头。

当时父亲搬来时，自己并没有意识到丢脸面的事，也许当时的自己还没有混出个人模儿人样儿来，所以身价也和当时的房子还算般配？可后来从什么时候开始，自己就变得"高贵"起来了？以至于每次出入那个小房子，心里总有一种鬼鬼祟祟的感觉，生怕在房子附近遇到哪位熟人从而丢了自己"高贵"的面子。然而怕啥来啥，那天竟然真的在大门口遇到了一位在官场里混得有头儿有脸儿的朋友，那个身影一出现，整个身体就猛地绷紧了，继而低下头快步逃开了，恨不得多生了两条腿，生怕走得慢了，对方会把自己和那个寒酸的小房子联系到一起去。

于是，便有了后来借钱买楼的事，也有了后来挣钱还债的事。当父母终于告别了引火取暖、压井吃水的日子，住到了温暖如春的楼里时，我是多么的自豪，多么的骄傲啊！在床上翻来覆去整整一夜未合眼，比自己搬到新楼时还要兴奋，还要激动。现在扪心自问，觉得仅仅从面子的这个角度看，原来自己给父母买楼，竟然也是出于一种虚荣，并不是出于孝心了！如果真的是这样，那自己可就真是太浅薄了！而可悲的是：事实却真的如此。

是从什么时候开始突然就意识到这一点的呢？幸亏意识得还算及时，幸亏意识到这一点时我的父亲还在人世。最快乐的一次是突然看到父亲正在路上悠悠然地骑着一辆破自行车，那可真是一辆破得无法再破的自行车，除了铃不响，哪儿都响。当时，我和几位"有头有脸"的"大人物"正坐在车里，往乡下去，一抬头便看见了。在冬日的寒风里，爹脸冻得通红，鼻涕亮晶晶地吊在他那过大过尖的、因为酒精的浸泡鼻子头总是红红的鼻子上，虽然穿得还算可以，因为姐姐们早就有所准备了，早早地就给他做了一套裤子带着背带的，外衣后襟长长的新制服，尽管穿在身上远不如那套老制服看着亲切、看着顺溜，僵僵板板的如傻姑爷一般，但内里的衬衣衬裤终于都被掩盖了。一看是爹，我的心里便涌出一股热流，嘴里也马上快乐地对身边的那几位大人物们说："哈哈！你们看到那个老头子了吗？就是那个……长着红红的大鼻子，对了，大鼻子下面还吊着大鼻涕的老头子！

那是我爹！他今年已经八十二岁了！"我快乐的情绪果然集中了同车人羡慕的目光："啊？你老爹！那么硬朗？你真有福气！"他们都这么羡慕地说。我知道他们的羡慕都是真诚的，因为据我所知，同车的几位朋友，他们的父亲都已经不在人世了，只有我父亲——我那个拖着鼻涕、穿着制服的傻姑爷似的父亲，依然在街道上快乐而无忧地行进着，把破旧的自行车骑成了一种独特的风景。是的，这是多么值得炫耀的财富啊！车很快就在老爹的身边停下了，我打开车门，立即声音脆脆地喊了一声"爹"，喊得爹又愣了一愣，好半天才弄明白是谁在用那种怪怪的声音叫他。是啊！此时的父亲是不会了解女儿的快乐的，正如那时的父亲不会了解女儿的羞窘一样。这时，同车的朋友们都礼貌地走下车来，一一和父亲握手问安，冷不丁见了这些平时只有在电视里才能见到的"大人物"，父亲当然显得更加快乐了，总是富有表现欲的父亲马上像领导接见外宾一样，一一接见起这些"大人物"来，在接见的同时，父亲甚至还咬文嚼字地说了几句令人似懂非懂的话，说得这些大人物们个个凝神顿首，仿佛真的受到了什么启示似的。等我们上车走了，我又回头关切地看了一眼父亲，我见我的父亲正站在路中间，正用那种领导式的挥手姿势向我们挥手致意呢，当然，他的身体还停靠着那辆破旧的连车蹬子都没有的自行车上……啊，我的父亲！实在是太可爱了！

然而，属于我的幸福终于还是走到尽头了，我的父亲，我那一辈子都大大咧咧、嘻嘻哈哈、快乐无忧的父亲，在最后和母亲开了一次玩笑后，竟突然撒手人寰了。父亲死了，我的心也残了，从此再也没有尝到过幸福的滋味。

那天在街上走，突然看见一位身形和体态都酷似父亲的老人，我顿时呆愣在那里了，张了张嘴，但只能是这么干巴巴地张了张嘴，继而就泪流满面了。此时此刻，我多么想大声地喊你，再一次大声地喊你一声——父亲，哪怕声音里掺杂着浅薄或是虚荣或是炫耀或是任何可以用语言或不能用语言形容的情感……可是，我知道，这对于我来说，已经是一种今生不再的奢望了。

父亲，我多想大声地喊你……

最美的妈妈

　　那天，同学听说妈妈病了，执意要去看妈妈，不得已，我只好把同学领到了妈妈家。妈妈像往常一样坐在床上，听说是我的同学，就像往常那样笑了，笑出了一脸的善良。同学惊诧地看了妈妈一眼，当时就小声对我说："你的妈妈长得真漂亮！"

　　听了同学的话，我不由得站在外人的角度看了看妈妈，妈妈穿着家常的棉布衣服，自打我记事起，她的头发一直都是这么往后掠着，用两个头夹随便地别在脑后，虽然年已八旬，可她的头发还是黑黑的，白皙的脸上闪着一种祥和的光泽，大大的眼睛依然那么明亮清澈……啊！我的妈妈的确很漂亮啊！从小到大，我虽然经常这样依恋地望着她，心里有些惧怕地爱着她，但我却第一次如此惊喜地发现她是这样的漂亮！

　　我之所以惧怕妈妈，是因为我特殊的出生经历。我的出生对于妈妈来说，无疑是一种灾难，或者更准确地说，我就是在精神上压倒妈妈的"最后一棵稻草"，因为妈妈的那些所谓的灾难，全都是因了我的出生才开始的。我是妈妈第八个孩子，第八个！真是太可怕的一个数字了！所以妈妈当初坚决"做掉我"的决定，我至今依然能够理解。为了做掉我，妈妈去了三次医院，可我依然还是顽强地出生了。也不知道妈妈在我出生之前，心里到底积攒了多少的哀怨，并且那些哀怨，到底有哪些跟我有关，反正我一降生，妈妈就患病了，患了精神病，整天把自己关在一间小小的黑屋子里，怕见人，怕见光……当时的我对于妈妈来说，无疑就是一个特别脏的东西，而善良的妈妈又不忍心眼巴巴地看我饿死，还得强忍着那种厌恶喂奶给我吃……所以妈妈对我的厌烦，一定是深入到了骨髓里，就像我对妈妈的惧怕，也一定是从做胎儿时就开始了。

我是在爹爹的怀里长大的，所以哪怕是当着妈妈的面，我都敢说我与爹的感情，胜过了与妈妈的多少倍。在有爹的日子里，无论遇到多深的苦痛，多大的灾难，只要看到了爹爹，我的心就安稳，就什么都不再惧怕。甚至在做噩梦的时候，无论多么可怕的梦境，最后在水深火热之中把我救出来的，总是我亲爱的爹爹。爹爹去世以后，我在相当长的一段日子里，心里总是觉得空落落的，仿佛整个人生的支柱都坍塌了。妈妈当然早就察觉出了这一点，所以当年我为爹妈买楼时，妈妈才会那么冷漠地说："这个楼，我是沾了她爹的光才住上的。"所以在爹爹去世后的那两天，妈妈一直胆战心惊地担心我会把她从楼里撵出去。唉！我亲爱的妈妈，不凭别的，就凭你能有这样的担心，就已经证明女儿的不孝了。

妈妈是一个知识女性，她不但精通中国文字，对日语也略有研究，用妈妈的话说，她之所以最后"一朵鲜花插在牛粪上"，就是源于她的胆小怕事，如果胆子稍大一些，她当初就能冲破家庭的阻碍，跟着那个姓王的红军一路南下了。后来一个机缘，我见到了那个姓王的红军年老时的一张照片，虽然在我的眼里他长得蠢笨无比，比我那英俊潇洒、玉树临风、聪明绝顶的爹爹逊色多了，但妈妈却一直对他情有独钟。当然，妈妈的情有独钟只是停留在几句看似无意的闲谈里，因为一直到那人去世，妈妈也没有再和他见过面。

妈妈之所以会患有精神病，也是因为她的胆小怕事。但爹活着的时候，妈妈的胆小怕事却表现得并不明显，因为妈妈虽然胆小怕事，但她不怕爹，所以有胆子特大的爹在后面撑着，妈妈对谁都敢大喊大叫。但自从爹爹去世以后，妈妈就真的完了，她勇敢的世界就真的是坍塌了，她是那样地惧怕她亲生的儿女们，以至于无论谁去侍候她，她都要尽力地讨好和夸赞。当然，每次听了她那过分的夸奖，儿女们的心都像被什么东西裹住了一样难受。

为了让妈妈变得勇敢，有一次我甚至夸张地对妈妈承诺说："妈妈，你的女儿我是个警察，我什么都不怕，我比我爹爹都要厉害！我永远都会保护着你，所以你也谁都不用害怕，想骂谁你就骂，想干什么你就干什么……"妈妈听了，呆滞的眼睛里果然闪出了一缕希冀，但那缕希冀的光泽随即就黯淡了："你是警察？我不信！警察怎么会不穿警服？警察怎么没有枪呢？"一句话说得大家都哭笑不得。

为了缓解妈妈的紧张情绪，姐姐们没事的时候，总会拿出尘封的古琴、二胡等乐器，哄妈妈唱歌。妈妈平时就喜欢唱歌，患精神病期间，就更加喜欢唱歌了，我应该说是听着妈妈的歌声长大的，特别是一些老歌，我早就耳熟能详了。最好听的是《蔷薇蔷薇处处开》和《月圆花好》，当然还有周璇的《四季歌》和《天涯歌女》。妈妈高兴的时候，还会把这些歌的歌词都写下来，教我们一句一句地唱，那些歌词听起来，不仅优美，而且神秘，常常让我如痴如醉，我这写作的情趣也许就是源自于那一首首的好歌吧。所以直到现在，我依然能够回忆起妈妈教我唱《秋水伊人》时那端庄秀丽的面庞……

望穿秋水，不见伊人的情影，更残楼静孤雁两三声，往日的温情只换得眼前的凄清。梦魂无所寄空有泪满襟，几时你归来呦！伊人呦！几时你会走过那边的丛林，那亭上的踏印，点点的鸦阵，依旧是当年的情景。只有你的女儿呦，已长得活泼天真，只有你留下的女儿呦，来安慰我这破碎的心……

妈妈现在如果还唱歌，依然还要唱这样的歌儿。但我们都不愿意让她再唱这些凄婉的歌了，我们会引逗着她唱样板戏或《见到你们格外亲》。可妈妈唱着唱着，就又唱起了那些言情的歌了。好在妈妈每次唱的时候，脸色都那么平静，所以姐姐们也就任由妈妈尽情了唱。那天姐姐翻旧物时，突然发现了一盘老磁带，见妈妈寂寞，就立即放给妈妈听，哪想这一放就糟了，不但让妈妈满面泪水，还因此让她犯了旧疾，好几天都彻夜难眠。原来磁带是爹爹过生日时录制的，那里面都是家人们一起唱的歌，最让人揪心的是爹爹和妈妈共同唱的一首歌，那首歌的名字叫《月圆花好》，当然他们的合唱，是妈妈主唱，爹爹帮腔，磁带是盘老磁带，所以声音就显得沙哑，显得凄凉，让人有一种恍如隔世之感。

浮云散，明月照人来，团圆美满今朝最。清浅池塘，鸳鸯戏水，红裳翠盖，并蒂莲开。双双对对，恩恩爱爱，这园风儿向着好花吹，柔情蜜意满人间……

听音思人，别说妈妈，连姐妹们也都因此而倍加思念逝去的父亲。

妈妈不仅喜欢唱歌，也喜欢读名著。那时候，《红楼梦》之类的书好像还是禁书，妈妈经常偷偷摸摸地看，常常外面门一响，她就忙不迭地把那本厚厚的书藏进被窝里，而妈妈的这种提心吊胆，反倒更激起了我们对于书的欲望。小时候茶余饭后，妈妈还经常会讲几段四大名著给我们听，常常听得我们眼睛都直直的，都围在杯盘狼藉的桌子边，不肯去干活，每到这个时候，妈妈就说："快点去干活，干完了活，再讲下一段。"这样大家才会忙忙地抢着干起活来，然后再忙忙地围到妈妈的膝下，继续听她讲宝玉或武松。因为读书多，妈妈在普通的日子里，还经常出口成章，比如线板子不见了，找了半天，一回头，终于找到了，妈妈就会说："这真是踏破铁鞋无觅处，得来全不费工夫。"比如哪个儿女对老年的人不恭敬了，妈妈又总会说："少年休笑白头翁，花开花落几时红。"……唉！我那可怜的妈妈啊，如今写起了您，我的脑子里真的堵满了太多的故事，太多的故事，三天三夜都讲不完。

如今，我的妈妈可真的老了，她每天只能坐在那张四四方方的小床上，落寞地睁着那双清澈善良的眼睛向窗外眺望，每次回到家时，还未等敲门，门就开了，姐姐们就会说："妈看到你来了，紧着追我快点开门……"每到这种时候，我的心都会觉得暖暖的，氤氲着幸福的泉流。但这种时候却越来越少了，因为妈妈现在会经常犯起病来，妈妈犯病的时候，就是她精神近乎崩溃的时候，那时她的眼睛里便再也没有了那种祥瑞的清澈了，那时她的眼睛总会直直的，闪着无限的恐惧和警觉，她经常会用这种警觉的目光，像看特务一样怀疑地看着每一个人，有一段日子她甚至怀疑大哥要毒死她。妈妈血压高，要经常服用降压药，可妈妈经常会趁着大哥不注意时，像《追捕》

里的男主人公一样把药快速地吐出去，以至于血压急剧上升，最高的时候甚至达到 220 毫米汞柱。唉！我可怜的妈妈，如果你连亲生的儿女都不再信任了，那你还会信任谁呢？

此时此刻，当我写着这些文字的时候，我的妈妈，我那八十三岁的妈妈，依然坐在她的小床之上，默默而无助地期盼着，眺望着，在她的有生之年，我们这些做儿女的，真的应该认真地琢磨一下孝心的问题了，是的，我们必须尽我们的全力，让我们的妈妈幸福安康！绝不能让"风树之悲"的故事在我们的生活里重演……

收笔之际，耳畔里，又飘起了小时候，妈妈唱的那首不知名的歌：

"月亮走，月亮走，她是我的好朋友，好朋友，好朋友，大家一起快快走，快快走，快快走，一走走到百花洲，百花洲，百花洲，风儿不动水不流，风不动，水不流，小朋友一起往水里走。抬头看，天上一个，低头看，水中一个，这个又是那个，那个又是这个，好比我，照镜子，镜子里，也有一个我……"

留在故乡的奶奶

随着岁月的拉长，在故乡生活过的痕迹也越来越少了。先是那三间老土房被拆，接着那两棵海棠树也被砍了，再后来，那片曾多次在我梦中出现过的美丽的后园也被一幢砖瓦房堂而皇之地霸占了……屈指算来，现在能在故乡占有一席之地的，也只有奶奶的那一座杂草丛生的孤坟了。

感慨之余，便自然地想起了奶奶。

奶奶对于我，早已成了遥远的缥缈的记忆，因为奶奶已经离开我们三十三年了。

记忆中的奶奶总是沉默着的，很少说话，连笑的时候都很少，好不容易笑了，脸反倒显得很悲戚，如同哭了一般。她经常一袭黑色的长褂，头发属于那种深灰色，给人的印象除了冷漠，还有严厉。有时照镜细看自己，觉得自己长得就很像奶奶，只是自己的眼睛要比奶奶的大，并且里面还透着些许柔弱的东西。奶奶最常见的姿势是手捏着一根半尺长的烟袋，无言地佝偻在火盆旁，一边摆弄火盆中的火，一边抽烟，偶尔还会变戏法似的从火盆里变出几个乒乓球一般大小的烧土豆来，有时还有黄豆、玉米，当时这一切对于童年的我们来说，是绝对上等的佳肴。奶奶很少出去串门，好不容易拄着根棍子出去了，脚步也是极慢的，慢得就像一些冗长无味的讲话稿，好半天也迈不出下一步来。

在我们这些孙子孙女的心中，奶奶永远是个威严的人。我们怕奶奶就像怕玉皇大帝，奶奶的话对于我们来说永远都是最高指示。奶奶说，黄瓜架上结出的第一茬黄瓜要留作种子，于是，我们就只有眼巴巴地干看着黄瓜长大长粗，谁都不敢去摘。奶奶说，吃饭要像个吃饭的样子，不能嚼出声音，更不能剩饭粒。于是，我们便不敢出声，吃完饭了，每只碗都是光光的，洁净如洗。我们家由于历史问题，被下放到农村，却始终享受着商品粮的待遇，每个月都能领到一点大米和白面，但这些大米和白面除了过年能够吃上一两顿外，其余的都给奶奶做小锅吃了。记得那时常常是锅底炖着菜，四周贴着一大圈玉米面饼子，而锅中心蒸着的，便是奶奶的"小锅"了，有时是一张小小的白面饼，有时是一碗白白的大米饭，与粗糙的硬硬的玉米面饼子相比，这些"小锅"实在是太诱人了，我至今依然能记起姐姐们馋馋的目光。我家吃饭的时候，常常是里屋炕上放一张大桌，外屋炕上放一张小桌，大桌边挤坐着的是妈妈、哥哥和姐姐们，小桌边坐着的就是奶奶、父亲和我了，我之所以能在小桌上享受特别的待遇，是因为当时我是家里最小的孩子，奶奶又特别地疼爱我，所以我也是孙子辈中唯一能够享用到奶奶的小锅的孩子。妈妈是个知书达理而又怯懦的人，因为懂得些伦理道德，所以对长辈总是毕恭毕敬；也因为缺乏反抗的勇气，所以对奶奶也总是逆来顺受，忍气吞声。然而可悲的是，妈妈虽然事实上做到了孝顺，可心里却偏偏有些不平，于是久忧成疾，郁大生病，并终于在我出生的那一天开始，患上了长达八年之久的神经官能症，直到我的奶奶去世，我的妹妹出生，才算渐渐地康复。患了病的妈妈两眼总是直直的，她的病态表现一方面是怕见人，怕见脏东西，经常用围巾包了头，把自己关在一间黑黑的屋子里；另一方面是絮絮叨叨地痛诉革命家史，当然这种痛诉是必须要背着奶奶的。痛诉家史时，妈妈经常是两眼冒火，两手冰凉，浑身发抖，说到动情处还要流泪，常常也引得别人流下泪来。妈妈一边说，一边还要时不时胆怯地听听外面的声音，哪怕是风把门给吹响了，她都要颤抖好一阵子，那种恐惧的样子我永生难忘。妈妈的听众除了我们几个子女，剩下的就是邻居王婶了，有时爹心情好的时候，也能耐心地听听，但若是赶上心情不好，爹是要发脾气、要摔东西的，于是，因了爹的这种举动，妈妈的家史便又会多了一项内容。听姐姐们说，那时妈妈除了能给我喂喂奶外，剩下什么活计都不能干了，家中的大小活计全推给了十几岁的哥哥姐姐，包括换尿布和包裹婴儿。对我来说，儿时最温暖、最安全的港湾，是父亲的怀抱和奶奶骨瘦如柴的大腿，妈妈所给予我的，永远是冷漠。记得有一次，妈妈心血来潮，突然把我像褪猪一样反复冲洗干净后，放进了她的被窝，因为印象中仅仅这么一次，所以我至今依然不能忘记。然而我在那个凉凉的被窝里只是僵僵地享受了一小会儿，就赶紧爬到爹爹的被窝里去了，对于好玩好动的幼儿来说，那种不敢乱动的"享受"，实在是一种遭罪，我也就实在无福消受。甚至到现在，我依然不敢和妈妈撒娇，和妈妈顽皮，有时柔情上来了，我也只能和年迈的老父亲贴贴脸儿，逗逗嘴儿，可一面对妈妈，我就会立即变得拘谨起来。

现在回忆起来，我依然不知奶奶的威严到底缘于何处，记忆中的奶奶很羸弱，可以说达到了弱不禁风的程度，她也不常打骂我们，然而她就是令人生畏。她说话的声音低低的、细细的，但每一句听起来都那么清晰，如果这话是责备哪个人的，那么这声音对这个人来说，就要比刀子还要锋利，常常听几句就觉得后脊背发冷，两手心冒汗。对于妈妈的申诉，奶奶当时不可能没有耳闻，但奶奶对此却总是保持缄默，她从来都不做任何解释，或者准确地说，她从来都不说一句有申诉意义的话。是啊！强者怎么会向人申诉呢？那时，治疗妈妈絮叨之病的最好良药就是奶奶的突然出现，当时无论妈妈说得多么激昂多么愤怒，如果奶奶静悄悄地出现了，一切声音就都戛然而止了，家里顿时陷入了绝对的寂静之中。自古以来孩子保护母亲总是多于祖母的，包括我这个并不被妈妈宠爱的女儿，也依然要偏向自己的妈妈，于是，那时我们对奶奶或多或少地都抱有一些偏见，但如同妈妈一样，我们也都是敢怒不敢言的，所以奶奶至始自终都独占着家中统治者的宝座，一直到死她都没有从那个无形的宝座上离开过。奶奶发怒的时候很少，印象中的一次发怒，是奶奶突然抽风了，两手攥成拳头，整个瘦弱的身子缩成一团，实在是令人恐惧。奶奶的这种举动顿时令高大挺拔的父亲手足无措，他立即就跪倒了，两眼含泪喊了一声"妈"，便泣不成声。妈妈见了也马上随着跪下，发直的眼睛除了眼

留在故乡的奶奶

泪和胆怯，还有自责，仿佛这一切过错都缘于她。现在想来，妈妈的确是贤良的，不管这一切是缘于道德还是缘于畏惧，她终于还是做到了儿媳应该做的所有事，包括有病时，她也从来没有当面顶撞过奶奶，而奶奶死了以后，久病痊愈的她反倒总要念叨奶奶的诸多好处来，比如她的严厉，比如她的精打细算。妈妈常感叹说："八个孩子，不但都健健康康地长大了，并且个个道德品质良好，这也真的多亏了他们的奶奶。"

我没有见过爷爷，只知道爷爷是警察署的督察长，文化大革命时，也曾经被人骂做是"骑洋马挎洋刀"的。爸妈结婚后不久，爷爷就在一个漆黑的深夜里被人抓走了，从此便一去不复返。据妈妈说，抓爷爷的那个夜晚，别人都很害怕，只有奶奶从容镇定，她甚至慢声细语地责备前来抓爷爷的人说："你们不该把他捆得太紧！"爷爷走后，奶奶甚至连眼泪都没有掉下过一滴，包括接下来的几十年里，也没有见她当着众人的面流过眼泪。用妈妈病中的话说，奶奶就是那个"横草不过""铁石心肠""刁钻霸道""火上房都不着急"的"西太后"，连长相都像。因了妈妈的话，后来我去东陵墓旅游时，还真仔细地端详了一番慈禧太后的相片，发现妈妈说得果真不差，奶奶真的像极了那位"老佛爷"。从我记事，一直到奶奶去世，我也的确没有见过奶奶的泪水，听过奶奶的哀叹，我们甚至忘了奶奶也是有血有肉、有情感有悲伤的人，在我们的心里，奶奶永远是那个不动声色、慢慢吞吞、轻声细语的奶奶，除了给予我们严厉的管教外，她仿佛就真的再不会有别的什么了。

那么多孤独而贫穷的岁月，奶奶究竟是靠着怎样的想法熬过来的，我们不知道。

那么多漫长而漆黑的夜晚，面对那个小小的火盆、短短的烟袋，奶奶是否也曾流过忧伤的眼泪，我们不知道。

奶奶临死的时候，最后的一个举动，就是用手指了指挂在她头上的一个小筐。爹爹把小筐拿下来，发现筐里面除了一些杂物外，还静静地卧着几只色彩暗淡的鸡蛋……于是，爹爹便流泪了，妈妈也流泪了。因为那一天，是姐姐的生日。

四　姐

不敢写四姐，因为我觉得不配。

那天和四姐一起出来，在十字路口处，我们分开了，我向东，她向北，走了几步，我回头望了望，见在冷风中行走的四姐一直低着头，身体微微地前倾，一副弱不禁风、无依无靠的样子，心中不禁涌出一股很难受的感觉：四姐多么地孤独，四姐多么地让人心疼。继而又想到，其实以前四姐也一直是这样，一直没有人疼的，现在与以前相比唯一不同的是，以前四姐夫活着，现在四姐夫死了。

晚上吃饭的时候，准确地说是我们一家人围坐在一起，吃着四姐为我们做的饭时，我动情地对儿子说，其实也是对丈夫说："我们应该对四姐好一些，因为没有一个人疼她。"四姐却不以为然地笑了，四姐的笑我能听得懂，她的意思是她很好的，根本不需要别人的照顾。四姐总是这样，因为四姐从来都没有把自己当成弱者。事实也是这样，自从四姐夫遭遇车祸、孩子上大学走后，我们便把四姐接到了家中，主要想照顾一下她，可实际的情况却不是我们照顾四姐，反倒是四姐一直都在为我们操劳，所以每次吃四姐做的饭菜时，我都有一种寄生虫的感觉。

四姐夫是在三年前去世的，我们闻讯赶去时，四姐夫已经咽气了，四姐夫躺在那里，安详地闭着眼，永远地睡了，从此不会再冲四姐咆哮，从此也不会再惹四姐生气。四姐俯在他的身边，心疼地看着他，四姐没有哭泣，四姐只是小声而絮絮地说："起来吧，别装相了，和我回家吧，我会继续照顾你的。"可是他不动，任由四姐那样絮絮地说，他一动不动。他是四姐最爱的人，也是伤四姐最多最深的人。如今，这个伤害四姐的人去了，四姐却如此悲痛和无助。

从小到大，参加过许多次葬礼，可唯有这一次让我刻骨铭心。也许是因为过于熟悉了吧，四姐夫躺在那里，总让人有一种不真实的感觉，总觉得他没有死，他只是在逗我们玩或和我们怄气，他随时会坐起来和我们闲聊或指责四姐的，就像以前那样，只要有精力，就要对四姐的一切行为挑三拣四，即使不挑拣了，也要四处寻找四姐或者四姐的亲戚们——也就是我们——弄在地上的各种小纤尘，尽管不说话，可我们坐在他们家里还是觉得万分地不自在，这也是我们大都不愿意去四姐家的原因。四姐夫是个爱干净的人，但他的干净却是建立在四姐的勤劳之上的，也就是说他什么家务活都不干，而四姐干了他又总是相不中，于是才会不断地咆哮，不断地发脾气。

四姐夫是一个唯我独尊的人，要不得一点约束。在四姐面前，他永远是一个任性的孩子，想干什么就干什么，想什么时候干，就什么时候干，四姐稍有不遵从，他就要咆哮。四姐夫长得很胖，可以说是超胖了，所以说起话来就显得底气十足，再加上他的口齿并不清晰，所以他着急的时候，说的话便会连成一种近乎老虎的"嗥叫"了。面对四姐夫的欺辱，四姐先前也曾想过要反抗的，但经过几次硬碰硬的较量后，四姐非但没有治服了四姐夫，反而遭受了很多皮肉之苦，最明显的损失就是掉了一颗门牙。从此便再听不到四姐和四姐夫的打斗了，四姐真的累了，倦了，并且眼看着孩子一天天地长大，离又离不得，散又散不了，所以为了孩子，她也只好选择了忍受。但四姐的心里一直都对四姐夫抱有幻想的，她常常对女儿说："等他老了，他一定会变好的，他也一定会疼爱咱们娘俩儿的，到那时候我一定让他弥补他年轻时对咱们造成的伤害。"然而令四姐万万没有想到的是，这一天她永远也等不来了。

四姐是个才女，擅长写作和绘画，对音乐也颇有研究，但这都是结婚前的事情，自从结婚后，四姐就再也没有时间摆弄这些东西了，不是不想弄了，而是四姐夫根本就不支持她，用四姐夫的话说："支持媳妇搞事业的男人，脑袋都是缺根弦的人，媳妇那还支持得了？媳妇要是出息了，不把丈夫踹了才怪呢！"并且随之而来的那么多的家务活，也不允许四姐再从事这些高雅的创作。不再从事创作的四姐，便实实在在地围着锅台转了，从一间租住的小厢房，到新盖的砖瓦房，从农村的平房，到城里的楼房。日子虽然一天天地抬头，可四姐夫的脾气却始终不减当年，甚至有变本加厉的趋势，更可怕的是有人传说他外面有了人，但不管是什么传说，四姐依然默默地忍受着，她实在是太累了。

接着，便突然出现了那么一桩子事。

四姐夫死了，似乎一下子就风平浪静了，可让人万万没有想到的是，多事的四姐夫却死得稀里糊涂，不但没给四姐留下太多的财产，反而出现了那么多的债务，那么多的债务，就像离愁，剪不断，理还乱。那些日子，四姐家里几乎天天都要出现几位不速之客，有朋友，有老相识，有半生不熟的，还有根本不认识的，来的人当然都要寒暄几句，说一些对死者的思念，有的甚至说着说着还要流些泪水，但无论思念的程度有多深，语言表达得有多感人，欠条还是要往出拿的，欠款也还是要一分不少地索要的。望着那一张张大大小小的欠条，四姐的眼睛的确显出了些许无助的神情，对于款项过大的，四姐甚至显得很愤怒，因为四姐夫在外面借了这么多钱，四姐根本就不知道，令她愤怒的就是她实在想不出四姐夫把这些钱都用在什么地方了！但哀怨归哀怨，愤怒归愤怒，对于来客，四姐还是极力地克制住了自己的情绪，我那面容瘦弱而且苍白的四姐，对所有的来客都毅然决然地表达出了她的想法："钱我一定会还的！只是你们得容我一些日子。"为了怕来者不相信她的话，她甚至会把四姐夫的老欠条收回，换上她自己重新写的新欠条……四姐夫虽然欠了别人很多的钱，但收拾四姐夫遗物时，四姐也有幸发现了几个欠四姐夫钱的人打的欠条，最令人可气的是，欠钱的人却很少主动前来说明，他们都默默地在自己的小窝里蹲守着，甚至连面都不敢露，生怕他们的出现会提醒四姐想起什么往事来。有的人甚至抱着侥幸的心理观望着，因为他们大多都知道，四姐在四姐夫的心中是没有什么地位的，如果四姐不发现欠条，那欠款便真的会死无对证了！还好，人间自有真情在，也有那么一个男人，声称是四姐夫生前最好的朋友，四姐夫死后，他是唯一一位主动拿着现金来还款的人，然而让人觉得可笑的是，还款的人并不是一个人前来，他还领来了一位要债的，于是，在四姐面前，还款人面目坦然地把钱从兜里拿出，索要了四姐的欠条后，要债的便忙不迭地把钱揣进了自己的兜里，然后把四姐夫的欠条扔在桌上二人便仓皇而去。最可恨的是四姐夫的一位姐姐，她在四姐夫去世的几天前，从四姐夫那里拿了一万元钱，因为是姐姐嘛，所以也就没有给四姐夫打什么欠条。四姐夫死后，这位姐姐为了不还钱，甚至连四姐夫的最后一面都没敢来见，后来有好心人把这件事告诉了四姐，等四姐去索要债务时，她一开始甚至想抵赖的，直到四姐说出了当时在场人的名字，并说那个人已经答应了要来对质时，她才不得不承认借了四姐夫的钱。唉，钱到底是什么东西，为什么总是这么的强大？一些貌似坚不可摧的感情，一遇到它就会顷刻瓦解，变得不堪一击。这就是四姐夫生前交的所谓的亲戚朋友们，四姐夫生前一直是以仗义著称的，事实上他即使是死，也是因为朋友而死的，因为他死于驾车送朋友回家的路上……如果四姐夫在阴间有眼，能看到现在这一幕幕的场景，真不知他会做何感想。那段日子，四姐几乎一直都在为了还债而四处奔波，唉，我那刚强的有责任心的四姐啊！真让我心疼，她以一种近乎顽强的姿态，硬是一笔笔地清还着四姐夫生前所欠下的债务，直到如今。

如今，四姐夫去世已经将近三年了，四姐当然还是孑然一身。感谢苍天，我的四姐现在生活得很好，特别是她的心态很好，她把对四姐夫的思念都转到了对女儿的照顾上，以及对老父老母、兄弟姐妹的爱上，她说，为了女儿，为了亲人，她必须要好好地生活！现在，她是父母最孝顺的最离不开的乖女儿，也是女儿心中最慈爱最牢固的参天大树，更是我心灵深处的港湾……她已经逐渐捡起了自己以前的所有爱好，有时画一些山水画，有时写一些散文，更让人欣慰的，她的散文还陆陆续续地在报刊上发表了。现在，可爱的四姐正在全力以赴从事影视剧的创作，凭她多年的积累，凭她厚重的生活底蕴，凭她对幸福对苦难的特别理解，我相信我亲爱的四姐一定会有所收获的。四姐，我最爱的四姐，我是多么多么希望你幸福！

快乐的小姑子

我的小姑子，我爱人最小的妹妹，虽然不是美人，但在亲人们的心目中，她却是最美的。

小姑子个子不高，总体给人的感觉是团团的，团团的脸，团团的身体，走起路来也总是慢腾腾的，更像个团团的球儿在滚。

长得团团圆圆的小姑子，在生活中却总是无法达到团圆。小的时候，婆婆一直卧病在床，非但不能照顾她，反倒她还得天天照顾婆婆。那时的她，白天上学，晚上做家务，虽然很辛苦，但每天都显得很快乐，每次见她时脸上都带着笑，手中也总是做着活计，无论多脏多累的活儿，她干起来总是显得有条有理、有滋有味的。她总是这样一边慢腾腾地干活，一边慢声细语地说笑着，无论哆哆的声音，还是娇气的笑容，都在无形地向世人宣布："我是一个有妈的孩子，所以我是一块宝。"

婆婆还是去世了，她到底成了没妈的孩子，成了一根草。这时，虽然她脸上的娇气消失了，但手中那慢腾腾的家务活却始终没有间断，那段日子，她几乎把对母亲的所有思念，全都倾注到了父亲身上，把公公照顾得利利索索、白白净净的，公公出来进去总是西服革履、一尘不染。也许公公被她打扮得太招风了吧，婆婆去世还未到月余，就有媒人踏上门来，公公虽然嘴上说不再找了，可到底架不住媒人的巧舌如簧，在婆婆去世还未到百天时，公公就先把自己"嫁"了，留下孤孤单单的小姑子一个人，年近三十了依然待嫁闺中。可即使这样，小姑子依然没有表现出焦急的样子，每天依然慢腾腾地上班去，慢腾腾地下班回。她在单位人缘极好，工作总是做得最出色，连续被学校评为优秀教师；她的小日子过得也是最好的，小小的居室让她布置得像个瑶池月宫，每个角落都像一幅画，每个装饰都像一首诗，并且到处一尘不染，哪怕一块抹布，也让她洗得白白的，散发着暗暗的清香。

后来，经同学介绍，小姑子终于把自己嫁出去了，因丈夫在千里之外的一处油田工作，她也因此远离了兄弟姐妹，住到了异地他乡。独自一个人在他乡漂泊，她依然没有表现出一丝可怜无助的样子，每次打电话问候，她的回答都显得那么快乐、那么知足，仿佛她一不小心就嫁入了豪门，小日子没有一件不顺心的事。也许正是那种源自骨子里的自尊和自强吧，她的小日子果真就过得红红火火的了，不但住到了宽宽敞敞的高楼上，楼里的家具也都是最好的，那位在婚前总是显得拖拖沓沓、不修边幅的丈夫，也摇身一变，成了一位俊逸书生了。是的，那几年，她的确是兄弟姐妹中日子过得最富裕的人。"富得都流了油，"当然，她富裕的最明显的表现，就是出手大方，无论谁家在什么时候需要钱，她都会倾囊相助。那几年，我们这些靠出卖劳动力为生的兄弟姐妹们，几乎每一家都用过她的钱，包括我们当哥哥嫂嫂的，那些年断断续续的，始终都在接受着她的馈赠。等到后来才知道，那时的她其实也没有多少钱，除了一千多元钱的工资以外，她的所有"外快"全来自于她的业余辅导班，可听她当时轻松的谈吐，我们都会不由自主地产生这样的错觉：那就是她挣钱实在是太容易了。后来，当我因为生计所迫，也不得不办了一个辅导班以后，我才切身处地地体会到，她那时赚钱，实在是太"容易"了。

公公刚刚和那个比自己小十五岁的女人结婚时，那个女人的日子正处于低谷，当时她的三个孩子都很小，她自己又没有工作，所以日子一度过得很艰难。但公公"嫁"过去后就不一样了，因为公公是退休的领导干部，每月有可观的工资，再加上公公又带走了自己那不为人知的"小金库"，所以他很快就变成了那个女人的顶梁柱，有了公公的支撑，那个女人的天空转眼就晴朗无云了。为了让公公能够和那个女人和睦相处，我们做儿女的，无论日子过得多艰难，也都不去打扰公公，并且背地里大家还总是劝公公，要他拿出一片真心对待人家，因为人心都是肉长的，只要真心对人家好，人家自然也会回报公公的。尤其是我的小姑子，更是把那个女人当成了亲妈，每次回来不但有厚礼奉上，还好话说尽、好事办尽，甚至在公公买楼时，她还偷偷地劝公公，干脆就好事做到底，无论买什么，房照都直接写那个女人的名字算了。然而，事与愿违，十三年过去了，当那个女人的家终于由平房换上了楼房，由穷困走上了小康，她的孩子也都一个个"鲤鱼跳龙门"以后，特别是当那个女人的儿子突然摇身一变，成了京城里的高级理发师，突然能够用"大钱"装扮自己的母亲后，他的母亲立即就变了。那一段日子，常常会看见那个女人穿花花绿绿的衣服，模特一般在街上走的身影，柔柔的腰肢常常会扭出一派特别妖艳的风景。特别是当她和公公并排在街上走时，总会有人把她误当成是公公的女儿。那一天她往我的大姑姐面前一站，我们虽然嘴上不说，心里也都不得不承认：她真的显得比我的大姑姐还要年轻。

公公也许早早地就意识到了自己的危险处境了吧？那段日子，为了能笼络住女人的心，他可谓是使尽了浑身的解数，小彩电嫌小，立刻买大的；电冰柜嫌大，立即买小冰箱。那天，公公甚至花了几千元钱买了一个饭桌子，当他们邀请我们去观赏他家的新饭桌时，我一下子就在那种特别的氛围里闻出了一种不正常的味道，忍不住小声对爱人说："太奢侈了吧？好像过了今天就没有了明天似的。"没想到我的乌鸦嘴很快就变成了现实：两个人很快就开始因为琐事打起仗来了，硝烟弥漫的结果，就是公公被堂而皇之地扫地出门。为了显得自己很有理，那个女人在撵公公走时，还有理有据地给公公总结出了十几条的罪状，那段日子她整天凭着这十几条罪状在公公的朋友圈里诉苦喊冤，喊得公公很快就威风扫地，还没等她再撵，他自己就"净身出户"，离开了那个女人的家。

公公离开女人的家时，口口声声说要搬到农村去住。作为公公的长子，丈夫当然不会让住惯了楼房的公公再去住土房，便主动把公公接到了我们的楼上。我永远忘不了接公公回家时的凄凉，一辆小小的三轮车上，除了一张旧床、一堆行李卷外，剩下的就是老态龙钟的公公了。公公见到我们的第一句话就是："没钱不买骡子，有钱不买后老婆子，"那意思无疑是在告诉我们：他再也不会找后老婆子了。公公到我家后，小姑子回娘家的频率眼见得多了起来，当然她每次回来，都是大包小裹浩浩荡荡的，并且放下东西就屋里屋外地大扫除，恨不得把我家的那个普通的楼房立即收拾成个金銮殿，好让她最爱的老父亲成为这里的太上皇。可三世同堂的好日子刚刚过去半年，孤独的公公，心渐渐地就又痒了起来，媒人们当然早就瞄准了他，他这边刚一动心思，那边说媒的大军就长驱直入了。通过公公的婚事我才知道：退休的老干部在这个社会上，竟然还是抢手货呢，有的时候身价甚至都高于年轻帅气的小伙子。

很快，公公就和另一位同样比他小了十五岁的女子喜结连理。为了让"悲剧"不再重演，这一次，丈夫和他的姐妹们都不肯再当"君子"了，他们都变成了名副其实的"小人"了，明里暗里的大家都在劝公公"不要再相信爱情"，归结到现实里，就是让他对那个女人"留一点心眼儿"，"既不要和她办理结婚登记手续，也不能再给她买楼了，干脆就租楼住"。小姑子为了能让公公彻底抵制住他的"枕头风"，甚至马上就拨了一部分租金给了公公，并且承诺说自己要年年这样给父亲汇租金，让父亲在租来的楼房里和那个女人过日子。万万没有想，小姑子这一无声的举动，竟然引爆了两枚重磅炸弹。第一枚炸弹是在公公和那个女人之间爆炸的，那个女人当着我们的面就指着公公的鼻子说："你不买楼？小点动静！你要是不买楼，你死了以后我能得到什么？"第二枚炸弹则是在小姑子家里爆炸的：小姑子的爱人坚决不同意小姑子给公公租楼，声称如果小姑子不收回自己的钱，他就要和小姑子离婚。

两场爆炸，出现了两种截然不同的结果：公公这边当然以公公的妥协而告终，公公不但背着儿女，很快就和那个女人办理了结婚登记手续，而且还未到一年，就真的兑现了自己的诺言，买了一幢很漂亮的二手楼；小姑子这边却没能出现这样的好结果，两个人打着打着，就真的到了离婚的边缘。为了能让小姑子和她的爱人破镜重圆，我这个当嫂嫂的，甚至不远千里跑到了小姑子所在的油田，自作聪明地当了一次说客，但我的嘴皮子还是白磨了，小姑子最后还是和她爱人平平静静地离了婚。小姑子为了消除父亲心里的内疚，曾反复跟父亲解释说：她离婚真的不是因为租楼的事，"我们早就过不到一起去了，早晚都得离婚的"。那意思无疑是在告诉父亲，租楼的这件小事，只不过是压倒骆驼的最后一根稻草而已。

小姑子离婚后，她的身体和她的日子一样，每况愈下，她再也挺不起精神给学生辅导作业了。更雪上加霜的是，第二年，她被查出患了癌症。世上最亲的是兄弟姐妹，小姑子手术化疗的时候，大家都凑钱给小姑子治病，我们当哥哥姐姐的，当然更得带头拿出钱，只要能够留住小姑子的性命，我想当时无论是谁都能够倾尽所有的。小姑子患病后，曾慢声细语地对我说她也曾"偷偷地哭过"，但在兄弟姐妹面前，她却是一直都在笑着，并且尽力总是笑得很甜。住院的时候虽然兄弟姐妹都在轮番护理着小姑子，但住院的日子毕竟是有期限的，并且大家都有自己的工作和家庭，也就是说，在那个远离兄弟姐妹的陌生的油田里，更多的时候，小姑子是一个人在默默地与病魔抗争着。那段日子，我们不知道小姑子的日子到底是怎么过来的，但丈夫每次和她通电话的时候，小姑子的声音都是含笑的，并且每次通电话，她总是在叮嘱着丈夫平时在吃的时候要注意什么，穿的时候要注意什么，仿佛她永远都是强壮的，仿佛她活着的目的就只有关心别人。那段日子，小姑子偶尔也会在网络上发表几篇小日志，在她的日志里，我们看到的不但没有痛苦，更没有抱怨，可以说篇篇都是快乐，句句都是感恩。其中的一篇日志题目叫《可爱的同胞》，文章是这样写的：

"在家待了一天了，晚饭后，到外面走走吧。先是围着镜湖走了一圈，然后到大家跳舞的地方看了一会儿。跳舞的人很多，大家跟着节奏翩翩起舞，特好看。无论多大年纪的，胖的瘦的都怡然自得，乐在其中。每个人都陶醉在自己优美的舞姿中。畅快淋漓节奏感很强的音乐，配上齐刷刷的动作整齐的队列，美极了！这时我就觉得我的同胞太可爱了，他们就是一道亮丽的风景线啊！"

读了她的文章，我不禁热泪盈眶，在此且不说她的文笔如何真诚如何华美，仅其中的那份大爱就足以让人感动了，这的确是一种大爱啊！不但爱自己的亲人朋友，更爱陌生的同胞。看来，经历了苦难和磨砺，小姑子算是大彻大悟了。是啊！作为一个普通的人，我们到底应该珍惜什么，到底应该去爱什么？也许只有在这时才能真正明了。

今年的清明节，小姑子又回来了，小姑子来我家的时候，正巧我和丈夫都在外面应酬，面对朝思夜想的妹妹，丈夫竟然来不及多说些什么，只是把钥匙交给了她，就匆匆地出来了。等我们晚上回家时，天已经黑了，我打开家门，不由得一声惊呼：这还是我的那个家吗？阳台里的花被搬到了客厅里，洁净的地板映衬着祥和富足的倒影，空气里充溢着清新怡人的气息……而我的小姑子，我那个经历了一场大灾大难以后，依然不改本性的小姑子，就坐在鱼缸边、花树下，冲我们花一样地笑着，笑出了花一样的亲情。我走到近处，望了望小姑子的脸，不由得又一阵乍呼："啊！妹妹！你的脸色怎么恢复得这么好啊？"

小姑子又一次笑了，胜利地笑了："刚才，你们猜我都做了什么？"她依然那么慢声细语地如数家珍："刚才我洗了衣服，擦了地，又把你们家的前后窗户都打开了，瞧你们家的屋子被你们弄成啥样了？实在是太闷了……"小姑子一边嘟嘟地说，一边邀功似地晃着头，神情也像极了几岁的孩子。

我不禁心花怒放，丈夫的脸上也溢满了开心的笑容。我们的快乐当然不是因为小姑子为我们做了多少家务活，我们的快乐当然是源于小姑子的健康啊！我的小姑子，她真是一位百战百胜的将军呢！在鬼门关里转了一圈儿后，现在，她终于顽强地归来了，胜利地归来了。

祝我亲爱的小姑子长命百岁！

大爱无爱

我们之间，从来不说"我爱你"，因为说的人觉得别扭，听的人也觉得浑身发麻。每个人都爱自己的身体，可没有人会说："我的内脏啊！我爱你；我的眼睛啊！我爱你!"是的，我们早已经相融于一体了，就像左眼和右眼，就像左臂和右臂。

有时，看到他的笑脸，也会有一种暖暖的感觉在心中涌动，但那不是爱，那是孤芳自赏。就像有时对镜看自己的脸，觉得很美，很耐看，便笑笑，便偷偷地做几个俏皮的姿态。

没有了爱，也就没有了恨，一荣俱荣，一损俱损，一切都是那么的自然，一切都是那么的融洽，当然更不会有什么怄气拌嘴或大打出手的事情发生了。是啊，谁会去用自己的手打自己的脸呢？除非实在闲得无事可做，除非脸部长痘需要处理。

早晨的饭谁愿意做谁就做，谁想做什么就做什么，有什么关系？钱都在那儿放着呢，该买什么就买什么，该不买什么就不买什么，也没有什么道理。拥有金银首饰，名车豪宅，当然高兴；享受美酒佳肴，山珍海味，当然欢喜。但过起家徒四壁、相濡以沫的日子，照样有滋有味，有说有笑，并且偏僻寂静的角落才不用故作矜持，才能更尽情地亮开歌喉，施展才艺。

在酒宴场上的举案齐眉，当然令人敬慕；在五彩灯下轻歌曼舞，当然让人珍惜。花前月下的卿卿我我的确很有诗情；红绡帐里的鸳鸯双栖无疑更具画意。但静静地和他走在一个并不起眼的小巷里，却更

像树一样飞翔

觉得浪漫，更富有情调，更何况还总有一种闲适的心情去惊奇路边的野花青草，去感叹天际的晚霞晨曦。

一个人静静地坐在案头忘我创作，感到口渴了，很自然地一伸手，他果真已经把那杯清茶放在那里了，不温不热，沁人心脾。但这不是爱，这是很自然的举动；一个人怯怯地走在归家的小径，正在忐忑，一个熟悉的声音暖暖地响起："别害怕，我在这里……"但这也不是爱，只是个平常之举。

在外头做了一件于事无补的蠢事，回到家里便狠狠地冲他发泄，一边大泪滂沱，一边懊恼地捶胸顿足，可说着说着泪水便干涸了，笑意也慢慢地从心底洋溢到脸上，因为自己做错的事，说错的话，在他看来竟全都是正确的，甚至还是最棒的！但这怎么会是爱呢？实在是一种偏执。有时，觉得自己真的很老了，对镜伤秋，大叹明日黄花之时，一回头，却发现他正用欣赏的目光看着你，正为你身上的某一处瑕疵而寻找借口，正为你脸上的某一处亮点而沾沾自喜。但这怎么会是爱呢？实在是一种怪癖。

两个人经常这样随便地在一起聊天，有时聊着聊着便欣喜异常，欢呼雀跃了起来，有时聊着聊着就倦意大发，不知不觉就坠入了梦乡。于是，一个晴朗的早晨过去了，一个美丽的夜晚过去了。但这也不是爱，只是一种发自内心深处的愉悦，极其的自然，就像清泉从岩石缝里汩汩地流出，就像花儿在枝头悠然自得地绽放。我们经常回忆一同走过的日子，回忆那风，回忆那雨，回忆那片树林，回忆那个汛期……于是，心便被一种非常祥和、非常滑润的温情包围了，并且无论何时何地回想起来，都会不由自主地微笑，有时笑在脸上，有时笑在心里。但这也不是爱，就像照片镶在相册上，就像岁月装在日记里。

一件新衣要是亮丽了他，他可能没有感觉，可一种服饰要是装点了我，他却倍觉惬意，他说："这不是爱你，这只是爱我自己。"我爱写作，他便加倍珍惜我的每一张废纸，生怕一时疏忽，而丢掉了我随意记在纸上的灵感。他说："这不是爱你，这只是爱我自己。"最畅快的是和他一起去邮局邮发稿件，因为作品缘自我的心血，所以他

91

大爱无爱

总是对它奉若神明，认真细致地检查邮件上的每一处缺口，小心翼翼地核对信封上的每一个字，然后，带着凝重的神情，他轻轻地把信件送进邮箱，就像把自己糊成的风筝送上天空，就像把自己养大的孩子送上飞机。可他还说："这不是爱你，这也是爱我自己。"

　　和他在一起平平淡淡地生活了许多年，平淡得都忘却了他。最好的发现是这么平平淡淡地生活了许多年后，突然觉得如果还有下辈子、大下辈子，自己依然还要嫁给他！当然，这也不是爱，因为我们之间，真的不需要这种东西……

　　于是，我懂了，真正的爱是没有爱的，就像每天都走在阳光中，每天都生活在空气里……

培养一颗诗心

俗话说：男怕入错行，女怕嫁错郎。我的丈夫不幸成了小学后勤老师，整天和粉笔头、作业本打交道，这当然是入错了"行"，而我却偏偏成了他的妻子，你说我嫁没嫁错"郎"？更何况他这个后勤老师偏偏比别人要勤快，无论是老师还是学生找他，总是随叫随到、有求必应，这个在楼上喊"黎老师"，他答应一声马上就上楼去了，那个在楼下喊"小黎子"，他又答应了一声，恨不得借两条腿往楼下跑，你说这是不是一个典型的"万人奴"的形象？可更让人恨的是他却总是乐此不疲，一张娃娃脸上整天都汗巴流水的，却还总是带着愉快的笑，唉唉唉！那句话怎么说的来着？对，真是"怒其不醒，恨其不争"。可更糟糕的还在后面呢！学校要搞什么花园式校园建设，而他却偏偏又多才多艺，既能做电工、水暖工，又可兼铁匠、花匠，于是，学校的水电设施一有问题就要找他解决，有时深更半夜睡得正香呢，电话就响了，迷迷糊糊的他常常是放下电话就往学校跑，连一句怨言都没有，真是把人气得牙根直痒。可这刚哪到哪儿呀？学校为了培养学生识"五谷"辨"五音"的能力，还在操场前面开垦了一片叫什么什么的植物田，建设了一个叫什么什么的百鸟园，这无形中又增加了他喂鸟种菜的活儿……

这段日子经常听人喊做男人累，可人家男人累，能累出个名堂，不说拥有豪宅名车吧，起码钞票一沓沓的，管够妻子穿名牌、开名车。可他能带回什么来呀？除了一身汗渍、一双臭脚，甚至有的时候，还会带回饥荒！别的老师累了两季，就会休寒暑假，可他的假期常常被学校占用，也是，人休假了，可以自己回家管自己，可鸟儿休假怎么办？花儿休假怎么办？总得有一个人去管吧！这些事偏偏都让他包揽了，好像离开他地球都不能转了似的。人们写文章时常常说："有一分耕耘，就有一分收获。"可他能收获什么呢？所干的全都是鸡毛蒜皮的小事儿，根本登不上大雅之堂。

一个很普通的晚上，我因实在闲着无事，便跟着丈夫去学校闲逛。那一天的月亮特别圆，早早地就悬在天边了，就像谁家的灯笼。在月光下，这所已被誉为省级花园式的学校的确别有一番风情。两棵百年老榆撑起一片巨大而慈祥的浓荫，树荫下，鸟儿鸣啾，花香扑鼻，洁白的断桥下，嶙峋的假山旁，一弯活水正发出淙淙的细响。植物田里静静的，五谷丰登，百鸟园里却喧闹无比，丈夫还未走近，那鸟儿便都叽叽喳喳地欢叫起来，争先恐后地聚到了送食口，等着丈夫喂食。那一天，我第一次用诗意的眼睛观察了丈夫的神情，我发现当丈夫小心翼翼地把鸟食投放到鸟笼里去时，那英俊的面庞竟然出现了当初给小儿喂食时的笑意，那如水的双眸竟然闪烁了当初照顾婆母时的柔情。人都说，动物的良心胜过了人，鸟儿亲近丈夫，当然源于丈夫长年累月的喂养之情，那么花儿呢？花儿是否也会对丈夫的耕耘之恩生发感激呢？当丈夫走到她们身边时，她们都颤颤地摆动起硕大的花冠，那是不是也是一种情感的流露？一种心灵的表达？鲁迅说："花有花的道理，我不懂。"可是人呢？为什么那么多小学生见了丈夫，总是那么亲近、那么欢乐？是的，我怎么能不懂呢？

忙碌完毕，丈夫便像往常一样，在榆荫下，在鸟鸣中，在花香里，打起了他独创的黎氏八极拳，由于身体臃肿，赘肉过多，他的拳式显得很滑稽，但我却看得如痴如醉。此时此刻，偌大的校园，全都是属于他一个人的，他就是这里的主人。如果小鸟真能魂化为仙，那么他一定就是仙子心中的那个帅气的王子，如果花朵真能变成美人，那么他一定就是美人仰慕的那个憨厚的阿郎！谁说耕耘没有回报？这鸟语，这花香，这如诗如画的景致，这如佛如仙的境地，难道不是大自然给予丈夫的最好回报？这可是人世间最昂贵、最无价的军功章啊！更何况还有更昂贵的清风明月，更无价的淡薄心境！

月光投在百花上，有一种迷蒙，鸟音撞到心灵里，有一种回声，这就是诗，可首先你要有一双发现诗情的眼睛。可惜现实中我们把许多这样的美丽小诗都错过了。现实的确是很无奈的，主要看你用什么目光去探寻，去发现。当然，如果用欲望的目光，再宽敞的豪宅也会显得狭小，再名贵的跑车也会显得寒酸。于是，面对面容白皙秀美、目光炯炯有神、心胸豁达、无欲无求的丈夫，我突然流泪了！是的，丈夫没有入错行，我更没有嫁错郎，用诗意的眼睛，我发现我的丈夫是人世间最优秀的丈夫，而他从事的工作也是人世间最伟大的事业，这项事业因为他而变得日益美丽，他也因为这项事业而变得日益充盈。

亲爱的朋友，当你发现你的人生很不如意时，请你换一个角度，请你用诗的角度去诠释人生吧，那样，你就踏上了那条通向幸福的船，并且在这只船上，你永远都是那位快乐的老船长！

嫁汉嫁了个葛朗台

老话说：嫁汉嫁汉，穿衣吃饭。可人要是不小心嫁了个葛朗台，那要想穿好衣吃好饭，就很难了。

我的丈夫宽宽的额头、大大的眼睛，无论从哪个角度看，都不像葛朗台。对待亲朋好友，他也的确慷慨，不仅不是一个葛朗台，有的时候还显得很"大头"，尽做一些吃亏不占便宜的事情。之所以能达到这个结果，究其深层次的原因，是他把自己的声誉看得比金钱还重，所以才能做到"不惜千金买宝刀，貂裘换酒也堪豪"。

然而在家里就不一样了，家是什么地方啊？当然是最能够坦露本性的地方。在家里，连穿衣服都是多余的，更别提什么伪装了。原来家里困难时，对于柴米油盐，大家谁都不敢奢求什么，能维持个温饱就心满意足了。所以那时，全家人都不怎么大方。可自从有了结余，丈夫那种葛朗台的本性就渐渐地暴露无遗了。

我深知丈夫爱钱，所以为了报答他的恩情，便使出吃奶的力气拼命地赚钱。最快乐的时候，是我把赚来的钱交到丈夫那宽大的手掌里的时候，每当看到丈夫脸上那心满意足的笑容，我的心里就比吃了蜜都甜。开作文班后，我便把收款的"大权"全都交到了丈夫的手中，每个月收入多少、支出多少，我连问都不问，任丈夫拿着钱去慷而慨之，哪怕是胡作非为。每到月初收费的时候，丈夫总会坐在那里心满意足地查钱，望着那一沓沓粉红色的钞票，我常常生出些许自卑的情绪，觉得自己实在无能，这要是能一下子弄个影视剧回来，那我亲爱的丈夫就不用这么辛辛苦苦地查钱了。

后来，我才渐渐地看明白：我丈夫的骨子里，原来还是个葛朗台呢，他不仅舍不得去慷而慨之地胡作非为，花起钱来反倒比以往更显谨慎了，不仅自己出来进去总是摆出一副贫民的姿态，还要求我也那么做。刚发现他这一习性时，我曾经还窃喜过，觉得丈夫真的像他曾经评价自己的那样，堪称一个"装钱的匣子"，于是，赚起钱来更觉有劲头。然而等到花钱的时候，就看出难来了。

因为我把大多数时间都放在了读书和写作上，所以平时我基本上做到了"不理朝政"，也就是说，根本就没有时间去花钱。但若是赶上心情不好时，我常常会用"花钱"的方式去消解忧伤，比如去买贵重的衣物，或与朋友豪吃仗喝、游山玩水，但每到这种时候就糟了，两口子一定要干仗了，因为每到这种时候，我根本就无法从丈夫那双宽大的手中要出一分钱来。

俗话说：哪里有压迫，哪里就有反抗。为了使自己能够拥有充足的资金，那天，我专门就钱的问题和丈夫进行了一番谈判，那天的谈判我大获全胜，虽然我的工资、教学收入依然归他支配，但我的稿费可以自己管理。这真是不攒不知道，一攒吓一跳，以前我还真没想到：每年下来，我的稿费也是一笔可观的收入呢。自从有了稿费垫底，我的日子便开始自由了，两口子的矛盾也因此得以消除。

然而后来我发现：我的稿费虽然没少攒，但最后还是一点一点地都花为家用了，遇到自己想买衣服的时候，我依然还是拿不出钱来。为什么会出现这样的状况呢？为了总结经验教训，那天我认真地梳理了一下自己的情况，过大的眼睛上弯下斜没有几分钟，我就发现端倪了，因为我发现家里的那些"大件"，全都是用我的稿费购买的。呜呼哀哉，我可真是白聪明一回了，防着防着，到底还是陷入了葛朗台布下的圈套。

唉！狡猾的丈夫"玩"我真的就是个"玩儿"，他深知我性急的脾气，总会用他的"慢"来敷衍我。比如我觉得家里应该换电视机了，就要立即去换，可每到我着急的时候，我的丈夫就总能找出各种理由推迟换电视的时间，并且总会在我最着急的时候慢悠悠地说：

"你要是着急，就拿你的稿费买呗。"我一想也对，何必和他再费口舌呢？于是，一笔稿费就因此消失了。一次，一位叫小六的朋友朝我丈夫借钱，我的丈夫借口没时间去银行取钱，直接就从我的稿费里"偷"出了一万元钱借给了小六，直到现在也还我……唉！为了"套"我的钱，他可真是煞费了苦心，连"嬉皮士"的伎俩都动用了。

　　我舍不得花时间去逛精品店，每次买东西总是像标枪一般，直奔靶心。那天我发现我的凉鞋不行了，应该买新的了。虽然我深知丈夫百分之百都不会同意的，但还是没忍住叨咕了一嘴，果然不出我所料，这边我刚刚冒出一句话，他就说了许许多多的话对我围追堵截。他的话我没等他说，就能知道说啥，比如"孩子的楼还没买呢，你还是克服一下吧"，比如"过日子可不能奢侈，别等到老了，成了孩子的累赘"。但他说他的，我却做我的，下午就直奔鞋店去了，幸好遇到一个合脚的，就花了三百余元买了回来。那天下班时，我是穿着新鞋横着身子走进屋的，我进屋的第一件事就是挑战地瞪了丈夫一眼，第二件事就是气宇轩昂地在客厅里走几个猫步。丈夫果然无奈地笑了。对于我每一次的无理挑衅，他都会以这种态度息事宁人。

　　唉！说句良心话，就我这样儿的，还真得有个葛朗台管着我。

　　那天因为一个笔会，我和朋友一起驱车到了一个城市，在开会的间隙，我们从会场里溜了出去，去逛了一次精品店，并花了五百元偷偷地购买了一件"闲"衣。之所以叫闲衣，是因为一时半会没机会穿的。也正因为"闲"，我才神不知鬼不觉地把衣服藏到了衣柜里，并自认为做得天衣无缝。然而午睡醒来，丈夫呆愣愣地坐在床上瞪了半天的眼，却突然给我讲起他刚刚做过的一个梦来，他说他梦见我和我的朋友去逛街了，还花五百元买了一件衣服。丈夫的话着实吓了我一跳，继而就忍不住大笑了起来，笑得都躺在床上起不来了。

　　唉！我那可怜的葛朗台的丈夫啊！你是什么时候被我折磨成一个人精了？

爱八极拳的哥哥

哥哥喜欢打拳，喜欢得实在太久了。

十七八岁时，哥哥总是模仿电影里英雄的样子，自己偷偷地练。哥哥练过铁砂掌，也就是两只手刷刷刷地往绿豆里插；也练过气功，一到后半夜就偷偷地爬起来打坐，一坐就到大天亮……当然，哥哥练这些功夫时，我还不认识哥哥，这些都是他"口头"和我说的，我并没有看到他练功时的样子，我看到的，只是他看《武魂》《武林》等刊物时，专心致志的样子。一有闲暇，他就要去翻那些书，翻着翻着，还会对着书挥几下拳头。哥哥上班挣钱的第一件事，就是订阅这些刊物，一直订阅到现在，如果把他这些年订的刊物堆起来，我相信那个头一定会比哥哥还要高。

但哥哥看刊物，就只是看刊物，他并没有真的如他所说的那么起早贪黑地练。因为那时他家正在盖房子，他得天天起早贪黑地推沙土，挂墙里子，刷墙，安电……哥哥在家中是长子，为了这个家，哥哥有无数的活计要干，所以他只能把练拳当成计划——美丽的计划。之所以要加上"美丽"二字，是因为哥哥在说这些计划时，脸上总是带着美好的憧憬。

结婚以后，哥哥陆续认识了一些练八极拳的师兄师弟，认了师兄弟，当然也认了师傅。哥哥对师傅非常敬重，闲谈时总是师傅长师傅短的不离嘴，有时也要出去和这些师兄弟喝酒。因为这些师兄弟们每天早晨都要到城郊的小树林里练拳，哥哥便很羡慕，总想抽时间也去跟着去练。还别说，他真的去了几次。那时，哥哥家是平房，有一个小小的院落，师兄弟们吃完饭后，有时也会在小院子里比画几下，但也就是比画几下，哥哥还没看得过瘾，天就黑了，大家也就各回各家了。在师兄弟的影响下，哥哥经常会有新增加的计划，为了实施这些计划，他也一直默默地做着准备的工作，并陆续拿回了刀、剑、戟、斧、钺、钩、叉、鞭、锏、锤、棍……有的是花钱买的，有的是他亲自做的，但不管是买回来的，还是做出来的，也都只能在那里干放着，因为在大多数时间里，哥哥得在家里干活。家啊！到底是什么？为什么总有那么多的活计要干？除了盖房子，砌院墙这些"大活计"外，春天有春天的活儿，秋天还有秋天的活儿。结婚以后，紧接着又有了孩子，别看那么小的一个孩子，有关他的活计，干起来却比盖房子还要繁杂，比砌院墙还要牵扯精力。所以哥哥的计划便一直往后推迟着，一直到孩子上完小学、初中、高中，直到上大学。

孩子上大学以后，哥哥才真真正正地开始了他的练拳史。但遗憾的是，这时的哥哥，已经发福了，不仅脸蛋子圆圆，肚子也圆圆，比画那么两下，拳脚扔出去了，肚皮还在那里晃悠。一套拳还没等打完，汗水就已经打湿了衣衫。好在哥哥很有毅力，在练拳的同时，又加上了减肥，那可真叫减肥呀，整天都要去秤上量，恨不能吃一口饭喝一口水后，就再去秤上量一量，半年下来，就减去了整整三十斤，减得整个人像患了一场大病，谁看了都吃惊地张大了嘴巴，张了半天的嘴才试探地问出来："您的身体……还好吗？"

直到现在，哥哥才成了真正的拳师了，整天比比画画地练习拳术。他的身体虽然很好，但头发却眼见着白了，带着白发去打拳，那姿态就有了一种沧桑感。一天黄昏，在一个飘着花香的庭院里，我和儿子有幸看到了哥哥练拳的全过程。看着看着，我们就都笑了；看着看着，我们也都哭了。

"哥哥，哥哥……"我高兴时，经常这么舌头卷卷地冲他喊。

"别这么叫，看人家听见笑话！"哥哥说。

"是的，哥哥……"我说。

领着自己奔跑

就这样静静地满心爱怜地看着她，仿佛全世界就只有我们两个人。此时，她就是我的上帝，统治了我的身心，统治了我的一切。她真的很美很纯，有一双异常明亮的眸子，当然，眸子里闪烁的光泽是善意的，是暖色调的。她圆圆的面庞也闪着一种神奇而祥和的光泽，就像小时候听到的那个久远的神奇的故事。她的头发很散很乱，散乱的头发上扎着一对粉色的绸绫，暖色调的暗花点点的棉袄虽然已经很旧了，但穿在她那弱小的身躯上，还是显得很合体……

"我领你去奔跑吧！在那片小树林！"我充满爱怜地说。

她乖觉地笑了，她的确是个乖觉的女孩儿，怯生生地仰起那凌乱地缀着两条粉色绸绫的头，认真地看着我，见我也是认真的，便笑了，于是，我们就真的奔跑起来——在那片童年的小树林里。此时，那片小树林就只属于我们两个的，朝霞红彤彤的，透过树枝，细碎地洒在我们的身上，我们是多么的快乐，寂静的树林里洒满了我们的笑声。

我就这样在愉悦的心情中醒来了，思绪依然处于一种紊乱迷茫的状态，身体很轻，就像躺在一叶小舟上，而那小舟正在水上漂……飘荡的身体里依然还充溢着那种愉悦。随即，一行用铅字印出的很唯美的标题出现在报纸的一端：领着自己奔跑。

这就是我的梦，一个撰稿人的梦，连梦都有标题。文人的梦的确很矫情呢。此时，我算是完全地醒来了，可醒来的我，眼前闪现的依然是她的面庞、她的身影，心里涌动的依然是一种全身心的爱恋。

如果这种爱是给予别人的，此文就另当别论了。可令人羞愧的是，我这种全身心的爱，给予的人偏偏就是我自己啊！因为我梦中的那个她，的确就是幼儿时期的我。这一点无论在梦中，还是醒来，我都清清楚楚地知道。

如果没有这个梦，我还没有意识到自己是这么自恋——爱自己，我是如此地爱着自己！多么自私，多么狭隘，可这一切都是真的。

但在梦中，我和她却是两个人，我很高很大，尽管表面上看并不太衰老，但面庞里早已掩不住各种岁月的痕迹，并且力气也远远不如以前了。而她呢，则是三四岁的模样，就像花儿开在枝头，正是娇嫩的时节，她的神情和放在床头的那张照片里的我一模一样，那是我童年时期留下的唯一的一张照片。从辩证唯物论的角度，我之所以要做这样的梦，当然是因为这张照片，日有所思夜有所梦嘛。

这张照片是大姐给我留下的，那年她十九岁，正在外面求学，她长相漂亮，又会唱歌，还赶上了那个全民皆唱样板戏的特殊的年代，所以那时的大姐每天都很忙，从"爱自己"的角度来看，她根本就无暇顾及身下的那四个正在拔节似疯长的骨瘦如柴的妹妹，然而那天，也许是老天要垂青于我了，她偏偏就看到了我。听大姐后来说，她那天本来要去找同学的，忙乱中突然一回头就看见了我——她的最小的妹妹，她突然发现这个小妹妹长得确实好看，于是就萌生出要领我去照相的想法，并且马上就实施了。为了避开其他两个妹妹的纠缠，她甚至还略施小计，让两个妹妹去打茬子了，直到两个妹妹背着筐、挎着篓听话地走出了小院，大姐才领我去了照相馆。照相的场景我至今还恍惚记得，当然记得的都是当时别人夸奖我时的好话，有个女孩在我的棉袄上别上了一枚毛主席像章，照相前又有人忙忙地递过来一本印有毛主席头像的语录本，我就那样戴着像章，捧着语录本，被十九岁的大姐搂抱着，照了那张相片。

等我真正彻底醒来，再望着那张黑白照片，我突然泪流满面。感谢大姐，让我如梦的童年留下了这样一抹真实的痕迹，而我也是我家八个兄弟姐妹中唯一享受如此殊荣的人。而那个时代，又有多少美丽的童年都毫无痕迹地逝去了？就像一只美丽的小鸟，曾经默默地存活过，又默默地老去，和人类无关，和这个世界也无关……

现在的独生子女，每个人都有一本或几本属于自己的童年的相册，并且现在的摄影技术又是如此地先进，别说是美丽的倩影了，哪怕是丑陋的面庞，也能转化为美丽。所以用这时的眼光再去看那时的童年，很多人都会嗤之以鼻，不屑一顾呢！

幸福，就是和你一起……

一、一年只有三季

　　儿子养了一只蝈蝈，因为喜欢蝈蝈的歌声，这一天，我便把闲暇的时光全都留给了蝈蝈。浏览网页得知蝈蝈喜欢吃青豆，也要定期喂一小段葱，我在街上购物时，便很留心。很容易就买到了葱，可青豆却迟迟没能找到。这时再听到蝈蝈的歌声，心里便多了一丝怅怅。

　　儿子回来后，我便和他唠叨自己的遗憾。儿子冲我一笑说："买不到就买不到了，有什么遗憾的？反正它也活不到十月的。"

　　我听了心里一惊："你说什么？如果我们好好喂养，也不能多活吗？"

　　儿子依然是一脸的苦笑："蝈蝈最多只能活三季。"

　　我的心便难受起来："啊！那可太可怜了！它的歌声真的很好听……"

　　儿子也感叹了一声："如果深究起来，养蝈蝈应该是件很残忍的事，因为蝈蝈之所以要叫，是为了求偶……"

　　"唉！要是这么深究起来，就什么都不能养了。"

　　突然想起了一则三季人的故事：有一天，一个穿着绿色衣裤的人问孔子的学生："我想请问您一下，一年有几季呀？"

孔子的学生一听，张口就答："一年当然有四季啊。"

绿衣人说："你说得不对，一年只有三季，哪里来的四季？"

"春夏秋冬，一年不是四季吗？"孔子的学生掰着手指头，数给他看。可那个绿衣人却坚持自己的观点，甚至要和孔子的学生打赌：约定谁输了，就给对方磕头。

孔子知道后，马上让学生给绿衣人磕头，孔子的学生就蒙了，见孔子满脸严肃，只好乖乖地给绿衣人磕了头。绿衣人走后，孔子便说："你没有看那个人是谁吗？它是蚱蜢变的。蚱蜢秋天就死掉了，它怎么知道还有个冬季？"这就是所谓的"朝菌不知晦朔，蟪蛄不知春秋"！

接着再听蝈蝈的歌，心里就多了一丝凄凉。看来，有的时候，有些事情，真的没有必要去较真儿的，因为某个人做某件事，也许真的有属于这个人的道理。就像鲁迅所说的：花有花的道理，我不懂。

"唉!"我不禁长长地叹了口气。

我在可怜蝈蝈，有没有一个神灵也在空中俯瞰着我，可怜着我呢？如果这么说来，人和蝈蝈也没有什么区别呢!

二、被你拉着走……

非常喜欢这样被你拉着走……

每到横过马路，每到马路上有那么多的车驶过来，你温暖的手就一定会拽住我的胳膊，然后就一直拉着我走。我抬头望望你，啊！你是多么威武啊！已经整整高出了我半个头，你的身材是多么的颀伟，你的脸颊又是多么的俊逸，你俊逸的脸上，似乎极力要表现出一股子冷峻！啊！这种冷峻也实在太配你了……和你在一起，我是多么地幸福啊！到底是怎么一回事？为什么只要看到你、听到你、想到你，心里就总是装满了幸福？

每当我依恋地望着你，你总会责备我说："好好走路……"你知道我爱你，深深地爱着你，胜过爱自己的生命，但你总是假装浑然不觉。有时，我实在抑制不住心中幸福的潮涌，终于要夸张地把这种幸福表达出来时，你总会拉着长声说："我知道了！"脸上也总会溢出一丝无奈的苦笑。"唉！真是个作家！感情太丰富！"有时，你也会加上这么一句。

夜里，我会久久地盯着你的睡态，看你憨态十足的脸，就这么看啊看啊，越看越喜欢。终于忍不住轻吻你一下，你翻了个身，便会把头向我的胸前拱来，像小时候一样。夜里的时候，才是你最真实的时候，你完全回归了孩提时的模样，不用装出强大，也不用摆出深沉，娇嫩的棱角分明的唇有时也会嚅动几下，就像孩提时吃奶的样子……每到这时，我幸福的心潮里就会多出几分使命感、责任感，是啊！为了你，哪怕仅仅为了你，我也不能老去，不能！

"你不用那么辛苦的！该有的，我都会让它有！多大个事儿啊！"每当看我累时，你总会这么责备我，说得英气十足，仿佛世界就是你脚下的轮子，你可以任意地把它蹬得翻飞。

"是的，我相信你！"我嘴里这么说。

"可是，世界并不像你说的那个样子的，并不是的。"当然，我的心里会这么说。

啊！多么值得珍惜的时光啊！我天天享用着你，奢侈地享用着你，享用你每一分、每一秒……昨天，我们一起在黄金海滩上捡石头，我们捡了好多好多色彩斑斓、形态各异的石头，回来后，你把石头洗净了，要放到鱼缸里，我没让，我一定要保存几块，回家的时候好细细地品玩，因为，这些石头已经绝不仅仅是石头了，这上面因为有了你的目光，有了你的指纹，便变得异常珍贵、价值连城了！

时光啊！请你慢一些过，慢一些过吧！或者干脆凝固下来吧！永远定格在和你在一起的日子里……

三、美丽的瘀青

人是这个世界上最奇妙的动物，甚至这类动物身体上的一块瘀青都是奇妙的……

瘀青突然就出现在了我的胳膊上，也不知道是怎么造成的。那天洗浴时无意中看见了，便觉得奇怪，试图回忆一下这几天磕到或摔到的什么经历，想了半天大脑依然一片茫然，真的一点儿印象都没有。是啊！好好的，怎么突然就出现了这么一块瘀青呢？

　　因为要离开大连了，所以有很多事情需要料理，便转眼就把这块瘀青给忘到脑后了。儿子送我去车站时，因为时间充裕，他便建议去宠物市场逛逛，对于儿子的任何要求，我当然无条件地答应，便真的随他去了。过街路时，他又习惯性地抓住了我的胳膊，于是一种特别的疼痛便提醒了我什么，我低头看了看他抓我的地方——呵呵，这回可逮住现场的了！原来我胳膊上的瘀青，竟然是这个小子给造成的。

　　过了公路，我便让他看我胳膊上的瘀青，儿子的脸上立即现出了惊诧与担心："怎么碰的？怎么这么不小心？"他立即埋怨说。我便笑了："还不是过路口时，你给掐的？"儿子听了，不相信地试了试，还别说，正是他每天抓我时的位置，儿子便大笑不止了："你的皮肤怎么这么娇嫩呀？我并没有使多大的劲儿呀！"边说边笑。

　　我也笑，并爱惜地看了一眼那块瘀青，觉得它的形状那么美，它的颜色又那么悦目，便声音甜甜地说："我得把它带回家去，因为它真的是一块美丽的瘀青！"

　　回家后，便立即恢复了"娇妻"的本性，什么家务都脱手了不说，屋里屋外地走时，还常常表现出一种横行霸道的姿态，时不时地还要对爱人的活计挑三拣四。呵呵，当娇妻的感觉也不错，和当慈母的感觉一样幸福。休息了一天上班去，遇到了朋友，当然要询问大连之行，因为谨记爱人的教诲，便收敛了所有的幸福和满足，只是简单地介绍了一下就与她擦肩而过了，可朋友却突然停止脚步，指着我胳膊上的瘀青说："这是怎么了？"一句话立即问出了我满腹的快乐，我刚要叽叽喳喳地向她介绍这块瘀青的来历，可还未等我说话呢，朋友却满腹担心地说："你抓紧去医院里查查血液吧……"当然，下一句话的内容不言自明。

　　我的心里就一沉："不就是一块瘀青吗？还需要到医院去查？"

　　"这可不是小事，保不准血液出了什么毛病。"

我点了点头，便和朋友道别回屋，但心里却感觉沉甸甸的了，这时再看那块瘀青，便再也看不到那种幸福的颜色了，当然也再没有了那种快乐的情绪。是啊！人这个肉体，它真的只是一个软弱的肉体，你怎么能担保它不会出现毛病呢？

晚上回家，因为心情不好，便显得痴痴呆呆的，眼神当然也是直直的。爱人是我心底里的虫子，一眼就看出了我的不快，便问我怎么了。我便把心底里的忐忑不安全都讲给爱人听，爱人便笑了，伸出胳膊让我看他胳膊上的瘀青，边指点边说："这都是这几天练功时，雷哥给我抓的。再说，你不是刚刚检查过血液吗？检查的结果你又不是不知道。"正说着话，一位朋友打电话给我，我便向她也说起了这事儿，之所以愿意把心底里最丢人的话讲给这位朋友听，是因为她天不怕地不怕。果然，她笑了，说："这人啊，活着就乐乐呵呵，愿意咋地就咋地。现在不是很好吗？哪儿都不难受，干吗去医院做检查呢？那不是自己找病吗？"听了她的话，立即有了一种释怀的感觉，也随口骂了一句脏话，便痛痛快快地放了电话。

是啊！人都知道自己早晚会死，知道这个结果，就必须要去医院随时查证自己的死期吗？再者说了，大夫真的能够准确地告知你的死期吗？

"有多少人是被活活吓死的？那帮医生，可是吓死人不偿命的！"我的耳边又响起了那位朋友的声音。

我突然笑了，此时再看这块瘀青，果真又恢复了以前的那种幸福而祥和的形状。

记得自己曾经在一本书上看到过这样一句话："生活中，你一定得小心避开你身边的那些癌症朋友，他们真的就像癌细胞一样，总会在你最快乐的时候，提醒你一些痛苦……"

啊！这真是一块奇妙的瘀青，用不同的心情去看它，结果竟然如此不同……

四、我的第二个男人

我从沈阳去长春，坐的是动车，据说火车头是尖尖的那种，可惜上车时光顾上车了，竟没有注意看火车头的样子。人就是这么怪，没有看到的就非常想看，所以上车后就一直盼望火车拐弯，眼睛也一直是盯着窗外，好不容易终于拐弯了，才匆匆扫到了一点火车头的轮廓，虽没有看得太清，但毕竟看到了，心这才回到了原位。

直到这时，我才注意到坐在我对面的一男一女。

那男人挨着窗户坐在我对面，留着胡子，汗毛很重，加之车厢里的光线又有些暗，所以我一时看不出他的实际年龄。说他二十，似乎比二十老了些，说他三十，似乎又比三十显得年轻了。女人穿着一身黑色的休闲服，白皙的面庞，油黑的头发，属于猜不出年龄的那种人，瞧眉宇间干练果断的气质，像三十以上的白领丽人，瞧眸子里顾盼神飞的灵秀，又像是三十岁以下的少妇，之所以这样细腻地揣度他们的年龄，是因为我实在猜不出他和她之间的关系。

人在无事的时候，都或多或少有一点窥私癖，我也不例外。更何况身在这种时间较长的旅途中，外面的风景又没有什么可看的，加之眼睛有病不敢在车上看书，于是，就只能偷偷地研究车上的人了。此时，对面的这一男一女正在吃水果，瞧那种彼此并不礼让，自自在在只顾享受的样子，咋看咋觉得像一家人。那么他们到底是什么关系呢？姐弟吗？不像，虽然两个人的长相的确有些相似，但彼此之间的那种亲昵劲儿咋看咋觉得超出了姐弟的范畴；是情侣吗？也不像，那女人尽管长得很年轻，但作为情侣，她的年龄似乎又显得过大了一些；再不就是偷尝禁果的姐弟恋人？还是不像，二人的眼神里虽然也饱含了那种源自心田的真爱，但彼此之间还是有一些距离的……吃完了水果，男人便拿出手机摆弄起来，那是一个超薄的红色手机，很小巧，很秀气，女人一开始也把头凑过去跟着一起看，接着就揉揉眼睛提醒道："字太小了，别弄了，看累着眼睛。"可男人兀自玩自己的，没有理女人的话。

女人无事可干，就显得有些不老实起来，一双黑白分明的眼睛开始东张西望。男人虽然没有抬头，却像是脑袋后面也长了眼睛似的，每当女人看得有些过分，就小声提醒她："别这样看人家，不好。"可女人那美丽的头还是时不时地左右摇动着，也许她也如同我一样，厌倦了这种长时间的枯坐？这时，隔座传来了一阵非正常的笑声，她听了马上站起身回头张望，男人见她这样，眉头便微微地皱了皱，马上一伸手把她拉回了座位："别这样！"女人嗔怪地看了他一眼，他依然不看女人，依然看着手中的手机。女人便笑了，竟然真的乖乖地不动了。

男人的这种神情，突然让我的心怦然一动，我一下子就知道他们之间的关系了。因为我在男人的脸上看到了一种我非常熟悉的神情——那种独断专横的神情。我之所以一开始没有猜到他们之间的关系，就是因为那个女人显得太年轻了，而那个男孩儿又显得太男人了。正巧女人的目光也向我投来，我就笑着问她："你儿子？"女人便笑了，说："是的，"我索性又厚着脸皮继续自己的不礼貌："他多大了？"女人说："二十一。"我便笑了，笑在脸上，也笑在心中。见我这样笑，女人便有些不好意思地解释说："这孩子总爱管我！"

男人此时依然面无表情，依然摆弄手中那小巧的尤物。从他这种表现里不难看出，对于我这个陌生人的不礼貌，他正用沉默表示拒绝。

哈哈！实在是太有趣了！

现在独生子女的这种特殊的家庭环境，既造就了过早成熟的儿子，又造就了过于年轻的妈妈，特别是进入青春期的男孩子，因为家里没有兄弟姐妹可以依靠，所以他们都很桀骜不驯，况且又或多或少地有一点恋母情结在心里，所以一有闲暇的时光，他们就要加倍地疼爱和管教母亲了，于是，这种状况下的母子关系，就变得比以前复杂了许多，微妙了许多。更何况现在年轻的妈妈们，多数都很自娇自恋，对于儿子的管教，她们不但不生气，反而还总是觉得很有趣呢——就像我一样。

在我的生命中，也有这么一个男人，他也经常这样既依恋着我又管教着我，如今他和坐在我对面的男人年龄相仿，也长到了一米八的大个子了。每次想到他，我的心都会无缘由地涌出一种幸福感，微笑也总会不由自主地洋溢在脸上。记得儿子第一次管教我，是儿子上小学时，他们学校邀请我去给学生讲作文，我这些年，别的能耐没练出来，胆子却练得特别大，属于人来疯，人越多越妙语连珠，所以别说给学生讲作文，给大人讲作文我都跃跃欲试。然而令我没有想到的是，我没有紧张，儿子却紧张得够呛，我和他一前一后去大教室，还没等我进门，他就趁着没人拉住我小声说："你摸摸我的心跳……我真替你捏把汗呢！"接着就一遍遍地嘱咐起我来："你可得给我注意点细节呀，别像在家似的，声音总是懒懒的。"我笑了，说："没事，你进去吧！"可他走了两步又回来了，又小声说道："注意，别像在家里似的，总擤鼻涕。"千嘱咐万叮咛后，才低着头一路小跑着溜进去。我进去一看，他不但坐在最后面，而且深深地低着头，那种怪怪的样子我至今想起依然觉得好笑。还有一次管教我，是在一辆人力三轮车上，那时儿子仅有十几岁。那天是中秋佳节，晚上吃完饭，我便和儿子打了一辆三轮车，准备去他姥姥家玩耍。在路边遇到有卖糖葫芦的，瞅着又红又大非常诱人，就让儿子下车给我买了几串。当时我的心情好极了，越看那糖葫芦越高兴，就顺口唱起了那支当时很流行的歌儿："糖葫芦好吃竹签儿穿，象征幸福和团圆……"可唱得刚起兴，儿子的小脏手就伸过来死死地捂住了我的嘴，不但嘴里小声制止，眼睛也逼视着我不让我唱。我说："你干吗管我呀？我和你爸爸散步时，在大街上走路时都唱呢，他从来都不管我！"儿子不说话，眼神却没有一丝通融的余地。我觉得儿子好笑，就气他似的又唱了起来，可嘴刚张开，儿子那小手就又赶紧伸过来了，他刚吃了月饼出来，至今我还能记得他手中的那非咸非甜的怪味儿。等到他逐渐长大起来，他管教我的范围就越来越宽了：衣服穿得过于花哨不行，过于寒酸也不行。说话高声不行，哈哈大笑也不行。和他一起走路，无论有多少包裹，都得他一个人提着，生怕别人笑话他不孝顺；过马路也非得拽着我，边拽边担忧地说："注意了，看着点路，像你这样不管

幸福，就是和你一起……

东不管西地走路，我不在家时你可咋办呢！……"娘俩的动作常常引来猎奇的目光，不知道的还以为这个女人是个弱智或什么病的患者呢。

那天在同事的办公桌上，看到一张漂亮的彩色照片，照片正中，站着两个高大帅气的小伙子，后面爱昵地搂抱着他们，并从他们身后伸出头来小孩子一般调皮地微笑着的，分别是他们的两个漂亮的妈妈。她们是姐妹俩，其中的姐姐就是我的同事。见我看那张照片，同事的脸上立刻洋溢出幸福的微笑，马上如数家珍地讲起了她的大儿子，开了头就没有了结尾。是啊，说起儿子，哪个母亲的心里没有一部厚厚的书呢？

儿子小时候非常怕狗，有一次在一个小胡同里，我们娘俩便遭遇了一次与狗的对峙，忘了当时自己到底是怎样吓跑了那条狗的，我只记得惊险过后，儿子便万分崇拜地仰视起我来，一边仰视一边崇拜地拉着我的衣角说："妈妈，妈妈，等我长到了你这么大，你长到了我这么小时，就是你怕狗，而我不怕狗了！"说完还长舒了一口气。

如今，我的儿子的确长到了我这么大了，尽管我并没有长到他那么小，但他已经知道保护母亲了。虽然他现在依然有些怕狗，可如果此时真的有一条大狗扑来，我相信他一定会挺身而出，像个大男人一样来护卫自己的母亲的。

有儿子，真幸福！

五、深深的水里，觉得渴……

这到底是一种什么样的孤独啊？就像在深深的水里觉得渴一样。

儿子大学毕业，独自一人来到了这座城市工作。城市临海，是一座很美丽的海滨城市，城里人的文化素质也都很高，在车上，总看见年轻人为老年人让座，在街头，如果你问路，也一定会有人微笑地给你指点迷津，并且用的都是礼貌用语。

可是，我就是替儿子觉得孤独。

我是一个过客，仅仅住那么几天，就要离开，接下来一大把一大把的时间里，全都得由儿子独自一个人在这里过活。儿子在这里没有亲属，也没几个朋友，仅仅认识几个同事，还都是和儿子一般大小的毛头小伙子，并且随时有跳槽的可能。儿子所住的楼，在这里应该算是蛮好的，三十六层高，在众多的楼阁里鹤立鸡群，隔了很远就能看到那高入云端的楼宇，我曾站在楼下向着上方仰望，一家一家的窗户里，全都挂着各种颜色的窗帘，每一个窗帘后面都躲藏着一户人家、一个故事，但那么多的人，那么多的故事，都和我的儿子无关。搬到楼上这么久了，连邻居是做什么的，长什么样子，我们都无从知晓。有一次，我独自一人进入电梯，因为是新楼，电梯里还贴着建筑时用的隔板，隔板上写满了各种各样的小广告，我四处看了看，竟然没有看到报警的标志，如果儿子恰好一个人在电梯里，并且恰好在这个时候电梯突然出了故障……我顿时觉得毛骨悚然了。我的儿子，你一个人在这里，真的太令人担忧了。

晚上，儿子在电脑前忙碌时，我曾久久地站在窗前向楼外凝视，我发现这幢楼的四周，到处都是林立的楼群，楼与楼之间，也填空似地挤满了密密麻麻的老旧的平房，从上面往下看，只能看到这些平房的房盖，因为老旧，那些房盖便显得破烂不堪，灰黑的旧瓦间茅草丛生，有的人家还在房顶上堆满了杂物，让人感到破败而又凄凉。但即使这样的人家里，晚上的灯火也依然明亮，特别是当炊烟袅袅冒出来的时候，我依然能感受到那萦绕在炉灶旁边的浓浓的亲情，这些亲情有的很浓郁，有时浓郁得小小的房子都装不下了，于是，就常常有笑声和歌声从房子里传出来，让人听了反倒更觉得凄凉。

"我不愿意下班回家。"儿子说。

"家再好，也是孤零零的一个人。"儿子说。

为了排解孤独，儿子养了那条名叫"白白"的流浪狗，但那条小狗太大，儿子放假时根本无法携带，最后只能送人了。这次来，发现儿子背着我们又养了一只名叫"萌萌"的拇指狗，之所以叫它拇指狗，当然是源于它的小，太小了，就像一个白白的小兔子。儿子说，"这回再放假，我就可以用小兜子装着它坐车回家了。"我没有责备儿子，是啊！有了萌萌，屋子里才有了声音，儿子回家也才有了奔头。

此时，我写日志的时候，萌萌就蜷在我的脚下打着盹，刚才出去买菜时，我把它关在了笼子里，等我回来，刚一开门，它就叫起来，在笼子里疯了一般地跳，我打开笼子，它就奔出来，在我的脚边一蹿一蹿的立高高，都不知道怎么发泄它的快乐了。是啊，连狗都害怕孤独，何况我的儿子呢？

唉！好令人牵挂的儿子。

床前无孝子

一、我怕来不及，我要抱着你

夜这么黑，在黑黑的夜里，你突兀的声音总是显得那么地凄凉。"我害怕……"虽然隔着混沌的夜，可我还是能看清你因委屈而略微下斜的嘴唇和眼角的泪滴。

"别害怕，我在这里呢！"我当然要这么说。

"我害怕！"可你依然要这么说。

于是，我只能抱紧你，紧紧地抱紧你。

在我的臂弯，你显得多么的瘦小啊！瘦到仅剩下了骨头。每次感觉了你的瘦弱，我的心都会疼，泪水也常常趁着夜的脆弱流出来，打湿了你的头发。

"你是不是很烦我？"有一次，你突然这么问。

我被你的话吓了一跳，幸亏我反应得还算机灵："我怎么会烦你？你是我的宝啊！我疼你还来不及呢！"为了表现出我的真诚，我立即亲热地吻了吻你的脸，没想到这一吻却一下子拉近了你我的距离。在我的抚摸下，你果然变得安稳了，苍老的头紧紧地靠着我的肩膀，终于安稳地睡了，睡了，可睡梦里，你会依然长泣一声。

在混沌的夜里，我端详着你苍老的面颊，凌乱的头发，心便一阵疼痛。那曾经是多么秀美的面颊，那么浓密的头发啊！啊！我的母亲。

在我的潜意识里，我就是您的天敌。我一出生就成了你患病的因，自然就成了你厌恶的果，那时的我别说如此搂抱你，亲吻你了，就是碰一下你的身体，心都会惊恐地疼挛。可当岁月过了这么多年后，你怎么突然地就变得小了，变得弱了，变得了如此害怕独处，以至于连你最厌恶的女儿，你都如此依恋了。为了让大家天天都来陪你，你甚至不惜动用心机，玩出一些可笑的伎俩……特别是夜晚，你总是一整夜一整夜地闹，明明刚刚吃完饭，又要马上吃，明明刚刚上完厕所，依然还要上，并且重复的间隔甚至不超过五分钟，有的姐姐实在受不了了，便假装没有听到你的话，每次遇到这种情况，你都会声音凄厉地大喊救命，在这寂静的夜里……

"妈妈，你就不能睡一小会儿吗？你要是把孩子们都折磨死了，那谁还能侍候你呀！"有一次，大姐实在熬不住了，这么说了你一句。听了姐姐的话，你似乎也动了恻隐之心，可五分钟没到，你就又闹起来了。"救命！佛祖啊！"

我突然明白你的心了，你是不是想用这种方式，把所有的儿女都留在你的身边，一个都不能少？妈妈，你是这个世界里最聪明的妈妈，你也是这个世界里最辛苦的妈妈，虽然你的目的已经达到了！可您如此这般，是不是太得不偿失了？

妈妈呀！当初您能让八个儿女都有安全感，可如今，八个儿女却无法让您觉得安全，意识到这一点，我真的好内疚……

二、妈妈，我一定让你长寿

梦见一个乱哄哄的屋子里，大家忙着按照偏方给妈妈熬制治病的药，那是一种粥。大家围着一个大大的铁锅，妈妈也站在锅边。这个偏方是我讨来的，也就是说，是我最后决定用这个偏方给妈妈治病的，然而，熬着熬着，我的妈妈就被那粥熬死了，怎么死的我没有梦见，等我知道妈妈死了时，妈妈只剩下一堆骨灰了。姐姐们一边翻着那些骨灰，一边说，这是粥的骨灰，可妈妈的骨灰呢？我傻傻地站在骨灰边，有一种前所未有的难过。虽然姐姐们没有一个人埋怨我，可事实却是：我的妈妈，最后是死于我的决策。接着，我就吓醒了！

醒来后，电话就响了，我害怕是姐姐打来的，果然是姐姐打来的。妈妈又闹了，她现在除了我这个警察，谁都信不过，姐姐说："妈妈又不肯吃药了，又在闹了，她担心姐姐要害死她……妈，你五姑娘跟你说话！"我马上接过电话，在电话里劝了半天妈妈，妈妈却哭着说："你快来吧，他们都要害死我！你快来吧！"我说："妈妈，我正在上班啊！我晚一点去行吗？你先把药吃了！求你了！"好容易劝得妈妈不哭了，放下电话我只觉得一身都是汗，怎么办呢？我的妈妈，你这样不配合治疗可怎么办呢？

妈妈的精神病，是在生我的时候得的。最重的时候她连我都无法抚养了，小的时候，我是在爹的怀抱里长大的。据说月子病得月子养，果然，妹妹出生后，妈妈的病就好了，但那病态的"洁癖"却一直都没有痊愈。如今，妈妈的病又犯了，谁在她身边她就怀疑谁要害死她，吃药时总是偷偷地把药含在舌底，然后趁人不备就吐出去。唉！我的妈妈呀！我们该怎么办呢？

那天，为了让她吃药，姐姐把药泡在了她的菜里，妈妈一不小心就把那口菜吃了，吃了以后才意识到自己吃药了，就小声对我说："你当警察也不合格，她们在你眼皮底下就把咱们给骗了。"说得我哭笑不得。那天突然又眼神闪烁地瞪着我说："我这病都是替你死去的爷爷扛着的，你爷爷得罪人了，他的仇家天天来找我。"我说："妈妈，他们再来找你，你就让他们来找我吧！我帮爷爷弥补过失。"妈妈疑惑地看着我说："那你不很危险吗？"我说："我是警察，警察就是干这个的。"妈妈便长舒了一口气："那太好了！那我就让他们找你去！还是我五姑娘孝顺我！"

我默默地看着妈妈，心底里突然涌上了一股力量，而我这所有的力量都是妈妈赋予的！妈妈，你一定为我争气，一定要健康地活下去，你一定让我的力量有使用的地方！就凭这股子力量，我就能保证我的妈妈能长寿。

三、对与错

妈妈住院，妈妈的养病过程就被置于众目睽睽之下了，这时儿女们对妈妈的照顾，自然会加入一些表演成分。会表演是人的天性，更何况我们做儿女的，还都没有坏到打爹骂娘的程度，也就是说：大家还都是很要面子的，所以无论到了谁的班，就都做得比往日好，不仅仅笑脸要比往日多，话语也比往日温暖。最明显的变化是那几位爱打麻将的，他们不仅没有把麻将桌搬到病房里，甚至连夭鸡六饼这类的词也很少讲了。变化的还不仅仅是孩子们呢，连妈妈也变了，深更半夜之时，她不仅不再喊"救命"了，甚至连拉屎尿尿的频率都变低了……母亲呢喃细语，孩子温情似水，真是好一派幸福祥和的景象啊。

但医院毕竟不是家，不需要住院的时候，就必须得回家去。可人还没等到家里呢，我就已经想象出家的样子了。把门一关，果然涛声依旧，麻将桌很快就支起了不说，彼此说话的声音也自然加高了八度，语气立刻恢复了以往的恶声恶语。当然，能够这样说话的，都是牌运不佳、始终不和牌的输家们。

给妈妈买了楼后，八个儿女便实行了轮流值班的制度，每个人正好一个半月，到了谁的班，谁家就要搬到妈妈的家里来住，二十四小时全天候地照顾妈妈。别人的照顾虽然也都有小插曲，但最后还都维持了歌舞升平的局面，而现在家里的插曲之所以多，就是因为现在值班的是二姐。二姐是我家兄妹中故事最多的人，我曾经暗地里感谢过她的故事，因为我的长篇小说《古镜》之所以被人家评价为"最接地气"，就是源于二姐精彩的故事。但二姐的故事在小说里"好精彩"，在现实中却"好糟糕"。二姐喜欢打麻将，而且始终精力充沛，白天扎在麻将馆打，可依然不过瘾，晚上也有好几个固定的麻将点。现在轮到她值班了，她当然就打不成麻将了。麻将迷打不成麻将了，就像大烟鬼没有烟抽了一样，二姐自然要憋屈了，人憋屈了当然要找发泄的渠道，但二姐是极孝顺的人，也就是说她还无法做到把气撒在妈妈的身上，所以前去"挑剔"的姐妹们便都成了她的出气筒，幸好姐妹们胆子都没有二姐大，也就是说谁都不敢和二姐实打实地较量，所以家里就常常出现二姐指着姐妹鼻子骂，而被骂的姐妹敢怒不敢言的场面。因为我是家里姐妹中胆子最小、最不敢挑二姐"刺儿"的人，所以自从二姐值班到现在，只有我没有被二姐骂过。

"这人啊！还得有知识！说话就是中听！"二姐不仅不骂我，有一天她还这样夸了我。

我便笑了，心里暗暗说："不吱声的狗咬人才狠呢！但愿老天保佑，保佑二姐永远都看不到那部长篇小说。"

俗话说穷则思变，二姐憋急了，竟然找到了一个两全之策。用一个典故形容二姐的两全之策最准确，那就是"狼来了"。

那天我计算了一下：自从二姐值班后，我先后五次接到了她的紧急"电话"，那就是："妈不行了！立即回家来！"幸好这种电话都是在白天接到的。接到电话后，儿女们便都会在第一时间赶回家去，我有两次是第一个回家的，有三次是因为在乡下出差，回得晚了些，但无论早回还是晚回，我发现妈妈都"还可以"，但二姐为了让我们信服她的话，总会把妈妈的病情说得严重一些，但说了几句突然就没有声音了，回过头一看，原来那屋的麻将桌已经支起来了……再后来，麻将桌就长期地支下来了，有一句哲学术语叫"存在就有理由"，二姐能够在家里支起麻将桌，当然也有她的道理，并且用她的道理讲，她只有这样做，才是真正地孝顺妈妈！"妈妈最想的是她二儿子，可要是不打麻将，她二儿子也不来呀！我这叫啥呀？这叫智慧，两全其美的高招。"

"可是，你现在是值班的呀！"四姐小声说。

"但我也没差事呀！我打麻将时雇二嫂！你以为二嫂照顾妈妈是她高姿态吗？我是花了钱的……"

四姐便不敢再冲二姐说话了，不敢冲二姐说话的四姐却冲我小声说："妈妈有今天也是报应，她身体好的时候不也是麻将迷吗？二姐都是她倾情培养出来的。"

想起妈妈的麻将史，我可是早就被打过疫苗的。想当初我之所以能够写那部长篇小说《两代赌王》，灵感也是来自于爹和妈的好赌。

昨天晚上，我回到家，一开门就听到里屋传来了麻将声，爱人便小声唠叨起来。我便说："行了！你忍忍吧！这世上有些事无所谓对，也无所谓错，也许二姐这么做也是对的，毕竟儿女们都回家里来了不是？毕竟家里现在一片祥和不是？"可这句话还没等说完，那屋里突然就吵起来了，刚听两句就知道他们在吵什么了，原来二姐今天又输牌了……

我来到妈妈身边，发现妈妈正愣愣地瞪着我，我说："妈妈，你在想什么呢？"妈妈冷漠地又瞪了我很久，才说："别跟我说话！"

这么说妈妈是生气了，但与病重的妈妈相比，我还真就喜欢现在这位有力气发脾气的妈妈。

四、母亲的话令人惊异

如果不是母亲的这句话，我竟然忘了这一天是国庆节。

母亲又一次病了，这一次病得吓死了人，得到消息，我们马上把她送到了医院，还好，因抢救及时，我的母亲再一次脱离了险情。

国庆节，也就是昨天，我们六姐妹难得聚在一起，聚在这间只剩下我母亲一个人的偌大的病房里，母亲也难得如此安详地躺在那里，不动也不闹。姐妹们聚在一起，当然有许多话要聊，况且又没有一个外人……不对，应该有一个外人，那就是我的丈夫。妹妹见大家聚得齐，就拿出她的手机给大家录像，并要求大家对着手机说些什么，大姐说了几句，大姐是教师，每次说话都像报幕似的，这次依然是报幕，当然也说了祝母亲早日康复。让爱人说，爱人推辞着不说，妹妹便奚落他总是登不了台面。在这种场合我当然无话可说，也许大家都习惯了，也没有一个人让我说，所以我所能做的，只有在旁边看着姐姐妹妹们傻笑。说得最多的当然是四姐和妹妹，她们说的也依然都是开玩笑的话。这时突然想起让母亲说些什么，妹妹便把手机对准了母亲，母亲果然说了，虽然口齿含混，但姐姐却听清了，她惊异地告诉我们说："妈妈刚才说，这个特殊的日子，我们要对国家忠诚！"

我这才想起原来这一天是国庆节啊！

太令人惊异了！我的母亲！在她生命垂危之时，她对女儿们所说的第一句话，竟然是这样的话。

昨天夜里，母亲的话就很是令人担忧了，她先是拉着爱人的手说："来生再见吧！"接着又反复叨唠："难舍难离！难舍难离！"又把我叫到身边，忧伤地说："我这回可没路了！"我当然不会让她没路，便大话连连，说什么假使真的没有了路，我也会给她开辟出一条路来！为了让她觉得自己真的能有路，我还给她喂了几口桃罐头，因为母亲总是很迷信桃子，觉得只要吃了桃子，就能逃脱一切厄运。

妹妹得知母亲病危，专程从外地赶回来，我便对她说："妈妈没什么事的，因为我没有做过什么奇怪的梦！"是的，多年的经历使我知道：每到我遇到大事前，我都会做梦的。

今天早晨，我三点就醒了，庆幸自己沉沉地睡了大半宿，依然没有做出什么怪梦来。静静地躺了一会儿，觉得时光可惜，就又看了一会《人生的智慧》，看累了，便闭了台灯想养一养眼睛，可紧接着就恍惚觉得自己身在一间土房子里了，之前还有一些情节我忘记了，好像是在摆弄那个粗粗的柱子吧。这时突然发现那柱子中间有一些裂痕，便有些担忧了。再一回头，又看到旁边还有一个中间葫芦一般鼓出来的柱子，我注视着那柱子一会儿，就看到土棚的棚顶出现裂缝儿了，我预感不好，马上大叫："儿子快跑，房子要倒了！"话还没说完，就看到有土脱落下来……接着就被惊醒了。

我不知道这个梦预示着什么。上苍啊！如果有什么不好的祸事，还是让我一个人承担吧！我不希望这个梦和我亲爱的母亲有关……

母亲呀！我伟大的母亲，你一定要挺住！

渐行渐远的亲情

一、那次夜谈

不知为什么，总忘不了妈妈的那次夜谈。

那时我到底有多大？忘了，真的想不起来了，妈妈总说七八岁讨狗嫌，我想，那时的我应该就处在那个令人讨厌的年纪吧。

我在家里排行第八，妈妈是在生我时患的精神病，所以，小的时候我很少能得到母爱，但得不到母爱我并不觉得恐惧，因为我还有爹。但那天晚上和妈妈的夜谈，却让我忧伤了，真的忧伤了。

夜谈之前，妈妈曾把我送给了我的大姐，那时大姐刚刚结婚不久，住在离我家不远的小村庄，和她的公公、婆婆以及小叔、小姑住在一起，妈妈也许是过于厌烦我了吧，实在想不出别的办法，才想起了这么一个糟糕的主意。被大姐领去那天，我还蒙在鼓里，还很高兴，并且临走时，平时玩耍时总嫌我跟脚，总要偷偷地甩开我的四姐，还出人意料地给了我两角钱，她这么一给我钱，就提醒了我一些什么，我想了想，似乎想明白了，又似乎没有想明白。接着，我就迷迷糊糊地随着大姐走了。但我仅仅在大姐家吃了一顿中午饭，睡了一小会儿的中午觉，就又被大姐夫给送回来了，原因是我午觉睡醒后，突然大哭不止，我至今依然能回忆起自己当时的哭，因为我哭得声嘶力竭，都要哭抽了。印象中最清晰的，是哭的时候，大姐一家人都围着我，还记得她公公慈祥地哄我说："别哭了，上大爷这儿来，大爷抱！"照"大爷"如此的口吻，那时，我的年纪应该还要小一些吧。

接着，大姐再回娘家，我就听到了妈妈和大姐的那次夜谈。

妈妈一定是以为我睡着了，或者妈妈根本就不在意我是否睡了。反正妈妈又说起了我的烦人。"这可怎么办呢？扔又没有地方扔，给人又没有地方给，这孩子实在是太烦人了！"记得妈妈当时好像是这么说的。

"烦人怎么办呢？也得挺着呀，总不能掐死了吧！再不，你就把她当猪养吧！你要把她当猪养，你就能够想开了。"

"是啊！这的确是一个好主意……我就把她当猪养。"

忘了后来她们又唠了一些我的什么，我就深深地记住了她们这几句话。唉！用旁观者的眼睛看自己，我那时真的是太烦人了，烦人到妈妈都无法调节自己的心态了，于是，她们只好把我当成了一口猪，是啊！作为人，谁能和猪生气呢？

当时的我，的确是一口猪，虽然我听了她们的谈话很忧伤，真的很忧伤，但紧接着，我就睡着了，睡得比猪还沉。

之所以突然想起这次夜谈，是源于前天中午，我无意间听到的一次"午谈"。便不由得感叹时光无情，妈妈竟然也活到了我的那个"年纪"。

那天中午，见哥哥姐姐们难得聚到了一起，我就快乐地买来了鸡、鱼、蔬菜，大家一起用了午餐。我先吃完了饭，就躺在妈妈对面睡了，半睡半醒中，突然听到哥哥和姐姐的交谈，他们交谈的声音很大，大到了足以把妈妈惊醒的地步。哥哥姐姐谈的都是对妈妈的抚养问题，他们谈了很多，总结起来，就是妈妈越来越难侍候了，他们谁都不想再轮班了，"不行了，再熬下去非熬死了不可，实在不行就花钱雇人侍候她吧……"

我坐起来，哥哥姐姐就不再说了。我看了妈妈一眼，我见她还闭目睡着，我不知道妈妈是否听到了他们的交谈，我也不知道妈妈听到了他们的交谈会有怎样的想法，她会不会恐惧？会不会忧伤？答案是肯定的。

妈妈呀！原谅小时候我给您造成的伤害，我当然也不会记恨您给我的伤害，仅仅因为您给了我生命，您就值得我用生命来回报您！如果哥哥姐姐们真的像他们说的那样，都不再管你了，那么就让我一个人管你吧！

二、天上掉下个林弟弟

心情非常不好，一位同学看出了我的郁闷，便笑着对我说："晓平姐，女人不要那么强势好不好？有憋屈的事你就和我说，我保证不会向外界透露半句。难受的时候你也告诉我，我是非常会关心人的。"

我苦苦一笑，心里说："和你说？你谁呀？这个世界上，哪有一个人能真正解决别人的问题？"人就是独行动物，无论遇到多大的灾难，也只能由自己去面对，所谓的朋友，只是快乐时的玩伴，在这个世上，还真的找不到一棵可以真正依靠的大树，这一点，当然也包括自己的亲人。记得妈妈在临死之前，曾经表现得那么的害怕，我永远忘不了她在死亡线上挣扎之时，那满面苦涩、孤独无助的"苦瓜脸"。记得那天，她无力地抬起那张苦瓜脸，仰望着她最爱的小儿子说："铁光，我害怕……"铁光听了，当时竟然没有说出一句安慰的话，不仅如此，在妈妈弥留之际，正是这个妈妈最爱的小儿子逃离得最快，因为害怕熬夜，在妈妈病得最重的时候，他甚至连姐姐的电话都不敢接听了，最后还是嫂子不得不接听了姐姐的电话，当她闻知打电话是让他们回去轮班护理妈妈时，竟然声音非常干脆地说："不回去，坚决不回去，死了再回去！"唉！这就是真实的人生，不管你相信与否。所以，一个人，若想不让人厌烦，你还真就得强势一些。

应表姑多次的邀请，昨天我去表姑家串门，当然依然是那种属于例行公事的串门，人虽然看透了人生，但有一些大面上的事还真得继续做下去。但对于此次的串门，我真的不敢抱有一丝快乐的期待。在北京我并不仅仅有表姑一家亲戚，因为我的大姐就住在北京。回想起自己去大姐家的几次经历，我的心里总是酸酸的，总会不由自主地涌上一种挫伤感。第一次去大姐家是给二外甥女下奶，二外甥女生小孩儿了，我这个当姨的当然得去看望，并且无论自己手头有多紧，也得拿出一笔可观的钱款。可大姐一家是不是太不重视她这个妹妹？头一天明明已经和大姐及两个外甥女说好了第二天九点到，因为找不到路，要他们出一个人到地铁口去接。可第二天当我如期而至时，不仅没有见到一个接我的人，连电话都打不通。记得在那个冷风袭袭的地铁口，我整整站了半个小时，可两个外甥女的电话全都关机，最后大姐的电话虽然打通了，却絮絮地给我指起路来，说什么路真的很好找，让我四处打听打听一定就能找到。一气之下，我转身就返回来了，去时一个半小时，回来又一个半小时，一上午就这么过去了。直到下午，二外甥女才来电话说，自己晚上因为照顾孩子，忙得把这事给忘了，并在电话里哭叽叽地邀请我下午一定再去。听了外甥女的声音，我的心立即软了，想起自己孩子小的时候，不也是整天这么迷迷瞪瞪的吗？为了不让外甥女继续内疚，当天下午，我放下了所有杂事再次前往，探望了新生儿后，怕外甥女劳累，我连饭都没敢吃一口，就匆匆返回了。第二次去姐姐家也是去随礼，因为小外甥女要结婚，然而在婚礼上，因为一些礼节方面的事情，我又一次弄了一肚子气回来，因为生气，也是连晚饭都没有吃，空着肚子坐了整整八个小时的火车落魄而归，唉！至今想起依然万分沮丧。如今，又半个多月过去了，可大姐家别说有人来抚平我的创伤了，甚至连一句问候都没有。回忆起自己这么多年，自己到底为大姐一家操了多少心啊！可现在人家孩子终于都长大成人了，困难期也终于熬过去了，此时对于她们来说，这个五姨真的没有一点用途了。没有用途的人还理她做什么？这就是现实嘛！

如果从本性上分析，一切都是应该预料得到的。在妈妈弥留之际，我这个大姐不也是逃得很快吗？她连自己的父母都可以弃之不管，又怎么在乎一位妹妹的冷暖呢？是的，这个世界就是一个冷漠的世界，既然在自己的亲姐姐家都品尝不到一丝亲情，就更别提什么表姑了。

怕表姑家过于麻烦，去之前，我特别打电话强调："我就想吃家常便饭，最好是一饭一菜，千万别弄得太麻烦。"可表姑随即就打电话给我说："我虽然同意你的意见，可孩子们坚决不让，必须上饭店。"当我寻问她们家的住址时，表姑又告诉我，"到时候你弟弟加林会去接你，你就在那里等吧。"

放下电话，我努力地回想加林的模样，记忆中的加林是一个很帅气的男孩儿，十七八岁的样子，顾伟挺拔，玉树临风。记忆中他的姐姐冬梅还是一个高中生，非常地孝顺，整天冷呵呵地戴着一顶棉军帽屋里屋外忙，见了人也没有多少话语，只是抿嘴一笑，露出两个小虎牙。这一晃，又多少年没有见面了？想想自己那时，因为单位离表姑家很近，经常到表姑家混吃混喝，我的心里竟然破天荒地涌上了一些暖来。也许人与人并不一样？表姑不是一直很孝顺她的母亲吗？

在北京这么长时间了，我渐渐地习惯了"大城市人"的迟到。但加林的车竟然比预定的时间还早到了几分钟，这可真是一件令我吃惊的事情。坐到车里，才知道加林不仅不再是个孩子了，甚至也长成了中年人的模样。见我一边上车一边擦鼻涕，加林第一句话就问我是否感冒了，那种亲近，就像这些年我们一直在一起生活似的。一路上，唠起了我们小时候的事情，他一直那么咧着嘴笑，车的后视镜里一直映现着他真诚的笑，笑得我心里暖烘烘的。到了冬梅家，发现冬梅竟然还是记忆中的模样，见了你依然是羞涩地一笑，露出两个小虎牙。连穿戴也仿佛二十年前的样子，只是头上少了一顶军用的棉帽。不声不响的冬梅，事业却很成功，在北京已经拥有了两幢楼，那个一百多平方米的房子因为离单位很远，所以闲置下来了，表姑表姑父为了帮助她照顾孩子，就和冬梅一家都挤到了这个六十多平方米的楼里。人多，屋子窄，楼里便显得很拥挤，但那种和睦愉快的家庭气氛却在小小的楼阁里四处飘荡。冬梅的那个四岁大的小儿子，自从我进了屋，就一直在屋子里跑着滚着，淘得大汗淋漓，在淘的间隙，还不忘了过来歪着头看我那么一眼，见我看他，便立即给我绽放一朵笑面花，实在是太可爱了。

大家正聊得热火朝天呢，加林把一杯治感冒的中药端了过来，让我喝下去，他说："这药是我姐姐冲的，现在正好不冷不热。"我立即喝下去了，果然不冷也不热。聊了一会儿，一家人便呼啦啦地去饭店，那天的午饭，是我到北京以来吃的最香的一顿饭，香的不仅仅是那些饭菜，更有裹在饭菜香气里的那一波又一波真挚的情。临走时，表姑分别递给我和加林一个兜子，原来里面装的都是水果，只不过我的那个兜子里不仅有水果，还有一盒治感冒的药。

　　我的眼睛突然就湿润了，是啊！到底有多久没有享受到这样的关爱了？

　　是的，我真的不想当一个强势的人，可不强势又怎么办呢？你即使软弱得像一团面，又能怎么样呢？在这个世界上，谁会真正地用心在意你的感受呢？

　　回来的路上，加林不仅把我一直送回住处，还在半路上，陪我一起去了中华世纪坛，观看了我的那些影视图片展。在观看展出时，加林一直都帮我拎着我的那个小兜子，走台阶时，也一直温柔和顺地照顾着我……唉！天上掉下个林弟弟，这可真是令我没有想到的一件事。

三、不哭

　　自从爹去世后，爱哭的妈妈反倒不哭了，用妈妈的话说："我不能成为儿女的负担。"听她这么说，心里就更疼了。妈以前常说，满堂儿女不如半路夫妻，从妈妈不哭这件事便可以看出，满堂儿女真的比不上半路夫妻。

　　已经不能行走的妈妈，总是那么安详地坐在床上，什么要求都没有，像个异常省事的孩子。除了看电视，她做得最多的就是看老照片，看着看着，眼泪就会悄悄地从眼角流出来，但她马上就会悄悄地抹去，等你走到她的身边，她马上会对你露出一脸灿烂的笑容。问她想吃什么，她总是说："啥吃的都有，吃饱了就不想吃别的了。"当初还以为她这样说是和儿女客气，便一样一样地买回来，洗好了放在她的面前，但结果真的像她所说的那样，她真的吃不进去。

妈妈怕儿女，但不怕爹。所以爹活着的时候，妈妈从来都没有这么省事过，她那时可是真的爱哭。爹做事做得不顺她的心，她哭；逛街逛野了晚归了几分钟，她哭；打麻将过了她规定的时间，她哭；开玩笑伤了她的自尊心，她也哭……有时，即使是儿女们做错了事，妈妈也会冲爹哭。那时，妈妈还经常发脾气，妈妈发脾气有一个特点，就是在夜深人静的时候单独对爹一个人发，爹爹稍不听话就会挨妈妈的掐，妈妈虽然柔弱，掐人却狠，常常会掐得爹突然一阵惨叫。唉，那时，无论在儿女们的眼睛里，还是在妈妈的心目中，爹永远是一个最强壮的爹。爹活着的时候，整天哈哈哈的，没有一件愁事。他不但自己乐，也总是逗别人乐，并且爹说话幽默，你想不乐都不行。妈妈腿脚不好不能行走后，爹每天最重要的任务就是照顾妈妈，不看别的，仅看那个小箱子里摆放得一排排的像个围棋盘似的小药瓶盖儿，每个瓶盖里放的都是妈妈每天每顿要吃的药。即使在爹临死时，他最后的一句话也在嘱咐我们要好好照顾妈妈，他最后的眼神也是在依恋地看着妈妈。

爹去世以后，姐姐曾写过一篇关于纪念爹爹的文章，文章传给了我，我仅看了一个开头就哭得抽噎了，当时我正在单位里上班，所以马上退出了程序强迫自己忍住，忍住，并真的把那从喉咙里直往上喷涌的酸痛连同眼里的泪水强行地咽进了肚子里。后来我想，妈妈的眼泪也都是这么咽下去的吧。

妈妈爱唱歌，姐姐们为了哄妈妈开心，便从各自的家里拿来了二胡和中阮等乐器，常常合奏着让妈妈唱歌。当然妈妈唱的都是老歌。以前爹活着的时候，我总会抢着和妈妈一起唱的，可现在我却一句都唱不出来，因为在我的心里，每一首歌都闪着爹爹的影子，每一个音符都是想爹的眼泪，我怕我哭出来会勾起妈妈的悲伤。妈妈最喜欢唱的那首歌叫《秋水伊人》，八十三岁高龄的妈妈，唱歌的嗓音当然是嘶哑的，所以不用去琢磨其中的歌词了，仅听她的声音，都让我好几次热泪盈眶。"望穿秋水，不见伊人的倩影，更残漏静，孤雁两三声，往日的恩情，只换得眼前的凄景，梦魂何所依，空有泪沾巾……只有你的女儿哟，伊人哟，只有你的女儿来安抚我这破碎的心。"我再也控制不住自己的情绪，又不能转身离开，只有狠命地往喉咙里咽那奔涌而出的酸痛和眼里的泪水。我一边狠狠地压制着那喷涌而出的哭，一边偷偷看了看妈妈和姐姐的脸，我发现她们的脸上都带着一种祥和的平静，没有笑容，当然也没有眼泪，此时她们把所有的心思都投入到了弹琴和唱歌上，她们都没有注意到我的失控。

姐姐说，真正的悲痛是哀而不伤，但我不懂。几年前，姐姐的丈夫也去世了，从此姐姐也开始不哭。如今，妈妈也不哭了，难道妈妈这种不哭也是源于真正的悲痛吗？

妈妈呀，面对您的不哭，我的心都碎了！

四、其实幸福很简单

此时此刻，我坐在单位靠窗的一张有些破旧的木桌边，上午的阳光暖暖地笼着我，让我感觉自己非常的高贵！不用照镜子我就知道，我的脸上正闪着柔情的光泽，嘴角正含着抑制不住的微笑。我是多么的幸福啊！幸福的心潮在我平静的身躯里涌动着，涌动着，使我有一种想要飞翔的冲动。

我的幸福，源于一顿间餐。

这顿间餐很简单，只是一盘酸菜馅的饺子。但它可不是一般意义上的饺子，它是我那年已八旬的老父亲亲手包的，先剁馅，再和面，再一个一个地包完，并且在他包饺子时，我那同样也是年已八旬的老母亲就坐在他旁边微笑地看着他包。我因为顺路，才到父母家里看看的，见我进来，正在包饺子的父亲的眼睛顿时一亮："赶得好不如赶得巧，一会儿吃几个饺子再走。"

我说："这晌不响、午不午的，一点都不饿，吃什么饺子呀？"

父亲决断地站起身："不行，说啥你也得吃点儿。"那神气让你想不吃都不行，并且说着就已经把水烧上了。父亲的腰已经弯得很厉害了，可他干起活来还是精神气十足，我想帮一把都不让，非让我规规矩矩地坐在那里专等着吃不可。不一会儿，饺子就端上来了，那是多么好吃的饺子啊！再好的饭店也做不出那种滋味，再好的厨师也包不出那种形状……更令人觉得温馨的是，在吃饭的时候，我那年已八旬的老父老母就坐在我的饭桌边看着我吃，并且，我的老父还亲手给我剥蒜呢！以往别说是间餐，就是晚餐，我也是轻易不吃蒜的，因为我实在厌烦那种气味，但这个间餐我吃蒜了，并且吃了很多，因为这是我的老父亲亲手给我剥的蒜啊！

从母亲那里出来后，我的心始终被一种非常润滑、非常温暖的情萦绕着，那滋味咋就那么好呀，说不出来的好，后来，我在单位坐下来，仔细品味我的这种感觉，我突然明白了，这种感觉就是幸福。

有时幸福真的很简单，就是一盘饺子、几瓣大蒜。

五、爱，从未走远

其实你的每一天，每一天，都被爱包围着，只是有的时候，那种爱是沉默着的，你并不知道。

哥哥一直都是沉默的人，沉默地活在他的一方小世界里，如果你不召唤他，他不会轻易走到你的身边来，家里遇到事了，召唤他来了，可来了，他依然沉默，仿佛这个家里的一切事都和他关系不大……于是，潜意识里，就觉得他是一个自私的人。

昨天他喝了酒，脸红红地坐在酒桌边。和他坐在一起的，还有两个侄子。别的人都吃完了，各自找到了一个地方，叽叽喳喳地聊，只有他们依然那么沉默地占据着那一方凌乱的桌面，依然沉默地喝着。我走过去，分别拍了拍两个侄子的头，喊了声大侄、二侄，都已过了而立之年的大侄和二侄就都立刻抬起头来，孩子一般冲我亲昵地笑了，笑出无限的亲情。我无意中看了一眼哥哥，这时，一件令我万万没有想到的事发生了：我的哥哥，我那一直沉默的哥哥，却突然主动地开口说话了，只见他学生似的冲我一举手，神情郑重地说："我是你二哥！"说得我愣住了，继而所有的人都大笑了。

一向沉默的哥哥突然说话了，并且说了一句如此的废话。这怎么不让人发笑呢？

哥哥望了望我的脸，不知道我的脸勾起了他怎样的念想，他接着竟然又滔滔不绝地说起来了，他说："我在城里做木匠活儿的时候，很少回家一次，那次我回家了，看到你正在哭，我一问才知道，原来你丢了五角钱。忘了那时你多大了，十岁？还是八九岁？忘了，反正我记得最深的是，我兜里竟然没有一分钱，所以没有办法给你钱，当时心里就特别难受，唉，现在想起来还难受呢……"说着说着，眼圈儿竟然都红了。

啊？竟然还有这样的事？可我怎么一点都不记得了？

回想起自己在外地求学时，常常因为没有钱而去哥哥家里无赖似地讨要，印象最深的一次是嫂子刚刚卖冰棍回来，正坐在炕上一分一分地查钱，望着炕上那全是一分五分的零钱，我当时就懵了，不知道该怎么开口讨要了，哥哥见我去了，依然像往日一样，沉默地做饭给我吃，现在我还记得哥哥给我做的饭呢，电饭锅里焖的是大米饭，上面的小帘子里蒸的是鸡蛋糕，那真是太好吃的饭、太好吃的鸡蛋糕了！忘了后来自己到底是怎么讨要的了，反正哥哥最后到底给了我十元钱……当我说起这些事的时候，哥哥却说他都不记得了，可他偏偏就记得了那件令他遗憾的事……

爱，真的从未走远，只是更多的时候，它是沉默着的。

寻找流泪的地方

  人的一生，可能去过很多地方，也可能很想去一些地方，但真正能够留下深刻记忆的所在却少之又少。

  没事时坐在一个角落认真地回想，这些年自己也没少走南闯北，究竟哪个地方让自己留恋呢？可显现在大脑屏幕的却仅仅是童年时期的那几个凌乱的镜头。那一片稀疏寂静的小树林的出口，除了那沙沙的风声，什么也听不到，童年的我曾久久地站在那里眺望，夕阳大而圆，慢慢地落下来，落下来，落进了树林，在树叶中一闪一闪地与人捉迷藏，我却伤感地流泪了，因为我的爹爹还不见回来。但那个夜晚，在那个小树林里发生的一幕却令人一生难忘。那天是正月十五的晚上，大队组织的秧歌队要打着灯笼到小队里扭秧歌，刚刚吃完饭，孩子们就到树林边去等了，等啊等啊，一直等到天黑了，一直等到月亮都出来了，才看见那游龙一般的灯笼队在树林里一闪一闪地出现了，那实在是太快乐的一件事情了！孩子们叫啊笑啊，那可真是典型的欢呼雀跃，那种快乐，直到现在还记忆犹新。

  还有那一片后园，被几截断墙隔着，为啥叫断墙？因为中间有一截总会塌倒，每年春天种园子的时候，哥哥们总要重新修补那倒塌的一段，然后插上篱笆，防止小鸡飞进来。断墙里隔着的后园是我儿时的乐园，走进后园，除了那两棵海棠树总会给予令你满足的果实以外，那里面还常常会有意想不到的发现，有时是隐藏在田地里的几个红透了或黄透了的西红柿，有时是一株埋在草丛里的已经黑透了的天天秧……要是爹在家，爹总会背着一只手，而把他的另一只手的食指交给我攥着，一边听我絮絮叨叨地讲述张丫或李丫的事情，一边慢慢地在后园里踱，时而弯下身子，用他那背着的手拔去几株荒草……

人到中年，常常喜欢故地重游，可能够重游的旧地却是一处比一处少了，比如说那片树林，早已被人砍伐，虽然小树苗已逐渐长高，但那里却再也不是原来的那片小树林了！再比如那个后园，早在十几年前就被人家占用盖起了一幢砖瓦房，那两棵海棠树的命运更惨，早已被人连根挖掉了。

如果在记忆里硬是搜肠刮肚地想，当然还是能够想起几个让人记忆犹新的所在的，也当然能够找到一两个还没有改变的地方。但故地重游还是有讲究的。我觉得欢乐过的地方还是少去为妙，因为人生不能事事都如意，天天都狂欢，那里就像一个记忆标，一个参照物，会让你在回想起快乐的同时，也对自己的现状或多或少地产生失落和伤感。但流过泪的地方去走一走还是有必要的，特别是当你现在正春风得意，一路顺风，你去看一看那个曾经流过眼泪的地方，真的很有好处，它就像一碗苦咖啡，一顿忆苦饭，会让你受益无穷。

那天去森林公园，我就找到了一个让人刻骨铭心的地方：那也是一个小树林，但不如童年的小树林那么规整，是一条长长直直的林带，那里仅有几棵歪歪扭扭的榆树，东一棵西一棵，连着一片荒野，起伏不平的荒地上还留有几处古旧的台阶，有一处还很光滑，记得当时小儿子就在那一段台阶上爬着玩耍。那里却是让我流过泪的地方……记得那天，我因脖子上长了一个肿物，去医院透视，面对透视的结果，虽然在医院工作的舅舅没有说什么，但他的同事却口无遮拦地说出了他的看法：那可能就是一个肿瘤……在这个闻瘤色变的时代，这个消息对于人来说无疑是晴天霹雳，更何况我的胆子又是这么的小，对生命又是如此的留恋，更何况我的家庭当时又负债累累……有啥别有病，没啥别没钱，这两样事真的都让我摊上了。去白城做手术治疗前，丈夫提议出去走一走，于是，我们就领着孩子顺着一条羊肠小道走到了那个荒芜静寂的树林中，靠着那棵斑痕累累、虬枝丛生的老榆树，看着不谙世事、一直满面笑容、只顾在台阶上爬上爬下、尽情玩耍的孩子，我不禁愁肠寸断，潸然泪下，丈夫一开始还坚持着，到最后也忍不住落下泪来，他看着我说："你放心，我哪怕卖了房子也要把你的病看好!"那个黄昏，我们夫妻二人说了很多的话，也流了很多的泪，如今，脚下的荒草依旧丛生，清风里依旧夹杂着的那股有些苦涩的味道，可此时我们再来时，无论是心情还是感觉都与往日大不相同。如今我的小儿已经长大长高，成了一个身材挺拔、长相俊逸的大学生了，此时他正用一个小型的照相机在四处抓拍风景；丈夫虽然鬓发已经斑白，但他现在显得很开心、很知足，因为我们现在衣食无忧，更何况全家人的身体还都处于健康的状态……

　　那天故地重游，我的感慨颇多，人啊，真应该多到那些曾经飘洒过你的眼泪的地方去走一走，去看一看。去那里找一找辛酸的感觉，这就像要定期给人生做一个小结，有了这个小结，你才能够理性地咀嚼幸福，善待恩人，也会加倍珍惜自己的拥有……

防不胜防

我想让你们每一个人都快乐，我的朋友，因为我深深地爱着你们！可直到今天，我才深深地认识到：真正会爱的人，不仅仅能够做得很大很大，也能够做得很小很小，小到每一句话，每一个眼神。

与亲人们的聚会，是我最幸福最自由的时刻，这种时候，我不用考虑穿什么衣服，也不用考虑去做什么，常常一句话都不用说，可以歪在床上，可以坐在凳上，可以做一切事，也可以不做任何事。最喜欢做的，就是默默地坐在一边，怜爱地欣赏每一个人的幸福，豪放地分担每一个人的烦闷。是的，在与亲人们聚会的时候，我是最自由的一个人，唯一的任务就是去端详每一个面庞，去倾听每一种声音，这种时候我从不倾诉，因为大家都知道我是最幸福的一个人。这种时候我也总不做事，因为大家都知道我是最懒惰的一个人。

与几位闺中密友的聚会，是我最尽情最放纵的时刻，我想说什么就说什么，无论话说得多轻或多重，都没有人会生我的气，因为她们都知道我是直肠子，心和嗓子是直通通的。但有时我的放纵，我的尽情也需要付出代价的。比如吃什么在哪儿吃，都得她们说了算，因为她们知道我是杂食动物，吃什么都能吃得饱；比如做什么在哪儿做，也都得听她们的，因为她们知道我是一个喜欢被人支配的人。是的，我的确喜欢被她们支配，甚至喜欢听她们骂我。和人高马大的我相比，她们都显得又瘦又小，可又瘦又小的她们，一个个都是我的领导，而我也心甘情愿被她们领导。

那天我蒙了，错把朋友的聚会当成亲人的聚会了。那天，酒桌边的气氛本来很和谐的，我一直都在微笑着听大家调侃，我很高兴，但我依然一句话都没有说，因为我知道我不会说话，并且我也喜欢听他们说。可一个朋友那天不知犯了哪种邪了，非要让我说。她引逗我说："你老妈都八十四了，你是不是也应该给老人办一次生日宴会啊？"我当时正在胡思乱想，就顺口说道："我不会去办那种聚会的，我妈妈的生日，只需要我们儿女们默默庆祝就行了！"接着，我就忘了自己在哪里了，就说了一句不该说的话，我说："我非常不赞成在朋友圈中办那种聚会，就像用父母当幌子为自己赚钱花。"话一出口我就愣在那里了，因为我突然想起我的朋友——也就是刚才引逗我说话的朋友，前几天刚刚让朋友们为她的父亲庆祝了一次七十岁的大寿。我当时就晕在那里了！亲爱的朋友，我真的不想伤害你，可这句不该说出的话到底还是被我说出来了，它就像泼在地上的水，真的再也无法收回来了。我歉疚地看了看朋友，朋友的脸果然由晴转阴，有一种笑又笑不出、哭又哭不出的神情。我马上冲她点了点头，虽然连说了两声"对不起"，可酒桌边的那种和谐到底还是找不回来了。

　　那天我蒙了，错把与同学的聚会当成闺中密友的聚会了。一位久别重逢的同学突然问起我正在写的小说，我不知怎么的，就猛然来了谈兴，我说："我正在写一部关于男女暧昧关系的小说，写到关键时刻，突然就写不下去了，幸亏遇到了咱们同学某某某，他那天即兴讲了一个男女偷情的故事，太精彩了，实在是太精彩了……"正说得来劲儿，我的嘴突然张在那儿合不上了，因为我发现那位问我的同学脸色猛然就变了。我一愣，才想起不久前听到的一个消息：那就是这位同学在和她的情人幽会时，被人当场抓了奸……完了，我又惹祸了，并且这次我连"对不起"都无法说出口了。怎么办啊！亲爱的同学，我该怎么消除对你的伤害啊！

　　这就是我，心直口快的我，有口无心的我，多么伤人啊！

　　伤害就是钉子，哪怕拔出来了，也会留下钉子眼儿。所以，为了不伤害人，我决心既做好每一件"大事"，也做好每一件"小事"，做到三缄其口，话到嘴边留半句，再不能太尽情太放松了。

　　亲爱的朋友，如果我无意中对您造成了伤害，请您原谅我吧，我真的不是有意的！

走过故人街

心情特抑郁的时候，便习惯把自己扔出去，就像随随便便地扔出去一种废品、一块抹布，扔得扔越远越好。

天阴阴的，有风，风里还含沙。接着就飘下雪来了，是雪又不是雪，软塌塌的，呈暗灰色，脏兮兮的感觉，还未等落到地上就被风刮散了。我在雪中慢慢地走，毫不设防地走，把自己完完全全地交给风雪，任灰色的雪把自己弄得湿湿的、黏黏的，于是，便笑了，心底里暗暗地有一种解恨似的感觉。

好久没有这么走了，为什么总那么忙？为什么总是忍不住要坐车？远的坐出租车，近的坐"倒骑驴"。也好久没有到这样的脏街里来走了，街道两旁挤满了卖菜的摊床、小推车，更脏的是每踩一脚都要啪啪作响的污泥浊水……也许春天里的风雪真的不是风雪。人们都没有躲到屋子里去，狭小的通道里除了污泥浊水，还有烂菜叶，还有穿着各种脏鞋子的脚，一张张冻得通红的脸都绷得紧紧的。半空中除了飘着雪，还飘着硬邦邦的讨价还价的声音……记得自己也曾经这样硬硬地讨价还价过，就像那位电影里的英雄拿着爆破筒在炮火中硬硬地喊：为了新中国，前进！

走出菜市场，便是市医院了。市医院旁边有一幢结结实实的砖平房，周围所有的平房都已动迁了，只有这两间小小的砖平房顽强地占据着原来的地盘，成了左右楼前广场的一堵四四方方的墙。记得平房里的主人是一位下肢瘫痪的残疾人。从平房前走过，看到窗子上面依然写有杂货店的招牌，我的心里便突然一动：那是多久以前的事了？记得自己住院以后，为了报销那几百元钱的医药费，便费尽心力地人托人，最后竟然托到了杂货店里的那位残疾人身上，而那位杂货店的残疾人果然雪中送炭，真的把那些天文数字一般的医药费给报回来了。当时的细节真的记不清了，但毋庸置疑：那种时候，那个下肢瘫痪的残疾人真的就是自己的救星。我回头向屋子里看了一眼，终于忍不住折了回去，推门走进了那个杂货店，果然，那位下肢瘫痪的残疾人，依然还在柜台后面的小床上坐着，我看了看他的脸，他的脸很白，眼睛也很大，里面有一种善良的光泽。我向他笑笑，他也向我笑笑，我觉得自己应该买一些什么，可看了看那些小食品，突然有一种恶心的感觉。便不再说什么，转身就离开了，离开时我没敢再去看他的脸。

从杂货店走出时，风雪已经停了，但天依然很阴郁。我深深地吸了一口气，突然觉得一直堵堵的心，不知什么时候变得通畅了。市医院的大门前，乱哄哄地有很多人在进进出出，我突然想起总是坐在内科急诊室的汪妹，好久没有和她联系了，不知道她现在是否还那么忙碌。一种突来的思念，让我的脚步自然而然地拐进了医院的大门，慢慢地蹅上大门的台阶，我突然想起那天因为姐夫车祸，自己往医院里跑时，差一点摔倒在台阶上。那又是多久以前的事了？也许是快下班了，内科急诊室只有一位大夫在桌前写着什么，听我问汪妹，她头都没抬就说："下班走了。"我好失望，便只好又折回来，我注意地看了看过往人的脸，每一张脸上的表情虽然不同，但有一种忧伤却是相同的。我默默地看着他们，我突然意识到：也许，此时此刻，在这所医院里，我是唯一一个为叙旧情才来医院的人吧。

走过故人街，我把自己走丢了，等我再一次回到家里时，我发现此时的我真的不再是彼时的我了……

风情万种

副局级的女人

　　我原以为，那个美丽春天里的美丽的中午，就要被那么一群有级别的人给糟蹋了。幸好，我遇到了她——那个副局级的女人。

　　那个中午，我应邀去参加一位朋友的婚宴——准确地说是他儿子的"预备"婚宴，为什么婚宴要"预备"？因为这一天还不是结婚的"正"日子，因为我的这个朋友是"正局级"，所以为了避免被人称为"大操大办"，他只好提前"分门别类"安排。这种方式在战略战术上，叫"化整为零"，就像当年打游击战一样，今天在这家饭店打一枪，明天在那家饭店放两炮，有的为了做到万无一失，甚至要连续安排一个月之多。不过我这位朋友是"将退"之人，被人举报的危险概率很小，所以他索性就一次性"预备"了，这样来的人也就非常多，满满一大屋子的人，仅饭桌就摆了五六十张。有级别的人就是与没有级别的人不一样，所请的客人大多也都是有级别的，并且一个个都能做到恪守礼节。大家见面了，都是一副彬彬有礼的神情，脸上的笑容也都是恰到好处的，如果用温度计测量，绝对就是60度的温开水，既不过热，又不至于过冷。就连说话的声音也都是恰到好处的，正好"卡"在 G 大调的"4"音上，也就是所谓的国际低音，声音过高或过低的，你就看吧，那一定就是没有级别的人所发出的了。

因为对这样的笑容和这样的声音早就司空见惯了，所以我一进饭店，便一心只想找到一个合适的饭桌，好让自己尽快淹没在饭桌边的人群里。然而站在饭店门口往饭厅里一扫，我还是为难了：各个饭桌都已坐满了人，虽然有几个空座的，可同座的人级别太高，像咱这种没有级别的人是不能往那里凑的。正为难时，我见到了一位现已退休在家的大姐，她虽然在位时也是个有级别的，但现在毕竟退下来了，估计与她为伴还算很自在吧。心里这样想着，脚步就已经朝她走去了。见面了当然要寒暄几句，我便向她问好，她冲我微笑地点点头，没想到依然是60度的微笑，于是，我便深觉寂寞。我突然想起她女儿的婚事，因为当时我正赶上出远门，只让人捎去了礼金并没有到场，我便询问了婚礼的情况。听我问起这个，她便来了兴致，马上眉飞色舞地说："那一天的场面你没看到，真是可惜，来的客人大多数都是正副局级的，甚至副处级的张部长也来了，轿车好多辆，都是黑色的、奥迪A6以上的，没想到大家都很捧我的场。"我本打算解释一下那天没到场的原因的，听她这么说，便把话咽回到肚子里。是啊！对于我这个没有什么级别的人来说，到不到场真的是无所谓的一件事情。饭店里乱哄哄的，好像在等什么重要的人物，所以一时半会儿还看不出开餐的迹象，实在无话可说，我又问起她退休以后的日子过得怎样，她马上略带夸张地笑笑说："好，非常的好，我不像有的人，一退下来就不敢见熟人，连街面都不敢去。我可是把一切都看开了，我爱上哪去就上哪去，遇到熟人我的胸脯总挺得直直的。没事的时候，我们几个退下来的正局级老娘们就在一起聚会，可开心了！"一席话说得我愣愣的，一句愚蠢的问话便没经过脑子直接就从嘴里溜了出来："什么？正局级的老娘们？老娘们也要分级别呀！"话一出嘴，桌边就有人不怀好意地笑了，但幸好屋内过于喧哗，听到这句话的人毕竟很少。对于我这句不合时宜的话，我的这位大姐并没有表现出恼怒的神色，只是把目光转向了别处，就像没有听到我的话一样，看来她的确不愧为有级别的人，涵养也显得与众不同。

她不回答正好，因为此时的我，又犯了钻牛角尖的毛病，她不理我，我才能专心致志地想一些我弄不明白事情：原来人一退休竟然有不敢上街的想法呀？难道街道不是大家的吗？为什么不敢上街呢？噢！当然是怕遇到熟人了！可是既然已经退休了，一定会寂寞，遇到熟人不是很好吗？噢，我终于弄明白了：一定是"有级别的人"平时总能受到特别的礼遇，所以在街上行走时总会有一种成就感。现在人退下来了，待遇就肯定有所不同了，而这对于享受惯了这种特殊待遇的他们，当然要倍觉难过，正所谓眼不见心不烦，所以不如干脆就不上街罢！唉，这样想明白了，心里便更加庆幸了，幸亏自己因为不合时宜，始终没有弄到什么级别，否则退休这一关也真的不好过呢！

此时此刻，我的心别提有多沮丧了，甚至饭都不想吃了，想起身而去。经历了一个冬天的磨砺，外面的春光终于盎然了，这么好的春光不能去享用，却被困在这里，真是花钱买个遭罪，我咋想咋觉得划不来。正这样干熬着，张望着，突然，在一片60度的笑脸中，我看到了一张洋溢着真实微笑的女人的脸，就像闷热的小屋突然被人推开了一扇小窗，一缕春风直冲心扉，我的心也顿觉敞亮了。我以为自己看差了，又加倍注意地看了看她，她身着一件短袖的白底蓝花的小衫，小衫是很普通的那种，并没有什么特别的，可为什么她的微笑是那么与众不同呢？我仔细地端详着她，端详了半天终于弄明白了：她的笑脸最大的特点就是真实，是从内心里流淌出来的那种，圆圆的脸，黑黑的眸子，再配上这样真实的微笑，便让她显得非常活泼生动，富有朝气，就像一个迷失在兵马俑中的人，左寻右找，终于发现了一个真人，我马上站起身，冲她摇了摇手，她看见了，也礼貌地冲我摇了摇手，脸上的笑容更显得浓郁了。我试图要想起她的名字，可是我没能想出来，但我想起了她的级别。是的，她也是副局级的。

钻牛角尖的毛病，使我不由得站起身，向她走去，见我直奔她而来，她便从旁边抽了一把椅子给我，两个人便紧挨着坐到了一处。这时，主持人已经开始主持节目了，她正在向周围的人介绍主人的女儿女婿，夸他们的美满姻缘是天上少有，世间难寻。接着，就听主持人说："下面，就让我们大家伸出您那平步青云的手，为我们的一对新人鼓掌祝福吧！"主持人说着带头鼓掌，底下也就稀稀拉拉地响起了掌声。我听着主持人的话觉得有些别扭，正不知哪里别扭呢，就听她哈哈笑道："哈！平步青云的手？这样说不对吧？我看应该是平步青云的脚才对！"她快言快语地说着。我知道这也是一句不合时宜的话，不过我没敢说出来，她却说出来了，看来她竟然比我还不合时宜呢！

接下来那顿饭我吃得非常开心，饭菜的味道从来都没有过的好，我甚至比平时多吃了一些饭菜，当然我知道这都是因为遇见了她的缘故。吃完饭回到家中，我的心依然愉快着，因为她的笑脸依然闪现在我的眼前，闪现了很久很久。我不明白她为什么能显得那么洒脱，笑得那么开心，身为副局级的她，能够露出那么真实的笑脸真的是个奇迹呢！

因为愉快，我打开电脑查阅资料时，甚至还有闲情逸致打开了QQ，浏览了一下好友的空间，我的一位名叫悄然无声的好友，前几年经历了一场突发的变故，先是她的丈夫有了外遇而离了婚，接着自己又查出了癌症，因此在治疗时曾一度消沉。不过这段日子她终于从苦难的阴影里走出来了，她甚至开始在空间写起网络文章了。因为愉快，我非常认真地读了她的文章，其中的一篇文章我觉得非常精彩。这篇文章的标题叫《可爱的同胞》，文章是这样写的："在家待了一天，晚饭后，到外面走走吧。先是围着镜湖走了一圈。然后到大家跳舞的地方看了一会儿。跳舞的人很多，大家跟着节奏翩翩起舞，特好看。无论多大年纪的，胖的瘦的都怡然自得、乐在其中。每个人都陶醉在自己优美的舞姿中。畅快淋漓、节奏感很强的音乐，配上齐刷刷的动作，整齐的人群，美极了！这时我就觉得我的同胞太可爱了，他们就是一道亮丽的风景线啊！"读了她的文章，我不禁热泪盈眶，在此且不说她的文笔如何真诚、如何华美，仅其中的那份大爱就足以让人感动了，这的确是一种大爱啊！不但爱自己的亲人朋友，更爱陌生的同胞，可以想象：因为这种爱，当时朋友脸上的微笑也一定是最真实、最动人的。看来，人就是这么一种动物，他只有经历了苦难和磨砺，才能真正地有所彻悟和感恩，才会真正知道应该去珍惜什么，去爱什么，也只有到了这时，才会洋溢出如此真实的笑脸啊！我想这种真诚和大爱，也许是那些整天想着级别、整天设计着怎么提高级别的人永远都不能领悟的。当然，那个有着真实微笑的副局级的女人除外。

在好奇心的驱使下，我打通了一个与她同一单位的朋友的电话，怕朋友误解，我拐弯抹角地和朋友闲聊了半天后，才试探地询问了一些她的近况，很快，我就找到答案了，然而这个答案却让我心情沉重。原来，这个女人两年前经历了一次磨难，她被查出患有淋巴瘤，不过据说尚能够治愈……

唉！人啊！人……

感谢那个恨我的人

认识虹嫂，真的已经二十年了吗？

我是在君姐家认识虹嫂的。记得那是一年的正月里，君姐请我们一家吃饭，一同来赴宴的有峰弟一家，再有就是虹嫂一家。虹哥个子虽小，额头却宽宽的，他很善谈，说起话来不但妙语连珠，还颇有见地；虹嫂却总是不声不响的，常常落寞地坐在一隅，问她四句话，她如果能答上两句话，就让人觉得是一种莫大的荣幸。虹嫂长得纤纤弱弱的，头发总是一丝不乱地高高盘起，眼睛细细的，脸白白的，特别在她冷漠的时候，尤其显得美丽。但虹嫂一笑就完了，一笑就破坏了那种完美，就像一个人上山，山到极顶我为峰，于是那种美就达到了极致，可再往前走就完了，再往前走就只能是下山了。所以虹嫂如果不笑时，就是我心目里的冰美人，但虹嫂一笑起来，那长长的眼睛就弯下去了，白皙的瓜子脸上也有了褶皱。

大正月里，大家都闲得慌，君姐请大家一聚，大家就都觉得快乐。为了把快乐进行到底，君姐请完了，峰弟便请；峰弟请完了，虹哥便请，当然，我家也不能示弱，于是，一个大正月，四个家庭紧锣密鼓地轮流吃请，吃请完了，年也过完了。

虽然我们这四家平时并无过密的往来，但不知为什么，每到过年，总会有一个家庭冒出来联络大家，于是，这种轮流吃请的剧目就又要上演，况且每个家庭在每个年节，总能向大家通报一些新鲜的消息，所以大家在一起，总是有一种欢聚不够的感觉，有快乐当然就得延续，于是，你方唱罢我登场，就这么轮着轮着，岁月便悄悄地逝去了，皱纹也悄悄地爬上了每一张脸上……唉！也许这就是所谓的冥冥中一种缘吧！

今年的年显得比往年早，还未到正月，峰弟就率先张罗起来了，但因为大家都忙，峰弟直到正月十六，才总算把四家都召集全了。虽然仅仅一年未见，可大家脸上的皱纹和头上的白发一样，似乎都多添了几丝，相对端详，每个人的嘴里都忍不住要唏嘘几声，但感叹的话又都不说出来，而说出的话当然都是今天天气哈哈哈了。

这次吃饭，我恰巧挨着虹嫂坐，虹嫂穿了一件中国红的唐装，胸前却配了一个绿色的绢花，人常说红花得需绿叶扶，可她这种装束正好颠倒过来了。我实在忍不住心里的好奇，便不禁多看了她几眼，当我们的眼睛突然不期而遇时，她便一反常态地冲我一笑说："要想日子过得去，衣服就得带点绿。"一番话说得我受宠若惊，觉得太阳从西边出来了，马上冲她点头微笑。

轮到我提酒，一想到"物是人非事事休"，不禁大发感慨，便忍不住多说了几句煽情的话，没想到这些话马上就有了效果，大家也都触景生情，于是，酒桌上的气氛就上来了，大家你呼我叫的，不由地都多喝了不少酒，连一向滴酒不沾的虹嫂也东撞一杯，西碰一下的，连喝了好几大口酒。酒入莲心，脸若桃花，虹嫂突然用她那细长的眼瞥了我一下，我心里便异样地一跳，觉得虹嫂似乎有话要对我说了。果然，她正了正柔柔的腰肢，清了清细细的嗓子，真的向我开口说话了："喂，我说，我们在一起，也有二十年了吧？"她对我说话向来没有称谓。

"二十年了吗？没有那么快吧？"我感到头有些昏。

君姐马上屈指算了起来："可不是，从我们第一次相聚到现在，整整二十年了。"

虹嫂岔开君姐的话，紧接着又冲我一笑说："你不觉得这二十年，我对你一直很冷淡吗？"

虹嫂的话让始终处于无政府状态中的酒场一下子就变得有秩序了。

"是啊！我是觉得你很冷，可虹嫂不就是这种性格吗？冷美人！"
我有些忐忑不安。

虹嫂突然用鼻子一笑："什么冷美人？难听极了！我的心肠热
着呢！"

我不禁好奇："你的意思……你只是对我冷？"

虹嫂突然加大了声音："和你说实话吧！这些年我一直在恨你！
一瞧见你，我就不恨别人……"

酒桌边出奇地静了，大家都在惊愕地望着我们。

我自然要问："为什么呀？我做错了什么了吗？"

虹嫂说："为什么？就是因为每次聚会以后，你虹哥都要在背地
里夸奖你！我咋就不服气呢？"

我惊愕地看了一眼同样用惊愕的目光看着我的虹哥，不禁笑了！
总在对我谆谆教诲的虹哥，竟然会在背地里夸奖我？这可真是一件令
人匪夷所思的事情。

虹嫂继续她的数落："没有你家冬子，你算个啥呀？你啥也不
是！能写几篇文章就算有能耐了吗？我要是有你家冬子那样的丈夫，
我会比你写得更好！"

我听了连连顿首，心悦诚服地说："是啊是啊！虹嫂说得太对
了，没有我家冬子把我从柴米油盐中拽出来，我就是一个黄脸婆，我
真的啥也不是。"

虹嫂听我这样说，便胜利地笑了："不就是几篇文章吗？明天我
也写，我不信会写得比你差！"

我依然顿首："我相信！我相信！"

"啊！二十年了，终于把压在心底里的话说出来了，真痛快！"
虹嫂突然来情绪了，咕嘟咕嘟一下子就在我的酒杯和她自己的酒杯
里，分别倒了大半杯的酒，然后就挑战地看着我说："你要是真的信
服我的话，咱们就干了它！"

我当然信服，马上一仰脖就干了下去。

啊！真痛快！这世上还有什么，能胜过如此痛快地推心置腹呢？
在虹嫂的带动下，酒桌边的气氛又升腾了，大家又都喝了不少的酒，

而喝得最多的，就是那个让人恨的我了！可我也太傻了吧？人家都恨我二十年了，我竟然还蒙在鼓里。

那一次的聚会，让我觉得万分地激动、万分地振奋。我真是太幸运了！人生在世，大家都在忙着自己的生存，谁能有时间和精力去过多地关注别人呀？爱当然是一种关注，但谁又能说恨不是一种关注呢？我可爱的虹嫂，不但恨了我，而且一恨就恨了我二十年，并且在她恨我的时候，有涵养的虹嫂自始至终都没有说过一句伤害过我的话，做过一件伤害我的事，这该是一件多么令人感动、令人珍惜的事情啊！

如今，距离那次聚会，日子又过去很大一截了，可我每次想起虹嫂的话，都要忍不住微笑，忍不住感慨……唉！有朋友真好，能聚会真好，活着真好……

都是一副臭皮囊

我的儿子刚刚学步时，她的儿子也刚刚学步，所以我们的年龄应该相仿吧。但我以前从来没有这么比较过，不仅自己不会这么比较，假使有谁拿我和她比较，我甚至会和他急，会觉得那个人在伤害我。为什么？因为她是疯子！不仅她是疯子，她的男人也是疯子，所以，她的儿子也必定是个疯子。

他们一家三口是我们这座小城的一块疤癣，被人们戏称为"一组一挂"，"一组一挂"是我们这里的土话，意思是"带斗的拖拉机"。之所以把他们三口人称为"一组一挂"，是因为他们三口人每次上街时，总会共骑着一辆破旧的三轮车，车上还总是插着一面用破布做成的黑旗。三个人无论春夏秋冬，全都是蓬头垢面，全都穿得破衣烂衫，尤其是那个女人，长长的脏头发披散着不说，破烂的衣衫上，还总是扎着一根麻绳，这样的三个人以这样的方式出现在美丽的街道上，自然会成为一种令人触目惊心的"风景"。

第一次看到他们这样在街上走时，我不禁倒抽了一口冷气，一时不相信在当今的祥和盛世里，怎么还会存在这样的家庭。为什么没有人管？为什么没有人把他们送到精神病院里去？后来渐渐地就想明白了，精神病院也不是谁想去就能去得了的，因为进精神病院也要花一笔费用的；再有，大路朝天，各走一边，疯子也是人，法律的哪条哪款规定，精神病患者就不许上街走路？

这一家三口出现在街头时，大多是上午十点多钟左右，也就是我早退回家做饭的时间。经常是那个男人在前边骑着三轮车，车斗里坐着他们的孩子，那个女人有时也和孩子一起坐在车上，但大多数的时候她是跟在车旁快步走的。以前，他们经常去的地方是市政府的大门口，据说他们是向政府的人讨钱花。后来，随着党的惠民政策越来越好，他们的日子大概也都得到安顿了吧。他们就不再到市政府去了。但他们依然要到街上去走，也许是为了采购物品，或者就是为了散步吧？我不知道他们家平常的日子到底是怎么过的，但走在街上时，他们不和任何人发生关系。街上的人们看到了也都像是没有看到似的，即使目光碰巧遇上了，也会马上把眼帘垂下去或转开来，因为据说如果你看了他们，或者你眼睛里的好奇恰巧被那个女人看到了，那个女人就会拾砖头瓦块打你。如果遇到了这种情况，那个总是闷着头蹬车的男人就不再会那么木头一般地蹬车了，他会猛然就把车子停下来，然后低着头凶着眼冷冷地用眼角看你，如果这时你屈服了，他依然会那么目光阴冷地按兵不动，要是你直到这时依然不觉悟，依然要挑衅下去的话，那受伤害的一方肯定就是你。因为此时，那个身高足足有一米八的又粗又壮的男人，一定会像狮子一般向你冲过来，和你拼上个你死我活，那样你的局势可就不妙了。况且每当遇到这种情况，冲过来的往往不仅是那个男人，还会有那个女人，要是连坐在车上的孩子也要冲过来，那么你可就要吃大亏了，因为据说那个孩子是很擅长咬人的，并且咬住了就不会再松口，直到把那块肉咬掉为止。于是，几次较量的结果，就是他们再在街上走时，大多数人就再也"看不见"他们了。喧嚣的街头依然是那种平静的喧嚣。

　　我每次遇见了他们，都有一种心惊胆战的感觉，生怕自己那关注的眼神被他们看到了，会遭到突然的袭击。但他们走过去以后，我总会久久地站在那里，看着他们的背影慢慢地走远，走远……后来，我曾问过自己的心，问自己为什么如此关注他们。但很快答案就出来了，其实我最想关注的，是坐在车斗里的那个总是一身破衣、一脸苍白的孩子，因为他的年龄和我的儿子相仿。母亲的心总是很软的，所以我每次看到他时，心都会像被人揪住了似的，紧紧的，疼疼的。那个孩子，多数是面朝后面坐着的，每次他这么坐着时，我都会久久地看着那个孩子的面庞，我发现那个孩子的眼睛，和他的父母一样漠然，有时，漠然的眼睛也会落到我的脸上，但落到了却和没有落到时一样，看来他的这种漠然是从骨子里带出来的。与他的父母那黑黝黝的脏脸相比，他的脸色总是显得过于苍白，是那种营养不良型的苍白，当然苍白的脸上也总是脏兮兮的，就像一些反映饥荒图片里的饥饿孩子的面庞。

于是，每次遇见，我总会不由自主地感叹：唉！同样是人，可生活对于这个孩子来说，该是多么的不公平啊！不公平到连最起码的权利都被剥夺了，仅仅因为他出生在疯子的家庭，所以他这一生，就注定成了人们眼睛里的疯子。

春去秋来，秋去春来，他们一家就这么在街上走着，日子也就这么慢慢地过了下去。后来有一段时间，突然就看不到他们在走了。不知为什么，我觉得有些郁闷，终于忍不住，就问了一位卖菜的大妈。大妈告诉我说："听说可能八成是那个男人，好像是有病了吧！"

啊！有病了！顶梁柱病了，这一家三口该怎么活下去呀？想到这里，我的心不由地疼了又疼。

再隔了一段日子，那辆车又出现了，车虽然还是那辆车，但骑车的男人却不再是那个男人了。代之骑车的，是那个已经长高了的孩子，而坐在车里的，却只是那个女人了。

仅仅一段时间不见，那个孩子就真的如同高粱一样，长得高高的了，虽然他无论是瘦伶伶的的身体，还是苍白的面庞，依旧显出了那种明显的不健康，但他真的已经变成了一个男人了，他的脚长得很大很大，穿着一双破旧的老式胶鞋，他就用那双穿着老式胶鞋的脚一直用力地蹬着他父亲留给他的三轮车，照样把车子蹬得一路哗啦啦地唱起了歌。坐在车上的女人依然是一身破烂，依然是蓬头垢面，但她却变得有些慈祥了，此时坐在阳光里，她正安详地闭着眼睛，脸上闪烁着一种幸福的光泽。是的，我真的在她那脏兮兮的脸上看到了一种幸福的光泽，她就那么面带幸福的光泽，朽木一般地坐在车斗里，任凭她的儿子把她拉到海角天涯。

我的眼泪突然就涌出了眼眶，心底里也涌出了一种莫名的感动来，不知怎的，我突然有些羡慕起这对母子了，虽然他们依然与社会毫无瓜葛，但有瓜葛的就真的意味着不孤独了吗？与他们相比，我真的就比他们幸福很多吗？除了那层体面的外衣，除了那张还算清洁的面庞，我还比他们多了些什么？还多了什么？还多了什么？

事后想来：当时之所以能那么脆弱地流下泪来，是源于我的儿子刚刚考学离开。他考上了一所很让人觉得体面的大学后，就喜气洋洋地背着一个小行囊离开我了，从他离开我的那一天起，我无论有多么地想念他，无论有多么地爱他，也不能轻易与他见面了。从那天起，哪怕我重病在床，我也得刚强地硬挺着，如果这时他打电话来问我，我也得含着笑意说："妈妈很好啊！真的，大儿子，妈妈真的很好啊！"是啊！哪个母亲能忍心因为自己的身体就影响儿子的学业呢？那天我突然意识到了一个非常严酷的现实：那就是我的儿子这次离家求学，其实就是彻底地走了，永远地走了！完成了学业，他就要工作了；有了工作，他就要建立家庭了；建立完家庭，他就要有自己的孩子了……要是这么说起来，我还不如这个疯女人有福呢！她虽然与社会毫无瓜葛，但她们一家三口一直在一起相依为命啊！

再者说来：与社会有了那么多的瓜葛后，人就真的不孤独了吗？那天我仔细地统计了一下，在这个社会上，我真的结识了太多的朋友，多得就像繁星，数都数不过来。可细细品品，究竟哪一个朋友才是我真正的朋友呢？当我遇到灾难的时候，谁能真正地帮我承担重负？当我因一件窘迫的事而憋得就要疯掉了的时候，我的这些放不到桌面上的牢骚话到底能够向谁倾诉？记得那次因重病躺在离家乡很远的病房里，形容枯槁，衣衫凌乱，连朋友的电话都接听不了了。这时，突听丈夫说有个朋友要来看望我，我顿时恐惧了起来，就像看了鬼片一样恐惧，马上用手势告诉丈夫：不要他来，不要他来！丈夫见我认真，马上安慰我说：这么远的路，人家又都是有工作有职务的人，咋就能说来就来了？不过是说说而已吧。可我还是害怕了好几天，并且每一天都强挺着让丈夫把自己的脸擦得净净的，把衣服穿得完完整整的，弄得丈夫一个劲儿地背着我皱眉头。幸好朋友最后真的如同丈夫所说的那样，"不过是说说而已"。事后问自己：为什么会恐惧？答案当然是摆在桌面上的！当然是怕自己的狼狈相被朋友看去了呀！如此说来，自己所谓的朋友，都是建立在层层包装的假象之上的。可话又说回来！有了包装的朋友，又怎么能称之为真正的朋友呢？

是的，都是一副臭皮囊，我们与他们，与这特殊的"一组一挂"，真的没有什么不同。如果非要分出什么不同的话，那唯一的不同，就是他们把孤独亮在了街道上，而我们却把孤独藏在了心里。

是谁害了他

中午，从香香的午睡中醒来，竟然发现自己睡在一片金色的阳光里。正午的阳光毫无遮拦地从明亮的玻璃窗里射进来，就那么直射在我的脸上，而我却睡得还很香。

也许阳光真的沁入到我心田里了吧。起来以后，心情就显得格外好，走到客厅，见洗好的水果就那么红彤彤、黄澄澄、紫滢滢地在茶几上招摇，把世界上最安逸最富足的色彩全都摆出来了，而给这些炫耀的美丽做陪衬的，却是一棵翠绿欲滴的发财树。看了看时间，当然早过了上班的时间了，而自己天天迟到的结果，不仅没有遭到批评，反而还受到了表扬，这不，前几天领导还夸我很敬业呢！想到这里，就偷偷地乐了起来，一边吃水果一边乐，乐得都出了声。

正乐着呢，电话就响了。接过一看，是陌生的号码。心情好，连陌生人也觉得亲，就立即按了接听键，并柔情蜜意地"喂"了一声，相信无论谁听了我的声音，都会感受到那种出自骨子里的亲呢。

果然，对方的声音也带了笑意："你猜我是谁？"他就那么笑着说。

号码是陌生的号码，声音也是陌生的声音，如果搁往时，我一定会立即烦闷起来，除了一句干巴巴地"猜不到啊"就完事了。可此时不行啊！此时我心情好啊！于是，我就笑着说："您是哪位？"

"我是你大哥某某啊！"

我心里便一惊：某某大哥？他不是患了精神病了吗？他为什么打

电话给我？心里这么想着，嘴里就有些磕巴了："您好啊大哥！"

"大哥很想你！才打了这个电话。"

我就紧张了起来，一个人，特别是一个女人，如果被思维正常的人想，并且这个人还有些品味的话，也许还能够感觉出一些小幸福，可一个女人要是被一个精神病患者"想"了，那岂不是太糟糕了！心里这么害怕，嘴里依然敷衍："噢，大哥最近还很好吧！"

"很好，大哥总是很好！人生在世，不能和自己过不去啊！"他语气凝重地说。

"难道他的病好了？"我这样想。

"对了，妹子，告诉你一个好消息，我最近又被世界某某组织评为世界级大师了！这回你大哥我可是真正的世界名人了！"接着他又说。

听了他的话，我的心顿时一沉："完了，这不是又犯病了嘛！"

我马上告诉他我在工作，就匆匆地结束了和他的谈话。放下电话，我就傻在那里了，满脑子全是他的影子，与他有关的一些往事也一幕幕出现在我的眼前。

我是在一次同事聚会中认识他的，当时，他还非常健康，精神也非常正常，在酒桌上，他笑着告诉我说，他平时除了身心愉悦地完成他的工作任务外，还有一个非常高雅的业余爱好：贴纸作画。他贴出的画儿很有特点，那就是专门贴四大名著的人物，每个人物在他的画中都栩栩如生。一边说，他一边打开随身带着的一个兜子，真的拿出了一幅小画给我看，我当时一看就惊呆了！这实在是太美的画了！当时我正因为完不成单位的宣传任务而发愁呢，此刻见了他的画，我就像苍蝇见了血一样兴奋不已，我马上对他说，我要专门采访他一次，并希望他能够配合我。他听了，脸立即红了，真诚地说："这只是个人的小爱好，不适合在报纸上宣传吧？"可我是谁呀？我可是有着多年经验的宣传猛将啊！我立即当当当地就向他攻起关来了，攻关的结果，真的把他的心给说活了，于是，约好第二天，他拿着作品到我办公室，接受我的独家采访。

果然，我的宣传产生了出其不意的效果，别说当地的报纸、省级的报纸，连国家级的报纸都发表了！有一张很权威的报纸还配了一张他的照片，在那张照片里，我的这位老兄拿着他的一幅画，脸上都笑出了一朵花儿。这几篇稿子，一下子就给我争了许多的分数，当然，我也赚了很多的稿酬。当我把一张张的报纸都送给他时，老兄当然高兴极了，不仅当天就请我下了一次馆子，还送给我两瓶陈年老酒，哈哈！那天吃饭时，我感到了一种从未有过的快乐，觉得从事宣传工作真是一件既交朋友又出名的事，真是名利双收啊！

然而，接下来，情况就有了变化。我的这位老兄自从上了报纸以后，就经常接到一些奇怪的信函，我的老兄偏偏逢信必回，而逢信必回的结果，就是我的这位老兄名气越来越大了。

现在的某些机构，嗅觉仿佛都长了翅膀，一在报纸上见到名人，就会给这些名人们发函，不是邀请函，就是获奖函，这些函都有一个共同的特点，那就是"前半部分天花乱坠，后半部分全是要钱"。说白了就是让你花多少多少钱，去参加什么颁奖会，或出什么书。从事宣传工作以来，这类信件我每年都能接到好几十封。然而给我邮信的人，可是看岔眼了，因为我是一个非常吝啬的人，哪怕让我投资一分钱去买个奖品，我都舍不得。可我的老兄却偏偏是一个极其慷慨的人，他不仅什么奖都敢领，并且什么钱也都敢花，那天我正上班时，他突然拿着个鼓囊囊的兜子来到我的办公室，当着很多人的面，把兜子里的东西全都摆到了我的桌子上，我们一看当然会喝彩，因为全是奖状和奖杯之类的东西，那鲜明的色彩，可比我茶几上的水果都要鲜艳。我们仔细看了看，不仅有国家级的，甚至还有世界级的。最让我震惊的，是关于一本书的宣传画，那幅画上甚至把他的照片登在了赵本山和张艺谋的前面，于是，同事们都做出了惊愕状："老兄，真没想到，你现在都比赵本山他们还出名了！"听了我们的恭维，老兄便得意扬扬地笑了，嘴里说："可不是咋的，往后可不能拿豆包不当干粮，拿村长不当干部。"看了他的笑容，我的心不知为什么，突然沉了下去，同事们也都面面相觑了……

"我得了这么多的荣誉，你是不是应该再写一写我了？这一次我觉得，你应该往国际上的报纸投一投。以前净是大哥沾你的光了，这一次大哥也让你借一借大哥的名!"当着那么多人的面,老兄直接就说明了他的来意,说完还催着我给他拍照。

晚上,我把老兄的事跟丈夫说了,丈夫似乎无意的一句话,却让我十分的震惊,丈夫说:"你呀,可别再祸害他了!"丈夫的话把我吓了一跳:难道我写他……竟然是祸害他?

从那以后,我再也没敢写过他,并且他的电话我都不敢接了,再以后,我就听说他病了,病得很重……并且,他的病难治就难治在:他无论怎样都不承认自己有病。

唉!到底是谁害了他?真的是我吗?

美丽的栖息地

在梦中，我朗诵着一首诗，那首诗很长，我一直投入忘我地朗诵着，我觉得，那是一首很美的诗。

然而，等我醒来，我却再也想不起那首诗的名字了，我只记得最后的两句诗，因为，半睡半醒中，我一直在重复着它。

"……那个美丽的栖息地呀

谁在那里制造回忆……"

因为诗出自梦境，我便加倍地珍视它，躺在被里，我越品，越觉得有趣。特别是那个"栖息地"，这是多么有意思的词语。搞了这么多年的文字，我还从来都没有用过它。年近不惑的我，栖息过的地方的确是太多了，童年的时候，我随父母漂泊到一个只有二十几户人家的小村庄里，一住便是十五年。接着，搬家的频率便高了起来，先是辗转到小镇，后又进市区，成家后，更是几年一搬家，因为每回搬家都掺杂着窘迫忙碌的感觉，所以，栖息地也变得死板板的，让人不堪回首了。

印象中最美丽的栖息地，是童年的住处。尽管那间土屋很窄、很矮、很黑，那里交通闭塞，人烟稀少，但因为笼上了童年的乐趣，便都变得趣味横生，令人怀念。童年的栖息地是大地的中心，无论走了多远，心依然牵连着那么一小块所在，梦中，也曾一千次、一万次地踏上回家的路。暗白色的土路，在稀疏的林带中蜿蜒如蛇，我就这样颠簸着，踏过一座土桥，便可遥遥看见绿树中那巴掌大的屯子了。梦中的归来总是那么令人焦急、令人失望，常常还未到家门口，梦就醒了，泪水便会趁着夜间的脆弱流出眼眶，抽泣中，总是决心要回家的，但起床后，一投入到现实的劳碌中，回家的念头便随着繁杂堆到一旁了。

最难忘的，是那有着半截断墙的后园，把后房门打开，园中的一切便尽收眼底。全家人几乎把所有的早晚时间都用在园子里了，春天翻土播种，夏天浇水除草，秋天收割贮存，冬天捡粪积肥，可无论怎样忙碌，园子中长出的菜、果总比别人家的晚，等邻家的孩子拿出黄瓜在人面前歪着头儿小口小口地吃了，自家的黄瓜才刚刚像小手指般地顶着黄花，羞答答地在绿叶丛中时隐时现。最先长出的黄瓜，总是被奶奶用布绳系着，留做种子的，尽管眼看着它们长大，长得又长又弯，但也只能这么看着。我常常捧着下巴，蹲在黄瓜架边，歪着头看黄瓜怎样长大，一看就是半个时辰，那绿色的、修长的、长满小刺儿的身躯，带着诱人的清香，充溢了我童年有限的向往。但沙果是可以偷吃的，花一落，满树密匝匝的全是小指甲般大小的绿果，摘一个或两个放在嘴里嚼，奶奶是无法知晓的，那酸涩涩的滋味常常刺透我弱小的筋骨，麻木了那根好馋的神经。就这样，从葡萄大小，一直吃到乒乓球大小，等沙果终于红透了的时候，只有树尖上摘不到的那么一小堆儿了，红彤彤的像一片云霞，让人向往，也让人分外地后悔。离开故园后，常常梦见自己在后园里寻觅，梦的色彩，为后园蒙上了一层神秘的光泽，因为梦得多，梦得入了神，梦便不再是梦，后园也不再是那个后园了。饥渴的时候，来到后园，总会有意想不到的收获的，田垄间，绿色的秧上，坠满了红红的果，有圆的，有长的，还有葫芦状的，也不知是柿子，还是其他的什么，摘下来用手擦擦便大口大口地吃，一边还奇怪自己为什么没有早来寻找。当然，后园里还有黄瓜，长长弯弯的，到处都是，但已不稀罕吃了。漫步在绿色的田垄，忽然在东北角，那一片"天天"秧中，发现了两棵又瘦又长又高的细伶伶的树，上面结满了红的黄的果子，站在断墙上，一伸手便摘到了，吃一口又香又甜又脆，实在说不出那果子的名字，只记得那形状怪怪的，闪着奇妙的光彩。

美丽的栖息地

一个偶然的机会，我出差从那里路过，终于圆了回家乡的梦。由于和司机不熟，我不敢强求他多停留一会儿，只是在村庄里坐车从东头绕到西头，并到亲戚家借了把锹，到奶奶坟前填了把土，便离开了。路过我家门前时，我使劲朝那幢房子看了一眼，古老的土房子几乎要趴在地上了，但还是挡住了那片令人思念的后园。离开故园时，我曾几度回首，那稀疏的林带，那林带中暗白色的小路，那座土桥都带着一种无法言述的情感，拽着我的目光，拽着我的心，眼泪也几次涌入眼眶。司机看了我一眼，对我说："和你说真话，我进了那个村，有一种喘不过气来的感觉，那是啥鬼地方啊，这土路把人颠的，胃都要漾出来了，你好像还挺留恋的。"听了司机的话，我苦笑了，什么也没说。是啊，在那个贫瘠的小村庄里，究竟隐藏了一个什么样的精灵，让我如此朝思暮想、牵肠挂肚呢？

　　唉，我这童年的栖息地呀！

爱情存折

我妈妈平时爱说点古训，什么"少年休笑白头翁，花开花落几日红。"什么"宁吃小来苦，不受老来贫。"妈妈经常说这话的时候，我当然是在少年，所以对于妈妈的话很是不以为然。哪曾想一转眼之间，妈妈的话就在一些人的身上应验了，昨天那人还是二八佳人，回眸一笑百媚生；可今天她就已经人老珠黄，门庭冷落车马稀了。可见人生苦短，变幻如梦，除非你"侥幸"英年早逝，否则你必须要面对晚景的凄凉。人生还很怪，总喜欢救宽不救窄，假如真是屋漏偏逢连夜雨，这时候要是没有一点爱情储蓄，那人到晚年可就惨了。正因为人们在潜意识里都有这种危机感，所以有一首歌才会如此流传："……我能想到最浪漫的事，就是和你一起慢慢变老，直到我们老得哪儿也去不了，你还依然把我当成手心里的宝……"多么"浪漫"多么美丽的事啊！老来不但有伴，还被人当成"手心里的宝"，可是凭什么呢？世上没有无缘无故的爱，也没有无缘无故的恨，你都老得哪儿也去不了了，别人凭什么会把你当成手心里的宝？凭的当然是这本小小的爱情存折了。

我的老娘今年八十二了，前半辈子，她一直都在为了这个家操劳，不但把这些孩子们一个个养大成人了，还捎带着把我的老爹也服侍得自自在在的，用妈妈当年的话说，老爹的日子那可真是"衣来伸手，饭来张口"啊！其实，那时的妈妈并不知道，她当时正在储蓄爱情，并且她爱情存折"存入"最多的两笔，是她把我老爹的

"老爹老娘"都给养老送终了。现在呢，现在的老娘可是不得了了，她几乎每天都在理直气壮地从她的爱情存折里支取她的爱情，老爹现在连说话都看我老娘的脸色，稍有不慎，甚至会"挨掐"的。我可见识过老娘掐老爹时的恐怖场面，虽然老娘老得都走不了道儿了，可手指头的功力一点都不减，喊一声"过来"，老爹就会马上乖乖地把那张抽抽巴巴的老脸凑上去，一边凑一边还赔着笑脸讨价还价："这次少掐两下吧？只两下？"可老娘却丝毫不为所动，大拇指和食指伸出如铁夹子一般，使劲地在老爹的脸上一揪一拧，老爹就会发出无比的惨叫。最奇怪的是，惨叫以后我的老爹竟然还不敢生气，依然要低眉顺眼地赔着小心。这到底是什么力量？当然是爱情存折的力量了。

我有一位表舅，谈恋爱时正巧在我家所在的乡村"上山下乡"，我也就有幸目睹了那位"村里的姑娘小芳"对表舅的爱情。那年我刚刚五岁，经常站在炕上系着个小围裙学唱阿庆嫂，也不知是源于我真的唱得好，还是源于我是表舅的外甥女，反正歌一唱完，"小芳"就马上亲热地把我抱在了怀里，然后送给我一方印着一朵大大的牡丹花的手绢，这在当时可是非常贵重的宝物。当然，手绢到手没多久，就被姐姐们收去了，但那段记忆却深深地铭刻在我的脑海中。有幸的是，小芳并没有像歌里唱的那样："从没流过的泪水，随着小河淌。"而是有情人终成眷属，最后真的成了我的表舅母，并和我表舅一起返城，还有了一份很体面的工作。舅母每天辛勤操持家务，孝顺我的姨姥姥，日子过得和表舅写的诗一样美。然而，好日子过了没有多久，表舅的单位开始盛行跳舞，表舅那俊美的外貌、飘逸的舞姿，还有那清丽的诗句很快就让一位80后的少女怦然心动，少女为了得到自己的爱情，把一切都豁出去了，最后连工作都不要了。那可是一场艰苦卓绝、惊心动魄的爱情之战，战争的硝烟甚至弥漫了大半个小城，最后弄得所有当事人都心力交瘁。战争历时两年半，最终的结果是表舅净身出户，真的成了少女的白马王子。表舅的一切家私，都归在了舅母的门下。善良的舅母，在自己的丈夫"红杏出墙"的情况下，虽然满心怨恨，但依然没有忍心把年迈的姨姥姥扫地出门，特别是在姨姥姥一病不起、表舅又不在身边的情况下，还对姨姥姥精心侍候，尽到了一位儿媳的责任。舅母当时并没有意识到：她的这一义举，无疑为她的爱情存折，又注入了一笔可观的款项。姨姥姥撒手人寰后，少女那粉红色的梦也被灰色的现实慢慢地冲散了，她仅仅和表舅生活了一年，就与表舅离了婚。成了孤家寡人的表舅，怀着对妻儿老小的歉疚之情，自然而然地回到了舅母的身边。日子转眼到了2009年，一个不幸的消息传来，我那善良的舅母，竟然身染重疾，瘫痪在床。那天我去探望舅母，在那幢温暖如春的楼阁里，我有幸看到了人世间最感人的一幕：我那满腹诗书、面庞清逸的表舅，在几盆鲜花的陪伴下，正在像抚养婴孩一样，小心翼翼地服侍着我那神志不清的舅母，喂水、喂饭、接屎、接尿……把那位"一双美丽的大眼睛，鞭子粗又长"的昔日小芳，服侍得清清爽爽、干干净净，红润的面庞比她身旁那硕大的花朵都要娇艳，连眼神里都透着一股幸福纯真的孩子的稚气。由于表舅的精心护理，如今我的舅母已经渐渐地恢复了健康，令人欣慰的是她爱情存折里存款数字，却如牛年最具爆发力的牛股，大盘指数几乎每天都在暴涨……人世间一切都讲因果，谁说爱情就没有因果呢？

　　亲爱的朋友们，当你们在烛光宴中、风月场上，声嘶力竭地高唱"过把瘾就死"的时候，千万别忘了冷静地想一想你的爱情，然后抽一点时间，建一个属于你们的爱情存折吧！定期或不定期地储蓄一下你们的爱情，如果那样，你们一定会受益无穷的。

咸咸的岁月

师范毕业后，我被分到一所乡村中学，担任语文教师兼班主任。那时，我正年轻，极想干出一番成绩来，一心想把班级抓好，把学生们教好，满脑子转的全是班级里的那点事。忘了我的班当时有多少学生了，六七十名吧，有一部分学生离家很远，只好吃住在学校。学生们当时都是十四五岁的孩子，虽然他们都很能吃苦，但因为刚刚离开家，学校的条件又差，所以大家还是免不了要想家，要哭泣。校长说："刚开学时，要尽量多给学生些母爱，等大家适应差不多了，再给他们父爱。"我对校长的话言听计从，所以，学生一入学，我就调动起浑身上下所有的母性细胞，全力以赴地关爱学生。上课时，我尝试了一种分组比赛的方法，想方设法把学生们的热情调动起来，让他们在快乐中获得知识，下课了，又忙着哄劝因想家而流泪的女生，找调皮捣蛋者谈心，晚上也尽量抽出时间到学生宿舍里坐一坐，摸摸学生的被褥，询问一些日常琐事。这时，如果有哪个学生病了，我会忙不迭地跑过去，使出浑身解数表现自己：买药、煮面条、包饺子，直到学生走下病床，露出笑脸。记得中秋节的那天晚上，我还把所有住宿的学生都领出校园，把他们领到一个光秃秃的山包子上，坐在山包上一同赏月，吃月饼。一开始还挺诗意的，圆圆的月亮，轻轻的微风，缥缈的远山，一望无际的田野……在秋蝉鸣唱中大家有说有笑，心情极佳，可后来我领大家唱了一首歌，叫《妈妈的吻》，这首歌一唱就坏了，几乎把所有的学生都唱哭了。女生们你抱着我的肩，我搂着你的背，啼泪交流；大多数男生也抹起了眼泪，几个强忍着不流泪的，眼睛也红红的，直望着远方。我左哄不好，右哄不好，最后也陪着他们哭了起来。好不容易把学生领回学校，并安顿好他们，自己才一个人骑着自行车往家走。十多里的山路，尽管月光很明亮，但阴阴的夜风，黝黑的树影，还是令人毛骨悚然，现在想起来依然有些后怕。但那一次的郊游的确产生了较好的效果，第二天，住宿生的日记一律是秃山圆月，一律是《妈妈的吻》。当然也有对教师赞扬的：有的说老师像母亲，如何如何的亲切；还有的说老师如何如何有才华；更有甚者还夸老师长得漂亮……虽然明知文章的虚假成分多，还是免不住窃喜了一阵子。印象最深的是星期天领学生坐着小火车去二十多公里远的闹牛山爬山，学生们在山上跑啊笑啊，采山杏，捉迷藏，别提多快乐了。山石后，树丛中，随处可见燃烧的红纱巾，跳动的白衣衫。终于爬上了山顶，极目远眺，每个人的心里都洋溢着成功的喜悦。海到尽头天作岸，山到极顶我为峰，在山头上，大家吟诗作赋，引吭高歌，风把衣衫吹得噼啪直响，那种感觉别提有多痛快了，仿佛每个人都成了指点江山、扬鞭大漠的霸主。玩累了，跑累了，大家就围坐在山坡上一边吃东西一边讲故事，说笑话，表演歌舞，时而爆发一阵开心的笑声，把山上的各种飞禽走兽都吓得跑远了。

也许是母爱给得有些过头了，到了该父爱的时候，自己就没办法严厉了。于是，自己的班级与其他班级相比，就显得乱了许多，加之又发生了几起学生与课任教师冲突的事件，于是，老师们私下里就有了议论。校长和教导处主任也分别找我谈了话，虽然二人说的不同，但有一句话是相同的，那就是责备我太单纯。在我看来，单纯绝对是个贬义词，人家把个贬义词轻而易举地就放在自己的头上，心理便有了很重的负担，又不知到底怎样才能复杂起来，便痛苦得要命。教导主任还神情严峻地对我说："你说你有多傻多胆大，连闹牛山都敢带学生去，你知道那有多危险吗？学生丢了怎么办？摔着怎么办？去年有两个小孩在那里被人活活地害死了你知不知道？你这人怎么这么容易冲动呢？"几句话说得我一惊一乍的，浑身发冷。末了，教导主任还语重心长地对我说："你看某某某，和你同龄，看人家多成熟，走路总是稳稳当当的，哪像你连走路都走不稳当，总是毛毛愣愣的一路小跑……"那次谈话以后，我自卑极了，痛苦极了，灰心极了，觉得自己臭狗屎一般不可救药。百忙之中着实观察了一番某某某，发现她穿得够档次，鞋跟也很高，头发也烫成了大波浪状。她说话办事的确很稳，特别是走路，无论多忙的事，人家也挺直了腰板慢慢地走。在学生面前，她更显得成熟和稳重，那本来很是漂亮的小脸经常绷得紧紧的，不露一丝笑容。一次我曾在教室外偷偷地看她管理学生，班级里本来就很静了，学生们都木偶一般地在座位上一动不动，可哪个角落稍稍有了一点动作或产生了一丝声音，她的眼光马上像两把寒刀一般射过去，刷刷刷割地似地左扫一下右割一下，所有的声音、所有的骚动便都消失了，学生们就真的成了兵马俑，仿佛连呼吸声都没有了似的。回到班级我也着实模仿了一番，虽然脸绷起来了，可就是没办法让自己的眼光变成寒刀，批评的语言也不够犀利。有一次刚批评学生两句，还没等学生有反应，自己竟"扑哧"一声先行笑了，这一笑不要紧，全班学生便也一起哄堂大笑了起来，于是，刚刚降了些温的教室就一下子又活泛了起来。

直到初二的下半年，我才真正变得严厉了起来，因为再不严厉，我的班主任就有被人换下的危险。严厉的结果，是班级的纪律真的变好了，我也因此得到了校长的夸奖。然而，我并不觉得快乐，相反，还觉得很孤独、很寂寥。因为我突然发现：学生们与我的距离已经拉远了，我们再也不能像以前那样快乐地交心了，有的学生甚至开始对我躲闪起来，放学后在街上我明明看见他们走过来了，可一转眼他们就都跑得无影无踪了。实在躲不开的，虽然硬着头皮上前勉强地和我打了声招呼，却再也看不见那特别亲近、特别真诚、特别灿烂的笑脸了。

容易让记忆滤掉的，往往都是那些平凡的岁月。我的严厉换来了我的"省心"，而"省心"的结果是我的岁月变得平庸了起来。于是，接下来的日子对我来说便显得很模糊了，仿佛生命中根本就没有经历那段历程。初三一开学，有人给我介绍了一个对象，恋爱了月余我们就匆匆地结了婚，婚后不久，我就告别了那所学校和那些学生，也从此告别了教师这一职业。

我的教师生涯真的很短，仅仅两年，但六十多名学生那可爱的模样却永远铭刻在我的心中了。我常常在梦中又回到了那个屋檐低矮、光线阴郁的教室，在学生面前眉飞色舞地讲古论今，恨不得把心里的那点有限的墨水全都掏给学生，那种诲人不倦的幸福只有当教师的才能够体会。梦中的课堂永远是快乐的，讲的人快乐，听的人也快乐，有时就被课堂中那轰然的笑声给震醒了，醒来见月光如水、岁月如水，心里便空落落的，泪水也无缘由地涌流出来。总的来说，对于我的学生，我是心含愧疚的：因为不能够坚持到底本来就不是一位好教师，更何况我那一点可怜的母爱也在中途流失了。这也许是我生命历程中永远的遗憾了。

婚后，我调入了一个不太大的小城里，开始了人生中更为艰难、更为劳碌、更为平庸的浮沉。许多年后的一天，当我的儿子也长成了十五六岁的时候，一个中年人闯入了我的办公室。当时我正忙着给一个客户办理手续，那个人见我如此忙碌，便悄悄地坐到了一边，耐心地等着我，可一双眼睛却毫无顾忌地一直朝我望着。由于每天都要和许多的陌生人打交道，我已经麻木得不会惊奇，不会感觉了。办完手续，我看了他一眼，虽然也可能面带了微笑，但声音却是标准的国际低音，礼貌得如同隔世一般遥远。我问他："你有什么事吗？"没想到他却激动地站起来，搓着两只粗壮的大手抖抖地走近我说："老师，你真的认不出我了吗？"话未说完，眼睛里已盈满了泪水。

我惊呆了，不禁仔细地打量起面前的这位面色黝黑、一身风尘、骨骼粗实的男子来，渐渐地，一个总是羞答答的一说话就脸红，身材像面条子一般又细又软的男孩子的形象浮现在我的眼前："你是……张……"遗憾的是，我没能叫出他的名字。

"是啊，我是张石呀！"他上前一把攥住我的手，眼泪如泉水一般涌了出来。"老师，我们做梦都想你呀！"他紧紧地攥着我的手说。

我的情绪也激动了起来，这是我离开那所学校后见到的第一个学生：张石，好久远的一个名字，一下子把我拉回了那个仿佛已经过去了许久许久的往事之中了。"你都……这么大了吗？"我有些口吃地说着，眼泪也溢满了眼眶。张石的手又粗又硬，满是力气，像一把铁钳子夹得我手骨发疼。我们相对流着泪，那情景令在场的所有人都惊异万分，仿佛他们是坐在电视边观看节目，因为现实中已经很难再见这样的场景了。那天下午，我那已经死去了多年的感动细胞开始复活了，我有太多的话要问，太多的话要说啊！事实上，从张石到来，一直到他离开，我们俩的交谈一直没有停下过片刻，从他嘴里，我知道我的大部分学生还在农村，只有少数几个学生考了出去，成为了"城里人"；我还知道他和一些同学至今还经常联络着，他们一聚到一起就会想起我，谈起我，并相约一定要找到我；更有趣的是：张石竟然和我班的那位作文写得最好、字也写得最漂亮的女生结了婚……

我问张石："我只教了你们两年，况且教过你们的老师又不计其数，你们怎么还记得我呢？"张石说："我们也议论过这件事，但后来我们明白了。虽然你教我们的时间不长，但你尊重我们，真心实意地对我们好，这种真情令我们难忘！有一次谈起你时，大家甚至哭成了一团，我们真的很想你呀！"我相信，我相信这是真的，我又何尝不是经常梦见他们呢？

那次相见，我感触很深。虽然说人生如梦，过眼烟云，但岁月之河是冲刷不掉闪烁着美丽光泽的记忆的。我虽然仅仅给予了他们一些可怜的并且是短暂的母爱，但因为缘自纯朴，缘自真诚，所以他们都无法忘却，可见真情是永恒的，美丽是永恒的。

2003 年圣诞节，张石又一次出现在我的面前，但这次他不是一个人来的，他的后面还跟着两位面容中同样布满沧桑、同样怯生生的中年人——他们都是我的学生，他们这次是开着车来的，他们是来接我去乡下过节的。相持了很久，我终于还是放下了单位及家中的那么一大摊子的乱事，和他们一起上路了……那次经历我将终生难忘，因为我享受到了人世间最崇高的奖赏——真诚的尊重！众星拱月一般，学生们围着我，叽叽喳喳地说着、笑着，虽然他们都已步入中年，虽然他们都已成家生子，但因为我的出现，他们就都变得年轻了，都好像又回到了学生时代。那天的感觉真是太好了，太美妙了，就像一个充满霞光、飘满花香的梦境，在梦中，我由一个满心伤痕的半老徐娘一下子变成了鲜花满头的美丽女皇。

张石家一共三大间土房，好大的院子，堆满了各种车辆，好宽敞的屋子，挤满了陌生的却又似曾相识的人们。后来我算了一下，一共是18位学生、11名男生、7名女生，还有6位是学生的配偶，屋外追逐嬉闹着的是几位学生的孩子。张石说："由于匆忙，还有好多同学没能联系上，不然，人一定还要多得多。"吃饭的时候，男生女生都喝了许多的酒，酒至酣处，不知是谁引的头，大家又集体唱了一回《妈妈的吻》，并又一次集体流了泪。"在那遥远的小山村，小呀小山村，我那亲爱的妈妈已白发鬓鬓，过去的时光难忘怀，难忘怀，妈妈曾给我多少吻，多少吻……"如同十几年前一样，女生们你抱着我的肩，我搂着你的背，啼泪交流；男生们这一次也都哭了，有的甚至哭出了声音……就连学生的配偶也流泪了。

农村的孩子是真的很难摆脱掉那片乡土的缠绕的，我的学生虽然有的当了教师，有的在乡政府工作，但多数人还都生活在农村。在土里刨食的人对苦难的感触会更细腻，对真情的记忆会更持久，有的学生就是因为这个流泪的。有的学生说本来是羞于见我的，因为觉得对不起我的栽培……如果在以前，我也许也会有这样的想法，但我现在已经不这么想了，我对他们说："一个人从事什么职业真的并不重要，重要的是我们对生活的态度，重要的是我们是否有责任心、有爱心、有信心……"难道不是这样吗？

那天晚上，我们在张石家闹了一个通宵，后来实在太困了，才男生东屋一铺炕、女生西屋一铺炕地挤着睡下了。迷蒙中，我被外屋轻轻的掏灰声惊醒，才知道天已经大亮了。我悄悄爬起来，见张石的妻子——那位一直很让我偏爱的女学生正在锅间麻利地忙碌着，偌大的锅台和娇小的身躯形成了一个强烈的反差，那双已变得很粗糙的小手正在制作精美的食物，一缕缕诱人的香气也一波又一波地飘进屋来，令我的心里一阵阵地难过。我走出屋子，站在屋檐下向四处远眺，见户户炊烟，听家家鸡鸣，心才渐渐地开阔了一些。张石家前院堆满了黄澄澄的玉米，后院堆满了红彤彤的高粱，都是小山一般高。想到这每一穗苞米、每一束高粱，都是由张石夫妻俩一穗一穗、一根一根侍弄长大又运送回家的，心里便涌出了一股特别的自豪，特别地感动。猪圈里几口大猪在慵懒地睡觉，园子里几只鸡鸭在悠然啄食，院子扫得干干净净，仓房的物品摆放得规规矩矩，每个角落都昭示着这对农家夫妇的勤劳善良和相亲相爱。于是，我的心真的不再阴郁了。人啊，你既然把根扎在了这里，你就是这里的主人，只要充实、快乐、有爱、有希望，在哪里生存又有什么不同呢？

临行时，张石的妻子——我的学生给我抄录了一首她新近写的诗：《黄昏》

"时间的飞逝/告别了满眼是跳动诗行的少年/背负着柴米油盐的重担/淹没了许多许多的梦想/黄昏读不懂满天闪电的诗/只知道絮絮叨叨地开荒种田……我在夜里奔忙/缥渺的诗离我很远/我在枯黄的草地边停下来/世界变得很暗/只有绣着寒风的图画/僵冻在苦涩星星的怀里……"

正如这首美丽的小诗一样，我的这名女学生也有着一个非常美丽、非常好听的名字——婉青。

精神卑下症

人，一旦爱上了，就开始有奴性了。

爱一辆车，你就成了车奴；爱一只狗，你就成了狗奴；爱一个人，你就成了这个人的奴隶。当然，如果你爱全天下，你也就成了全天下的"公仆"。

虽然说真正的爱是不求回报的，但对于普通人来说，爱能不能长久，还是取决于被爱者的回应或配合。如果被爱者总是无动于衷或毫无反应，那么施爱者就会有一种"热脸贴上了冷屁股"的挫伤感，随着这种伤痛的加重，爱也会渐渐地减弱，甚至消失。

那次笔会结识了一位女友，虽然来得最晚，可进了门依然没有表现出着急的样子，只见她气定神闲地在门前先来了一个短暂的驻足，头微微地扬起，清澈如水的眸子缓缓地向大家行了一圈注目礼，直到有人向一张桌子上的名牌儿指了一下，她才仪态万方地向那张桌子边走去了。邻座冲她笑了笑，她也冲邻座笑了笑。我突然明白她为什么要如此自信了，因为她的笑容真的很美。

那一刻，我就爱上了她。接下来的笔会，我满脑子里面装的都是她。

她的名字我非常熟悉，当然是在哪里看过她的作品的，可到底是什么样的作品，我却说什么也想不起来了。晚上聚餐的时候，本来我很想挨着她坐的。参加这次笔会的女作者很少，我挨着她坐本来是很正常的事。可事实却偏偏不让我们正常了，因为还未等我走近她呢，就发现有好几个男人已经先于我向她那里走去了。于是，我心里便暗暗地有些沮丧，觉得自己也是一个泛爱的人，我所爱的，原来大家也都爱。因了这种沮丧，我便不再期许什么，默默地找了一个角落坐下，让自己的沮丧暗暗地发酵。

喝酒喝到了一定时间，酒桌边就有些乱了，大家都纷纷走向心仪之人，开始频频敬酒。正如我预料到的那样，她始终端庄地坐在那里，一直没有向别人敬酒。但她的身边却围了许多向她敬酒的人。我一边欣赏着她的笑容，一边倾听着那些男人们的蠢话，突然，一个很奴性的句子便从我的脑海里冒了出来："虽然我想不起您的作品了，但您本人就是一部非常美的作品。"我知道我不会把这句话说给她听的，并且自认为永远也不会。

接着，令人受宠若惊的时刻便到了。我没有主动走向她，她却主动向我转过头来，示爱地朝我笑了笑。微笑到底是什么呀？尤其是她的微笑，就像一缕柔光，一下子溶解了我心灵里的所有阴霾，我反射一般就站起身来了，然后就脚步踉跄地向她走了过去，接着，就笨笨磕磕地说出了那句话……

因为这次笔会是可以带家属参加的，所以晚上，我自然要和我的丈夫一起去海边。然而刚要出门，她却堵在门边冲丈夫歪了歪头，用她那味道怪怪的口音对丈夫说："姐夫哎，把姐姐借我一个晚上好吗？"令人奇怪的是：这之前，她并没有问我愿意不愿意和她走，仿佛她早已看透了我爱她的心。丈夫犹豫了一下才答应。他怎么能犹豫了一下！接着，我们两个就快乐出发了！我本来就是一个人来疯，更何况和自己如此心爱的人在一起，那种疯狂就别提多畅快了。那天晚上，她让我做什么，我就心甘情愿地做什么，她说到哪里去，我连"锛儿"都不打一下，马上箭一般地向那里射去。虽然我做到了忠心耿耿，可丈夫却始终都是一个冷静的旁观者，他当然是最了解我的习性的。怕我因为疯狂而惹祸，他一会儿一个电话，一会儿又一个电话，嘱咐完这个就嘱咐那个，常常打断了我们之间的交谈。

第二天晚上，我们还未等出门，她就又堵在了门前，歪着头对丈夫说："姐夫哎，再把姐姐借我一个晚上行不行？并且今天晚上一个电话都不能打!"末了一笑,又用那种怪音嗲嗲地喊道:"你可要知道,我也是一个女的哎!"

那天晚上,丈夫果然没有打过一个电话,我们玩得也比头一天晚上更尽情。直到走回那个幽深的小径时,我们才发现,在我们后面,竟然一直有一个跟踪者。"你们也太疯了吧?我一直在你们身后跟着,好几次都以为被你们发现了,可你们的四只眼睛就是没有发现。"丈夫得意地说。

笔会结束那天,我们两个泪水涟涟地来了一个最亲密的拥抱后,就各奔东西了。虽然回家以后,我一直都没打电话给她,她却没少用QQ "骚扰"我,她照的那些蹩脚的照片也一张不少地都给我传过来了。虽然我始终都没有向她表达我的友爱,但我相信她一定能看懂我的心,是的,这一辈子,她也别想甩掉我了。

写完一个长篇小说后,我终于有了闲暇的时间,那天突然有些想她了,就在网上搜了一下她的文章,没想到不搜不知道,一搜吓一跳,竟然是那么多,只觉得铺天盖地的全都是关于她的文字。这其中除了她自己的作品,也有别人评价她的作品,当然也有她评价别人的作品。哈哈,她可真是个能人,言辞犀利得近乎无情,连那么有名气的大作家她都敢评头论足,我可真是服了她了。

看完了她的文章后,心底里的激情终于按捺不住了,我就在QQ上给她写了一封长信,好柔情蜜意的信,当然奴性十足。本来我预计她很快就会给我回信的,因为她的小头像一直都是彩色的,头像的右下角,还有一个小手机的标志。然而一上午过去了,又一下午过去了,她却始终都没有给我回信。

我好受伤,心情也因此变得抑郁了:"她是不是有些嫌我的低贱了?"

抑郁的时候,我总喜欢翻书看,也不看那本书的书名是什么,是谁写的,反正既然堆在桌子上了,就都是我心爱的书。"春风不识字,只能乱翻书。"是的,我经常这么做,并且经常会收获意想不到的惊喜。

果然,当我顺手翻开一本书,并扫了一眼书中的文字时,我就惊呆在那里了：“人的精神中都存在着某种卑下的品质，他们总是预料要受辱，其背后实际是担心自己有理由受到嘲弄。当我们怀疑自己是伤害的恰当目标时，那就很容易相信确实有人或有东西在设法伤害我们了。”

“啊？这么说来，我也是患上了这种所谓的‘精神卑下症’吗？”我立即坐下来，认真地看了下去。

“有一些人的做法可能都出自一种无心：他今天没有给我回信，因为他想下星期见我！她看来是在取笑我，其实只不过是她的脸上有些痒……”

啊！实在是太绝了，简直是专门给我写的！

一行文字，突然通过一种特殊的字体，向我大喊：“不要把错误的解释强加于一切事物！”

我笑了，立即拿起手机，拨通了她的电话。很快，电话里面传出了她那味道怪怪的声音：“姐姐哎！我在海边领我大儿子疯玩呢！你的信我看了，可我没时间给你回哎！”

我笑了，笑容里一定依然奴性满满……

陪你乐逍遥

昨天下午刚刚上班，手机就响了，我一看来电显示，就笑了。这是这些年来大姐给我养成的习惯，只要是大姐来电，我就预感到要有快乐的事了。

果然，大姐说："晚上有时间吗？有时间陪大姐出去吃一顿饭。"

我什么话都不问，就快乐地说："有时间啊……好，不见不散！"连这种交谈方式，也是我和大姐之间的习惯。

和大姐交往这么多年，我不知道大姐的实际年龄，也不知道大姐家在何处，因为我们在一起交谈时，谈的全都是"形而上"的话语，仿佛生活中所有的琐碎之事全都和我们无关。在大姐没有认识我之前，我早就在电视上认识大姐了，因为大姐退休前，曾做过这座小城最大的"女官"。小地方的美女本来很少，做官的美女就更少了，而我的大姐不仅人长得端庄秀丽，而且举止高雅、谈吐不凡，并且每次见她，她总是高高地坐在主席台上，"需仰视才见"，所以她的美丽，总让人有一种飘在云端的感觉。当时的我，万万没有想到：有那么一天，我会成为这位"云中大姐"最心仪的妹妹，并且总会在大姐快乐的时候，陪伴在她的身边。

我和大姐的"真正"相识，是在一次人代会上。当时我正和其他几位女代表坐在一个圆桌边，等着领导团前来慰问。作为领导团领导的大姐，在集体慰问了我们之后，偏偏又单独向我敬了一杯酒，敬完酒后，还拉着我的手微笑着看了我一眼，我当然也回看了她一眼……也就是从那一刻起，我们的"灵犀"就轰地一声通了。从那以后，我便经常接到大姐打给我的电话了："妹妹有时间吗？有时间到大姐这儿来，陪大姐吃一顿饭……"陪大姐吃饭，当然有时间了！更何况我们搞写作的人，是多么希望参加自己没有参加过的场合啊！当然，刚开始的"陪"，我还有些战战兢兢的，因为我所陪的，全都如大姐一样，是有身份有地位的人。但陪着陪着，那种胆怯就没有了，代之而来的，便只是快乐了，并且还是那种"阅尽人生"以后的最洒脱最实在的快乐。

俗话说：来而不往非礼也。可回顾我和大姐的交往，偏偏就只有大姐的"来"，却没有我的"往"，大姐那时不仅快乐时总要带着我，每次出国考察，也总要给我买回大包小裹的礼物。接受大姐这么多的恩惠，我也曾受之有愧过，心里默默地想：一切就等大姐退休以后，真正"弱"下来时，我再回报她吧！可没想到大姐退休后，又被一家保险公司聘为了总经理，依然还是高高在上的领导，事业依然做得蒸蒸日上，每当她想要寻找快乐的时候，依然还是要我去作陪……那天我颇为"深刻地"想了想：突然就意识到自己可能永远都无法等到她"示弱"的一天了，因为当初她的强大，根本就不是位置给她带来的，她的强大是源自骨子里的，所以，只要大姐一息尚存，大姐就永远都是强大的大姐。

正如我所预想到的，昨天晚上的聚会果然是快乐的聚会，因为来参加聚会的，全都是"脸上带着通透的笑容，心里揣着精彩的故事"的人，笑容里带着达观，眼神里闪着智慧，谈吐里透着幽默……和他们在一起小酌几杯，那种快乐真的都是深层次的。这次前来赴约的，既有老政法委书记，又老检察长，还有老公安局长……我突然想到了那部名著《抛锚》，哈哈，没想到有那么一天，我竟然真的走进名著里了。

在酒桌边，大姐讲了一个她刚刚参加工作时的笑话。有一天，一位县领导往她的单位打电话，当时是她接的。

"请问，您贵姓？"那位领导礼貌地问。

"我姓贵！"大姐马上礼貌地答。

领导便在那边愣住了，又问："您贵姓?"

大姐又答："我姓贵!"

那位领导以为大姐和他开玩笑，就什么话都不再说，气哼哼就挂了电话。

刚刚参加工作的大姐，怎么敢和那么大的领导开玩笑呢? 因为我的大姐就姓桂啊! 哈哈! 有趣吧?

秘密的秘密

　　"告诉你一个秘密！"当有人突然凑到你的面前，神秘地对你说话时，你的第一个反应一定是兴奋，恨不得多生出一只耳朵来，因为谁都有好奇心，谁不喜欢听吊人胃口的消息呢？

　　"但你不要告诉别人，千万要给我保密哟！"如果接下来，你听到的是这样的话，你就要三思了，你千万不能因为好奇而坚持着听下去，你一定要认真地想一想：你到底能不能替人家保守住这个秘密，如果做不到，那你最好转身离开。因为在心里装了秘密的同时，你也必须要装上一把保守秘密的锁。

　　秘密之所以称为秘密，就是因为它不为人知的隐蔽性，明唐顺之《答王遵岩书》中说："此意更不敢露于人，以兄念我太厚，忧我太深，故特披露之，兄万无泄我秘密，重增哓哓之口也。"可见人对秘密的担忧，是古已有之的。

　　指示灯分为绿、黄、红三种颜色，秘密的等级也可用这三种颜色标识：绿色的代表大家都可共享的秘密，比如网络上流传的一些消息，正因为无所谓真实，也就无关痛痒；黄色代表那些接近或超过预警线的个人隐私，比如一些风花雪月的桃色新闻，听到这样的秘密，你就应该小心了，弄不好会引火烧身的；红色则代表与人的生命或国家安全有关的高级秘密。一旦遇到了红色的秘密，即使你憋得要命，你也必须要憋下去，哪怕为此付出生命的代价。

　　那天，一位久违的女友邀请我吃饭，一同赴宴的还有另一位我俩都熟悉的男士。头脑简单的我当时并没有意识到这顿饭有什么特殊意义，因为女友说她想我了，我就真的以为她想我了。一个人能被人想念该是多么开心的事啊！更何况想我的又是我那么珍爱的她。所以在饭局的前半个部分，我始终都处于一种开心的状态，我们一起吃着可口的饭菜，聊着知心的话，酒桌边的气氛始终都显得很融洽、很和谐。可酒过三巡、菜过五道之后，我就发现这个饭局有些变味了，因为坐在面前的一男一女，无论眼神儿还是话音儿，都开始变得有些暧昧了，连我这个感官迟钝的人，都能闻出那种异样的气味了，可他们依然不知收敛，依然那么你来我往的，好像真的把我当成了灯泡。我不禁有些悲哀了——这可真是自我多情啊！还真的以为人家是想你了？刚才还那样深情地与人家推心置腹，可我说的那些话人家到底听进去几句啊？

心里这么失落着，饭桌边的眉来眼去也依然进行着，可即使这样，我还不算掌握了他们的秘密，因为我并没有掌握他们暧昧关系的真凭实据，或许一切都只是一种错觉呢！随后，一件让我意料不到的事情发生了：我去洗手间洗手，也就一小会儿的工夫，等我返身回到包间时，糊涂的我竟然一点都没有多想，就猛地推开了门，接着，我就看到了不该看到的一幕……不该看到的场景被我突然就看到了，这当然是一件极其尴尬的事情，不仅他们尴尬，我更觉得倒霉，那种心情，就像《红楼梦》里的鸳鸯撞到了司琪偷情的一幕时，那种沮丧的心情一样。

因为这个秘密，那几天我始终茶不思饭不想的，心房里就像突然跳进来一个蚂蚱，总搅得人坐立不安！那天分手时，女友虽然没有让我承诺什么，但这种事又怎么能随便乱说呢？记得，里齐马克国王曾问他的好朋友菲力彼代斯："我的财产里，你最想要的是什么？"明智的菲力彼代斯只是笑笑回答："随便你给我什么，只要不是你的秘密。"可见心里有了秘密，的确是一件折磨人的事情。因为人就是一种喜欢倾诉的动物，无论快乐和忧伤，都希望能与人分享或分担。

其实，别说是人，连神仙都担不了秘密呢！那天偶然翻开了《古希腊传说故事选》，里面的一则小故事，看得我忍俊不禁……这则故事是这样的：有一位具有音乐天赋的神仙潘，吹嘘说敢和音乐家阿波罗比美。于是阿波罗接受了潘的挑战，山林之神特摩罗斯应邀做评判员。老人在评判席上坐着，拨开耳旁的枝条，全神贯注地倾听，比赛结束后，特摩罗斯扭转头称阿波罗获胜，于是，全世界的每一棵树全都跟着他扭过头来。所有的听众都同意这个评判，唯有另一个神仙弥达斯提出了疑问，说评判不公平。阿波罗听了弥达斯的话当然不高兴，立即就把弥达斯的那两只分辨不出好坏的耳朵变为了驴耳朵，这当然让弥达斯很没面子，从此，他不得不戴着一条大头巾来遮掩自己难看的耳朵。知道他这一秘密的，只有他的理发师。理发师虽然下决心想要帮弥达斯保守这个秘密，可心里装着秘密的滋味实在是太难受了，有一天，他实在抑制不住自己的焦灼了，只好跑到河畔，在泥地上挖了一个洞，然后弯下腰，对着泥洞把这个秘密讲了一遍，讲完后马上又拿泥土将洞口填好。理发师把秘密说出去了，心里就变得轻松了，可大地听了这个秘密后也开始有了负担，很快，地里就长出了旺盛的芦苇，从此这些芦苇就经常轻声细语地说起话来："驴耳朵，驴耳朵……"直到今天，只要有微风吹过，芦苇依然会慢慢地说起话来，你仔细听听，他们的确在说："驴耳朵，驴耳朵……"

是啊！连神仙都受不了秘密的折磨呢，更何况是俗人的我了。我虽然没有像那个理发师一样，巴巴地跑到芦苇荡去，去把这个秘密告诉了一个泥洞，但我也有我的倾诉方式，我则是详细地把我的秘密写到了我的日记里。日记写完了，秘密对我的折磨也随之消除了。

但后来的事情，偏偏出现了戏剧性的转折。那天，我正在写日记，门铃突然响了，怕日记被别人看到，我顺手把日记塞进了被子底下，才去开门。来的正是我的那位女友，心灵的密友到家里来了，我当然非常高兴啊！高兴了就要热情，于是，把女友迎进屋后，我便到厨房里忙活上了，先是找出了冰箱里的所有水果，接着便大洗特洗了起来，可就在我忙着这些事的时候，女友却百无聊赖地踱进了我的卧室里，并恰好坐到了我的床上……也许是那本硬皮的日记硌到她了吧，接着她便拿出了我的日记，并且堂而皇之地翻看了起来，并且就真的看到了她与他偷情的那一段话……

这真是越怕啥越来啥，当我端着水果走进屋子时，一切虚伪的面纱都已经被揭开了，我们俩的态度当然也都变了。只见朋友把日记往我面前一摔，便恶狠狠地责备起我来了，一句比一句厉害，一句比一句尖刻，最后责备得我都不知该怎么面对她了，仿佛那个偷情的人不是她而是我了。为了消去女友的不忿，我当着她的面就把那篇日记撕碎了，并发誓一定不会把这件事说给任何人听。听了我的保证后，朋友才算饶了我，但她终究没有再坐下去的好心情了，甚至连水果都没吃一个就离开了。朋友离开好久了，可我还是那样接受审判似地站在原处一动不动，那姿态、那神情像极了一个犯罪分子，我的心里怎么就那么堵得慌呢？生性窝囊的我直到那时才想起：自己当时也应该申诉的，申诉她为什么要偷看人家的日记。

从那以后，朋友再也不轻易到我家找我玩了，当然，我也不会轻易给她打电话了，我们之间的亲密友谊就这么被活生生地切断了，切断我们友谊的罪魁祸首，当然就是那个该死的秘密了！

在古代，遭遇英雄救美

　　我有一些发胖，要求丈夫帮我减肥。在去海南休假之前，我特意送他一把尚方宝剑，要他一定命令我抵制美食诱惑，哪怕运用最恶毒的招数。

　　于是，就发生了那件令人啼笑皆非的事情。

　　海南五指山是一座美丽而神秘的小城，这里属于尚未开发的处女地，不仅人车稀少，连出租车都没有，百姓出行只靠几辆公共汽车，奢侈的也只是坐一坐摩的。人少，大自然便成了主角，每一座山、每一条河，都呈现出旺盛的生命力，各种珍稀植物、动物都在无所顾忌地疯长，与之相比，这里的人反倒显得又瘦又小了，如同山水间的麋鹿，个个都活得无声无息、闪闪烁烁的。生活在其中，切身体会到了老子"邻国相望，鸡犬之声相闻，民至老死不相往来"之境界，是啊！生活在如此富足、祥和、宁静、美丽的世界中，交流或者不交流，来往或者不来往，还有多大的意义？

　　早晨醒来，小小的斗室充满了含着花草味儿的山气，枕边传来不绝于耳的鸡鸣、狗吠和知了的合唱，恍然之间觉得自己真的回到了古代。打开窗帘，满眼都是飘着彩雾的绿色山峦，那些只能在北方盆景里看到的又娇又小的珍稀植物，都在拥挤地生长，且都长得又大又高。不用说美丽的萤火虫，飘逸的紫蜻蜓，还随处可见粉色的、黄色的、红色的、黑色的彩蝶，那天，我甚至看到了一只硕大的蓝蝴蝶就在我的身前身后翩然飞舞……"一刻就是永恒，永恒就是当下"，早晨九十点钟，你就看吧，美髯古须的老榕树下，斑驳陆离的古石桥旁，随处可见衣衫随意、口嚼槟榔的懒散男女东一堆、西一伙地围在露天的小桌边，品酒，喝茶，侃大山。小学校隐藏在大山的深处，孩子童稚的读书声时时被清风送过来又卷过去，循着声音寻找，看到眼里的只是葱茏的青山绿树，偶尔也能看到一角红色的或蓝色的翘脊飞檐在绿海中一闪，但无论你怎么想象都不会相信，那样娇小的古屋怎么会是学校？

在我的家乡，无论多平庸的一条河、一座山，都是文人墨客竞相寻觅的绝世名景，为了增加这些山水的神秘感，有人甚至不惜胡编乱造一些神话传说来吊人胃口，小报纸大刊物，也经常可以看到关于那山那水的长诗短辞，篇篇辞藻华丽，句句文采飞扬。可当我来到了这里，面对如此神奇的峰峦叠嶂，如此繁茂的雾花雨林，我却一句话都说不出来了。正如那些一见到女人就"美女"不离口的男子，一旦看到真正的美人时，反倒战战兢兢、噤若寒蝉了。是的，人类的臭嘴，怎敢去评价仙子的美丽？

行了，别把话扯远了，还是让我描述一下那个啼笑皆非的故事吧。

人是动物世界最坏的动物，人少，所以百姓们受"污染"的几率自然就小，天短夜长，人与人聚在一起的时间又那么有限，所以，在大山深处，在小溪源头，你经常能听到人与树的交谈，人与鸟的对唱。久而久之，大山里的人们就自然沾染了山野的色泽，泉流的血脉，花鸟的灵性，有了阳光我就自由生长，没有了雨露我就悄然死去，活下来，听不到笑声，死去了，也不会有哭嚎。见到了陌生人，这里的人们大多目光胆怯游离，仿佛怀揣着天大的奸诈，可两句话过后便发现，他们实在是善良极了，质朴极了，不仅没有欺骗之心，更没有防备之意。不说别的，仅看他们做的各种小吃，就知道他们到底有多实在了。我去五指山的时候，中秋节刚刚过去，偶尔在小摊前买了一块普通的月饼，咬一口，竟然好大的馅儿，一块月饼仅卖一元钱。标注蛋黄馅的，那里面就真的有好几个大大的蛋黄，标注五仁馅的，那里面就不仅五仁齐全，还有香香的肉松……从小到大，我还真

在古代，遭遇英雄救美

是第一次吃到了这么实惠的月饼。第二天来到街上，突然看见原来一元一块的月饼，竟然减价成五毛一块了，实在太便宜了，简直是白送的。我不相信自己的眼睛，便问卖月饼的老妈妈，这月饼为什么如此便宜？那个老妈妈用当地的方言向我比比划划说了半天，我才明白，原来是月饼快到保质期了，因担心过了保质期就不能外卖了，才把月饼折价处理。哈哈，这种月饼的生产日期都标在包装袋上，这要在我们当地……行了，还是留点口德，别再糟蹋我们那些本来就看不到什么好山好水的可怜乡亲了。

那天我和爱人去逛南国夏宫，一路跋山涉水，好不容易从大山深处走出来了，发现路边有一个小小的摊床，正在卖热乎乎的肉粽子，小黑板上写着肉粽子的种类和价格，有瘦肉馅的，还有五花肉馅的，用大大的竹叶严严实实地包着，比我家乡的要大出三倍，每个粽子仅卖六元钱。小摊床边，有个人正在埋头吃着粽子，瞧他吃粽子的神情，我就知道那粽子一定是香极了。再看那个粽子，里面果真藏有好几块肥硕的五花肉，一看那肉块的形状、色泽，就知道那肉是纯正的五花肉，不可能是假货。我忘了和丈夫的约定，便小声央求丈夫给我买一个，丈夫却把装钱的小兜赶紧夹到了腋下，无论我说什么，就是不肯往出拿钱。我就生气了，不再顾忌自己的脸面，不仅脸子摆了下来，眼圈儿似乎也红了。卖粽子的老板是一位五十多岁的男子，见了我俩的情形，突然挺身而出，仗义地对我说："不就是一个粽子吗？哪就那么节省？算我白送！"说罢麻利地拿过一个大大的粽子，用刀子割断了缠粽子的粗线，把竹叶摊开，便把那个热气腾腾的大粽子送到了我的面前，怕我噎到，还给我端来一碗热乎乎的紫菜汤。在丈夫鄙夷的目光下，我果然厚着脸皮坐下了，开始认真地享用起这个香气十足的大粽子来。实在是太香的粽子了！特别是那里面的瘦肉，到底是怎么做出来的呢？怎么就那么香啊！香到了人的骨子里。丈夫见我如此丢人，只好黑着脸，从小兜里拿出六元钱给了那老板，然后瞪了我一眼就去旁边买水了。丈夫刚走出不远，那个老板就走到我身边，气哼哼地说："都啥时代了？咋还这么受气？你得敢于斗争！"一番话说得我心花怒放！连声向他道谢……哈哈！实在是太开心了！

像树一样飞翔

过后，我把这件事学给丈夫听，丈夫一边笑，一边连声赞叹：
"这里的人咋都这么实在，咋都这么好呢？"

　　我爱五指山，我爱万泉河，我爱这里的人们……

飘着歌声的小货车

第一次听那特别的歌声，是夏日里的一个很倦怠的中午，午间没有睡好，偏偏又到了上班的时间，于是便挣扎着去上班。此时的自己就像一个梦游人，都走到半路了，还弄不清自己身在何处，要去何方，举手投足全靠潜意识来支配。也许世上的万事万物也像人一样，都有午睡的习惯吧，此时，路上的一切也都处在那种半睡半醒的状态里，花儿垂着头，草儿打着卷儿，树也都静默着，阳光都显得懒洋洋的，把树叶的影子一片一片印在大地上。

上班的路实在是太熟悉了，走过那段林荫路，往南一转就是那条铺着彩砖的花圃小路，虽然看不到花农在侍弄，但那花圃里的花却总是开得鲜艳且长久。小路的尽头，是那所被银色栅栏围着的洁净的校园，每到晚上，那造型很别致、很唯美的栅栏上就会亮起不同颜色的彩灯，把校园装点得如同宫殿一般。转过校园，再过一条街道，就是通往单位的路了，路边一个挨一个的，是各式的店铺，第一家是熟食店，一年四季总是飘着熟食的味道；接下来是药店，第三家是杂货店，虽然我叫不出每位店主的名字，但是我深深地记住了他们的面庞。此时，路边的一切都成了我梦的背景，我就这样在梦中走着，也就在这时，我听到了那非常悦耳的流行歌曲的声音。

仿佛一阵轻风突然吹进了一个静寂的花园，所有沉睡的植物都醒了。我休眠的心弦像是被人轻轻地弹了一下，只觉得打了一个机灵，心泉就唱起了歌来。太美的歌声了，虽然我并不知道那首歌的名字，

像树一样飞翔

但我真的被那首歌打动了。循着歌声望去——你们猜我看到了什么？我看到的竟然只是一辆紫红色的很小很小的三轮小货车。小货车就停在那家杂货店的门前，车旁，一个墩墩实实的小伙子正在阳光下专心地擦车，我不知道那流行的歌曲到底是从小货车的哪个部位传出来的，因为那辆小货车实在是一辆普通的小货车，前边就像摩托车的前半部分，连驾驶室都没有，后面就是一个小车斗，车斗当然也是普通的车斗，这时，我突然发现车斗栏杆的上方，悬着一个圆柱型的东西，也许声音就是从那里传出来的。小伙子听歌听得正陶醉，见我注意地看他的车，他便下意识地回头看了我一眼，还未等我把目光转到他的脸上，他已经转过头去专心地擦车了，我连他的长相都没有看清。

用歌声来装点自己的小货车——太美丽太浪漫的想法了！虽然我没有看见小伙子的脸，但我相信，小伙子一定长得非常英俊，满脸都是青春之气，他一定有一双特别明亮、特别有神的眼睛，他的身体里也一定流动着非常健康的血液，这种血液涌动得他无论干什么都充满了力量！从小货车的状况可以推断出他现在的生活水平，在这种水平中生活的人，一定都有很多无奈、很多困窘吧？在路上，在街头，生活在这种水平里的人比比皆是，"哪一张面孔不憔悴，哪一副肩膀不劳累，哪一颗心灵不疲惫……"是的，你只要一抬头，随时都能看到那一张张麻木的脸。但我相信，这样的神情一定不会出现在这个小伙子的脸上。是的，物质永远都不是衡量生活水平的最终砝码，能够标志生活水平的，只有人的心灵。因为有了这种心灵，我相信小伙子无论身在何处，都会是一个快乐的人，一个纯情的人，一个满面阳光、一身朝气、充满活力的人。

从那以后，只要看见那辆小货车，我总能看到那个小伙子，也总会听到那种快乐的歌声，小货车在唱，小伙子也总是一身是劲儿地干着活，无论什么时候看到他，都会产生一种特别的力量。虽然直到现在，我也不知道小伙子的名字，但我深深地记住了他的身影——啊，那个懂得用歌声来装点自己心爱小货车的小伙子！

眼里的苦难

看到眼里的苦难，就真的是苦难吗？

昨天下班回家，远远地看到一小排的孩子正顺着一条小道慢慢地往前蠕动着，前边，有一个高高瘦瘦的男人领着他们，他只是领着他们，并不回头照看，任由那些虫子一般的孩子在那里慢慢地蠕动着。远远地望去，那么一小排的小人儿，那么小，那么小，在夕阳的余晖下，拖着小小的影子，小得令人心痛。

我知道他们的身份，现在只要你留心，到处都可以看到这样的孩子，每到上学或放学，这些孩子都会在某个大人的引领下，规规矩矩地在路上走，那个引领他们行走的大人，几乎都是一个模子刻出来的，不是面相倦怠，就是面无表情。这些孩子都来自农村，为了接受城里的教育被父母过早地送到了城里来寄宿，我有好几次碰到过孩子与父亲或母亲分离时的场景，那种难舍难分真可以用撕心裂肺来形容，但无论多么的撕心裂肺，最后的结果都是一样的，那就是父亲或母亲狠心地走了，上了车或逃匿到一个无人的小巷，紧接着，就会爆出孩子那撕心裂肺的号哭。但那种场景毕竟是少见的，我看得更多的是孩子离开父母以后那乖乖的身影，正如我刚才看到的队伍一样，乖乖的，怯怯的，脸颊上含着农村人特有的潮红。于是，我便在心里愤地替这些孩子鸣不平。儿童时期是人生最美的季节，就像一朵花儿，含着苞，带着香，自由自在地看着这个世界，悄而无忧地开放。可大人们往往都看不到这些，他们看到的，都是那些未来的果儿，所以才有很多人"贪图果实，错过花卉"，为了孩子的未来而强行地把孩子扭送到一个陌生的场所，去让那个陌生的人像管教犯人一般管教他们。一开始，我也试图劝阻过几位这样的家长，但结果使我发现，我的劝解丝毫不起作用，该送走的依然还要送走，哪怕那些做父母的为此经常以泪洗面，可谁让未来的果儿是那么充满诱惑力呢？

在夕阳温柔的光里，那些孩子还在那里循规蹈矩地行走着，我看见其中还有两个孩子搭肩扒背地搂抱在一起，于是，两个小虫子便变成了一个臃肿不堪的小胖虫子，走得笨笨磕磕的，就像一个小肉球儿在那里滚动。见他们拐到一个胡同里了，我便加快了随行的脚步，因为那个胡同也是我正要走的。此时此刻，孩子的苦难深深地激起了我深藏的同情心，我之所以加快了步履，就是想近距离地看看他们蜡黄的脸，看看他们胆怯的目光，当然，也只不过是看看，我又能帮助他们一些什么呢？也许赶上某个孩子挨打，我可能会去劝阻劝阻吧，但也只能是劝阻劝阻，脸上还得带着殷勤的笑意，因为我是一个极其聪明的人，从来都不会让不相干的事搅乱自己平静而幸福的生活。

就这样一路想着，人也很快追上了那么一小堆的孩子，我追上了他们，他们也都回过头来看我，可令我惊讶的是，每个孩子的脸上都带着笑意，并且更令我惊讶的是，他们的脸色并不像我想象的那样，是蜡黄蜡黄的，也不像宋丹丹小品中所说的那样，是葱心绿，他们个个面颊红润，双目有神。他们的穿着也都很时尚，如果不是被那个大人引领着，站着队，我甚至没法把他们与城里的孩子区分开来。怎么回事？难道看在我眼里的苦难并不真的是苦难？

我忍不住心里的柔情，上前碰了一下队伍中的一个漂亮男孩子的脸蛋，那个孩子便向我羞怯地笑了，继而那笑声便在小小的队伍里漫延开来，引得前边的那个目光麻木的男人都回头来看。那个男人刚要张口训斥，见了我，便忍住了嘴里的话，想了想，终于什么也没说，又回过头继续麻木地走他的路了。这时，路边有一个深深的坑，那是一个丢了井盖的渗水井，孩子们——这些小小的孩子便互相小声提醒着："别掉进井里去！"接着小小的虫子一般的孩子们便真的一个一个小心地从井边绕开了。

我的心怦然一动，突然想起一位兄长对我说的话："你认为对的就真的是对的吗？"当时说得我犯了一阵傻。是啊，世上哪有绝对的对与错啊！连垃圾都是放错了地方的珍宝，所谓的对错都是相对的。谁说让孩子过早地离开父母就是苦难了？难道把孩子牢牢地捆在身边就不是一种遭罪吗？有的时候，孩子的适应能力甚至胜过了大人，所以，一些迷失在深山的孩子，虽然有的变成了狼孩，但他们毕竟生存了下来，而一些迷路的大人反倒真正地迷失了，以至于最后生命都难以保全。

那天，为了写一篇关于一个涉嫌强奸的嫌疑人的报道，我一路颠簸，辗转来到了住在郊区的受害人的家里采访。怕受害人有抵触情绪，我们没敢说采访的事，只说是公安局办案的，来问问情况。受害人的家里真的是穷极了，如果不到现场，我真的不知道啥叫家徒四壁。那个小小的受害人刚刚十三岁，她头发蓬乱，衣衫不整。不知是因为劳累，还是营养不良，她的脸色如柴，没有一点十三岁女孩子的光鲜颜色，连神情也是木讷的，早已失去了孩子本应有的灵秀和稚气。自我们进屋后，女孩儿一直在墙角垂着头默默地侍立着，就像一个罪人，仿佛涉嫌强奸的不是隔壁那个三十五岁的男人，而是她自己。

自我们进屋后，一直都是她母亲替她回答各种问题，通过她母亲的介绍，我才发现女孩儿的身形虽然很瘦很小，但肚子已经明显地大了，听她母亲说她已怀孕五个多月了。于是，我的心便痉挛了，我觉得我正在目睹着一种实在不能用语言形容的苦难，我不知道接下来的日子她们会怎么过下去，苦难就像一座巨大的山，压在了女孩儿柔弱的肩上，当然也压在了她母亲那已经有些弯曲了的身体上。

临走的时候，我不知道为什么，竟问了那个女孩儿一句愚蠢的话："你恨不恨那个人？"可令我瞠目结舌的是，女孩竟然向我摇了摇她那蓬乱的头，女孩儿的声音很嘶哑，但我却清晰地听到了她话里的含义："我不恨他。他陪我玩，给我做伴，给我买好吃的……"说得我一时如坠云雾里，接下来竟不知该说些什么了。幸好她的母亲及时地训斥了她，并把她撵到了另一个更加破旧的屋子里。几天后我去商场购物，一个熟悉的面庞突然让我的心异样地跳了两跳：在商场的一个摊位边，我又看到了那个女孩子，但这时她已经不再是蓬头垢面了，她的头发如少妇一般地盘起来，嘴上还抹了口红。虽然她的脸色依然很差，但与那天在她家里看到的却判若两人，要不是她那明显鼓起的小腹，我甚至还以为自己看错了人。当时她正和她的玩伴一起嬉笑着说着什么，她显得非常快乐，虽然我那么注意地看着她，她也没有来得及从快乐的情绪里抽出一丝眼神来看我。

"她为什么还能那么快乐呢?"我问我自己。

"可她为什么不能那么快乐呢?"我又问我自己。

老人们总说：世上只有享不了的福，没有遭不了的罪。苦难是难以避免的，但顽强的人类都有化苦难为快乐的本性，所以看在眼中的苦难也许并不是苦难，就像看在眼中的幸福往往也不是幸福一样。

给"坏人"一个面子

任何一个"好人"的成长，都有一部光荣史；反之，任何一个"坏人"的诞生，也都有一部辛酸史。

其实，这个世上并没有绝对的"好人"和"坏人"之分，这里所谓的"好"和"坏"都是相对而言的。

人之为人，大家谁都愿意成为"好人"，并且大家也都是"好人"，人之初性本善嘛！而有些"坏人"之所以变坏，也一定有他变坏的道理的。

我认为，世上最令人珍惜的智慧，不是让"好人"变得更好，而是让绝大多数的"坏人"都回归善良。

"坏人"使坏，原因很多。有的源于贪婪，有的源于自私，有的源于好奇，也有的源于无奈。但无论什么样的原因，坏人都是可恨的，都必须要受到惩罚，这才有了法庭和监狱。

可对于一些轻微的犯罪，与其把"坏人"扭送进监狱，接受法律的审判，倒不如把"坏人"高举到道德台上，让他在尊重中接受良心的拷问。因为前者很有可能让"坏人"变得更坏，而后者却真的有可能让"坏人"悬崖勒马，浪子回头。

所以，在生活中，人们不妨试一试给"坏人"留一个面子。

看过这样的一则故事：有一个"坏人"，到一个居民家去抢劫。居民家中就女主人一个人在家，她刚刚打开了门，"坏人"就掏出一把磨得雪亮的刀来，只见他目光阴冷、脸色发青，刚要开口说话，睿智的女主人就笑了，一边笑一边热情地说："您是来卖刀的吧？太好了！正好我想出去买刀呢！可没时间出去，我爱人马上要回来了，我得快些把饭做好……您来得真是太及时了！"边说边掏出钱来，一边硬塞给了"坏人"，一边小心翼翼地从"坏人"手里抽出刀来。"坏人"愣了愣，果然收了钱返身出去了。

当然，这样的事仅适用于那些良心并没有泯灭的人，也就是说，当那个"坏人"还很在乎自己的面子的时候。但无论怎样，给"坏人"留一个面子，总比当众撕破脸的好，因为解铃还须系铃人，有些残局，由这个"坏人"自己去收拾，往往比别人补救的效果更要好。

我采访过一个"诈骗犯"，她因为高息借贷无力偿还而被判入狱。她是一个柔柔弱弱的女人，一脸善相，因为割腕自杀未遂，手臂上还缠着绷带。面对我的采访，她一直在哭，一边哭一边说："我并不想骗他们的钱，我高息向他们借钱，只是想把生意做得大一些，可没想到生意却赔了……本来我还想东山再起的，可这回完了，我关在里面了，这生意还咋做了？"她说这些话时，我的眼睛也湿润了，我无论怎么努力，都无法把她和"诈骗犯"扯到一起去。我认真地看了看她的眼睛，可我怎么看都怎么觉得，她所说的话全都是真心的。所以当时，我真的很为那些"被骗者"感到惋惜。据我所知，这个女人自从被抓进监狱后，不仅家里的楼被抵押了，丈夫和孩子也都离她而去了，她现在可是要钱没有、要命一条了。这种情况下，那些"被骗者"要想拿回自己的钱，真的比登天还要难了。

有的"骗子"，甚至还是"被骗者"倾情"培养"出来的。在看守所里，我采访过这样一位特殊的"骗子"，她是因为靠巫术行骗才被关进监狱的。面对我的询问，她一脸无奈地说："我一开始也没想骗她的，可我给她算过几次卦后，她就总来找我，无论遇到什么事都来找我，我让她干什么她就干什么，我要多少钱她就给多少钱。当时正赶上我的手头紧，我就把那些钱花了。后来见她可怜，我本来也心软了，不想再骗她了，可她又上赶着找我来了，跟在我的屁股后面非要把钱给我，还领来了她的好朋友……所以一来二去，我的钱就越花越多，也只能昧着良心做下去了！"一边说一边还苦笑不迭。我也认真地看了看这位"骗子"的脸，我发现她不仅长得不像"骗子"，还一脸慈祥。我也见过那位"被骗者"，与这位"骗子"相比，她反倒更像一位"骗子"，面对我的采访，她一直都在愤愤不平地咒骂着，骂出各种尖酸刻薄的话，骂得吐沫星子纷飞……唉！这真是世界之大，无奇不有，但我所说的都是真的。

当然，世上并没有放之四海而皆准的真理。美德用滥了，也会变成恶德。但总的来说，包容的力量总比打击的力量大，正如俗话所说：人没有骂怕的，也没有打怕的，只有敬怕的！可见，给"坏人"留一些面子，总比一棒子把"坏人"打死了要强。因为，我们所处的社会，是一个寻求和谐的社会嘛！

神游南浔因天知

一

我始终有一个观点：如果一个地方没有亲人或者熟悉的朋友，即使那里风景旖旎，也是浮光掠影走马观花，在我心里永远是陌生的地域。反之，有了亲人和朋友，即使满眼荒凉、寸草不生，在我眼里也是青山绿水、满目生辉，也终究会长久地留在我的心灵深处。

南浔是幸运的，她包含了两个因素而让我流连忘返。虽然我是一个匆匆的过客，但因为天枝大哥，因为一群追梦的人，她的诗意景色便在我内心掀起了层层涟漪。

离开南浔已经有一段光阴。现在，我坐在电脑边，一边搜索着有关南浔的资料，一边回想着南浔给予我的点滴记忆。我知道那是一个古镇，烟雨朦胧，古色古香；我也知道那里不仅水美，树美，小吃美，更美的还有以天枝大哥为代表的南浔人的心灵……南浔，梦一样模糊，风一样飘忽不定。

"天枝大哥，湖州离南浔到底有多远啊？"（注：天枝大哥是我们旅游时同行的人。）

记忆中更鲜明的，竟然是这句从大客车里飘过来的嬉闹之语。

我是一个地理盲，来南浔之前，我真的不知道：这个世界上，还有这么一个古镇叫南浔。窄窄的河道，雕刻精致的石桥，傍河而筑的民居，民居楼板下就是水，埠头处石阶一级一级向水伸延。远处飘着炊烟，乌篷船正穿过桥洞缓缓摇来，偶尔会遇到老人满脸宁静地望着过往的船只……那都是别人的感受。我记忆里的南浔，除了一片静水、几幢老宅，剩下的就只有那满满一荷塘的残梗败叶了。败叶之所以叫败叶，是因为它们大多逆来顺受地低垂着头，心甘情愿地在冰冷的水里浸泡着孤苦。只有土黄色的残梗像一根根铜丝，不屈不挠地立着，七扭八弯地挣扎着，把刁蛮的锋芒直刺向无语的天空。走在南浔的古镇里，南浔一定是真实的，就像古桥上的长石块，旧檐下的红灯笼。可离开没多久，那长石块的形状，那红灯笼的样式，也都日渐模糊了。再到后来，不仅地名、景点说不清了，甚至绍兴的一些景观也被我搬到了南浔……如果没有那些照片，我甚至都不敢相信，自己是不是真的来过南浔。

南浔像一个梦，留在我的记忆里。

二

就像一个懵懵懂懂的孩童，我被一辆客车载到了南浔，南浔给了我一片模糊的浮光掠影，我也给南浔留下了一串看不见的足迹。

我曾在那个人流拥挤的古镇水巷漫步，水巷边是一个紧挨一个的浑朴的庭院，每个二层小楼都屋脊高耸，红窗白墙，与水里的倩影交相辉映，相得益彰，每个幽深的洞门都深藏着一个不为人知的故事，它诉说，我半信半疑，它沉默，我就更不懂。走进庭院随处可见树木参天，湖石叠峰，枫林松径，山路回转，宛然一座又一座的大盆景，到处都是古木扶疏，藤萝蔓连。在一个幽静的宅子里，我看到这样一幅古旧的楹联：高柳垂荫幽禽自语，芳莲坠粉冷月无声。细品对联之时，我曾隔着苍茫的时空，和那位身着青色长袍的老主人进行了一番沉默的交谈，老先生的故事虽然很精彩，但还是落了俗套，最终没能逃脱人世间的升沉荣辱。这也是每个家族都必须上演的，并且演出依然还在继续，其中落差越大，凄苦越多。

堂皇转眼凋零，喧腾是短命的别名，南浔终究归于宁静。躲开历史的折磨与摧残，静静地享受幽僻，我在老先生的眉宇间读到了一种淡泊，一种苍凉，一种宁静。神交过后，我原以为自己也沾染了一些书卷气，可当我真正从那座老宅里走出来时，我却不得不承认：再精美的雕栏画壁也没有提升我的精美，再灵秀的水墨丹青也没有通透我的魂灵，那个冰冷严酷的现实，还是那样如影随形地跟在我左右。当我矫情地站在古镇的小桥上谈古论今之时，我似乎陶醉在小桥流水、玲珑拳石那美丽的遐想里了，然而事实上，我并没有真正地陶醉其中，无论走到哪里，我依然还是那个周身都刻印着北方大平原的粗犷裸露的自己。

一个人，无论你走得多远，你永远都走不出自己的心灵。只有心存南浔的人，才能真正抵达南浔。

三

旅游，重要的并不是去哪里，而是和谁一起去。

江南小镇历来有藏龙卧虎的本事，南浔亦不例外。通过电脑查询，我得知南浔民间曾有过"四象八牛七十二金狗"的说法，这其实是用动物形体的大小来标明富商财产的多少。如此说来，南浔的旧主还真算得上那个时代精于管理、善于开发的经贸实践家，也正是有了他们，那时的南浔才富可敌国！在南浔古镇，有几家很有名气的大宅，红色的欧式建筑，隐藏于斑驳的青灰色中，曾经的气势磅礴已被周遭的现代建筑打磨得如此宁静，宛如一体。可在这些迷宫一样的空旷房屋里，我非但没有看到富贵的迹象，反而只看到了阴森、恐怖和孤独。旧时的主人一定想把幸福永远地囚禁下来，传承下去吧？所以才建筑了那密匝匝的一间连一间的房屋，可这些被新式油漆遮蔽起来的雕栏玉砌，最终能够给予世人的，也只能是对财富的惶恐和对命运的望尘莫及。

灵魂绝不是一个旅行者，一个人如果是君王，那么无论他造访哪里，他都是一个尊贵的君王，再美丽的风景与他相比都会黯然失色。在那个中西合璧式的楼群里游走时，我突然发现，让我印象深刻的并不是那缠绵悱恻的历史故事，也不是那象征权威的御赐牌坊，反倒是那些与我同游同乐的张氏的子孙。最惊喜的发现，是我认定了一位可以相知到老的兄长，他不仅有大山般的伟岸体魄，海洋般的辽阔胸襟，更有流水般的温柔情愫，焰火般的明亮文笔，在那个硝烟弥漫的戈壁大漠上，他就是一个顶天立地的英雄，一手拿枪，一手拿笔，用赤诚和热血书写着酣畅淋漓的美好人生……最好笑的发现，是那位我一直崇拜的恩师，原来竟是一个贪玩的孩童。无论多奇特精巧的庭院回廊，都未能吸引他的法眼；无论多富丽典雅的经典建筑，都未能滞留他的脚步。看来再精彩的山水总有让人乏味的时候，所谓的风光美景，真的只是心灵的投影。最有趣的发现；是两位班主任的名字，他们一个拥有两座山，一个拥有两条河，正因为如此奇妙的高山流水，才让我们这些来自五湖四海的追梦人，终于在这个诗意盎然的古镇寻觅到了知音。最快乐的发现，是那几位性格迥异的张氏弟兄，率真的性情，敏锐的才智，使他们成了这里独一无二的美景。这座源自祖先的宅院，真的并没有为他们增什么光，添什么彩，反倒是因了他们的到来，这座死气沉沉的老屋才突然焕发了精神，增加了神韵。也就在那时那刻，他们的那几声清冷的足音，使这座名不见经传的老宅院的青史老卷上，又增加了几多故事，几多传奇。

真正的旅行，还是心灵的驰骋，如果心灵不富有，哪怕跑到国外，也不过是在更大的人群里掩饰自己的贫穷。正如爱默生所说，旅行是愚人的天堂。当我们踏上旅途便会发现，哪里都无甚差别，真正的差别在心里。

四

也许因为追忆，也许因为眷恋，我又一次踏上了这块神奇的土地。

静悄悄地，一切都静悄悄地，连风都缩了手，噤了声。一同陷入沉静的，还有那古楼，那石阶，那锈色斑驳的半启的木门。

　　或许是清晨，或许是夜晚，一切都显得那么迷蒙。踩在古铜色的石阶上，忐忑的双足也静悄悄的，发不出一丝声响。

　　到底是从哪里启程的？最终又从哪里离开？说不清了。能够说得清的，还是一个人孤独地在小桥上流连时，那怅然若失的感觉。是的，我在寻找。水很焦急，缎子一般焦躁无声地甩着一波一波的故事。月亮也焦急，那是一块四四方方的明黄色的月亮，就像梵高油画里那透着明黄色灯光的小窗。小窗无声地开启，我看见一个清美如水的女子凭窗而立，迷离的眼眸里也写满了焦急……

　　是的，我在寻找，因为我丢失了一件非常重要、非常珍贵的东西，尽管我忘却了那个东西的名字，但我的心好疼，真的好疼。蓦然回首之时，一个更加痛苦的发现令我瞠目结舌：我发现我自己都迷失了，连同那正在奔涌而出的满眼满脸的泪滴。

　　为了登上那架开往南浔的飞机，我先坐汽车，再坐火车，辗转几千里。站台送别时，我曾假惺惺地问爱人："这样颠沛流离，我到底要去寻找什么，这种寻找真的有意义吗？"爱人苦笑了笑说："要是这么说，连活着都没有意义了。"

　　最喜欢的是混沌初开时那心静如水的感觉，不必知道上车的意义，也不必明白下车的道理。没有欲望，也就没有了焦急，每天平静地看月亮升起来，落下去，升起来，落下去。每天平静地看滚滚的人潮无声地向前奔涌，奔涌。

　　是啊！生而为人，你究竟为什么要去寻找？你又究竟要寻找到什么？

　　答案呢？当然是天知地知，你知我知……

真情是一种病

我喜欢读人，默默地、慢慢地品读，就像读书那样。

和读人不同的是，读书我是强读，如果认定是好书，哪怕读不进去也要使劲读；读人却讲求缘分。我从来不刻意地去读哪个人，只有当那个人走到了我的身边，非要我来读时，我才会用眼睛，用耳朵，用心灵，慢慢地品读这个人。

在鲁迅文学院学习期间的这个沙龙，让我有机会再一次品读了你——我的弟弟。

第一次读你，我只觉得你很牛，原因是你剃个光头，是那种锃亮锃亮的光头。

因为母亲病故，我迟到了整整一周。当我拎着行李、满面风尘地找班主任报到时，班主任就笑呵呵地说："正好你们小组在开例会，我领你去见见他们！"说着，便推开了一扇门，于是，疲惫不堪的我就暴露在了你们面前。简单介绍后，小组例会继续进行。有人提出让你当沙龙主讲人，大家便把目光都投到你的身上，我就是在那一瞬间，看见了你以及你的光头，但看见了也就看见了，当时的你，并没有给我留下太深的印象。

第二次读你是一次特别的聚会，聚会的发起人是一位老师，而你则是那次聚会的联络人。直到这时，我才知道你在京城里工作，是一位普通的社区民警。

再下来的品读便有了几丝神秘感。我的房间门虽然离电梯很近，但得拐一个弯才能看到电梯门，有好几次我从房间里出来，正巧看见你候在电梯门边，一边用脚顶着那已经洞开的电梯门，一边冲我微笑。

这么巧？

听到你的脚步声了……

第一次享受这种待遇时，我觉得很亲切；但第二次、第三次再享这种待遇，我就觉得有些神奇了！

接着，你就经常来找我聊天了。通过交谈，我发现你思维敏捷、细密而且奇特，便认定你是读过很多书的人。读书多的人，眼眶都比较高，我也因此读懂了你的孤傲。

最感动的一件事，是你专程给我送来了北京小吃，食品的袋子虽小，却包含了太多的感动，不看别的，仅看那红的、黄的、紫的颜色，就让人垂涎欲滴。

那天，我收拾屋子时，突然在你坐过的椅子上，发现了一串令我惊异的佛珠，之所以要用"惊异"二字，是因为那佛珠很美，它静静地躺在那个白色的沙发椅上，那么祥和，通身散发着一抹紫晶晶的光晕。

我立即打电话给你，问你是否丢了什么东西？

你一愣，马上笑嘻嘻嘻地说："我离开姐姐……当然怅然若失。"

如果我不是姐姐，你不是弟弟，我也会继续跟你开玩笑的，但转念一想，姐弟之间还应留有分寸，于是，我就把佛珠的事说了出来。

"我马上来取！"从你的声音，我听出了你的惊慌和急切。正如我预料的那样，这串佛珠真的对你很重要。

然而，你又油滑地说："不如把佛珠留姐姐这里过一夜了，好让它沾些姐姐的灵气。"

那天夜里，我突然做了一个奇怪的梦。梦境很昏暗，梦里，你高高地坐在一个台子上，四周围着黑色的布幔，我看见你巫师一般做法，面前却不伦不类地摆放着两瓶茅台酒……

第二天清晨，我把梦讲给你听，你笑了，说能进入姐姐的梦，真荣幸。然而下午，你却又说，你师傅告诉你：晨不言梦，午不言杀，

真情是一种病

夜不言鬼。

我便后悔不该告诉你那个梦了。

那天，你突然把你的电脑举到我的面前，炫耀地让我看你建立的网站，我还以为是什么文学网站，可当我看清里面的内容后，我的脸就发起烧来，直到这时我才觉得，我并没有读懂你。

"他是什么人呀！三句话没说完，就该谈性了！"有一天，一位大哥突然这么评价你。

在课堂上，你轻易不说话，但你的举止却总会甩出很多短语：比如放荡不羁，目空一切，或吊儿郎当……那天，你又来晚了，领带松松地吊着，光头上淌着热汗，手里歪歪斜斜地端一个比你的头还大的水缸子，见了这个水缸子，同学们都笑了，你也笑了，走起路来就更像个痞子了！

终于到了你主持沙龙的日期，活动前，我想象了一下你的沙龙，我认定你一定会发出一些与众不同的声音，当然也一定是渡边淳一式的。

然而，令我始料不及的是，在一开场，你竟也谦虚地说了几句客套话，而且说这些话时，你还显得很真诚。接着，你就讲起了警察作家的良心并由此提到了你的师傅。原来你的师傅，是一位博览群书的老警察，他无儿无女，待你就像儿子一样，无论在生活、工作，还是心灵，都给予了你伟大而特别的关爱。然而，亲如父亲的师傅，仅仅和你一起度过了两年的时光，就撒手人寰了……说到你师傅的死时，你哽咽了，半晌说不出话来。偌大的教室，顿时陷入了一种特殊的沉寂，那是一种庄严的沉寂，所有的人都泪花闪闪。含着泪水，我第一次把我的写作与我的职业联系了起来，也第一次思索起一位警察作家的良心！

擦了一把泪，你告诉大家：你之所以要放弃在机关当领导的机会，又返回到那个小小的派出所工作，也全是因为你的师傅，你说，只有在那个派出所里，你才能找到你师傅的气息……

关于沙龙的形式，大家进行过讨论，有人认为，沙龙，就要像接龙一样，由一家谈，引出大家谈。为了把大家都带进沙龙里，你恰到好处地结束了你的讲话。然而，当大家都在积极踊跃地针对你的话题展开议论时，你却突然面目苍白地跑出门去。当时我还误解了你，以为你听不进不同的声音，然而随即就传来消息：你因为情绪过于激动，突发急病，需要紧急救助……

消息炸雷般响起，大家便都跑去看你。我也随大家的脚步来到了你的房间，并目睹了你因为病痛，在床上翻腾的情景。

大夫说，你是太激动了，加上风寒入侵，因此引发旧疾。

直到那天我才知道，真情也会致病啊！

作为姐姐，我突然觉得内疚起来，是的，认识弟弟到底有多长时间了？为什么一直都是弟弟来看姐姐，可姐姐就没想到去看弟弟？我这个人是不是太冷漠了？

救护车很快来了，紧急抢救了一番后，你就被那些医生用特制的小推车推出了宾馆……唉！我永远也忘不了你躺在车里面容苍白的样子。

弟弟，对不起，真的对不起！姐姐愿你早日康复！

真情是一种病

圆桌对话

在鲁迅文学院学习，每次听课都有收获。然而今天听课却不叫听课，叫文学对话。为了彰显对话的效果，连课堂都换了，由原来八楼的讲台式，换成了十楼的圆桌式。

今天来课堂与大家对话的，是两位极其特殊的导师，之所以特殊，一是因为她们都是女性，二是因为她们都是名人。

女性看女性，大多带挑剔的目光，同性相斥嘛！更何况现在所谓的名人，大多只是"一些权威人士"嘴里的名人。我真的不是一位喜欢挑剔的人，哪怕对面的人是我的同性，但今天我还没有走进课堂呢，那种厌恶之情就涌上心头了，为什么呢？因为其中的一位，曾经给过我一段刻骨铭心的记忆，当然是那种不愉快的记忆，让我想对她产生好感都不行。

正因为这段不愉快的记忆，所以还未等圆桌对话开始，我就倦了。午睡睡到正香的阶段，我甚至萌发了一种不去对话的想法，但随即我就清醒了，我知道我不仅要去，而且还要带着虔诚和宽容。人，永远要知道自己是干什么的，此时此地，你只是一名普通的学生，一名鲁迅文学院公安作家研修班的学生。

但那种厌烦，却是潜伏在骨子里的，那天，有一位导师在讲课时，不知为什么就提起了她，当听到了她的名字，我的心里就反射似的产生了厌烦，我甚至暗暗希望那位导师会说几句她的坏话的，因为文人们每次说到别的文人，总会习惯地带一丝轻蔑的。可令我失望的是，那位导师不仅夸了她的文笔，说她的文笔相当地犀利，还说她现在已经成了名人，因此没有时间再当编辑，而改行去当专业作家了。我没有看过她的文章，但我早已领教了她的犀利，是的，那是相当的犀利，犀利到差一点把我扼杀在了摇篮中，幸好我还能够挣扎，挣扎着从她的蔑视里复苏了过来，在那个小得不能再小的地方，用自己的方式，奋力拼搏，并终于杀出了一条血路。

我与她的那段不愉快的经历，就发生在她当编辑的时段里，作为一名见习作者，我曾带着美好的期待，向她所在的刊物投了一篇稿子。正如大家都经历过的那样，我的稿子投出去很久了，一直石沉大海，没有击起一点波澜。因着一种不甘心，我战战兢兢地向编辑部打了一个询问电话，电话几经转拨，终于找到了看我稿子的编辑——也就是这位女子。记得按要求，我并没有把稿子全邮给刊物，仅仅邮了一个简介和前三章，但仅仅这短短的简介和前三章，她都没有帮我看一遍，因为作为作者，这一点在交谈中完全是能够听出来的。当然，我也很快就在她犀利的语言中听出了她对我的轻蔑。

是啊！当时我和她，就像山底的野草和山上的花，山花在阳光明媚的山头是可以尽情招展、尽情摇曳的，她怎么能在乎一棵小草的感受呢？

我忘了她当时到底和我说了一些什么话了，隔着空茫茫的线路，我只记得她很烦，就像一位穿着体面的白领，突然在公共场所遇到了一位衣衫褴褛的乞讨者，尽管她满心思里装的都是厌烦，可出于面子她又不能表现出这种烦。直到今天我依然能够回忆起她和我说话时刁蛮的语调，通过那种刁蛮，我甚至想象出了她的模样，那种模样当然不会很美，类似于母夜叉的模样。

也许作为作家，她真的可能是一位好作家，但作为编辑，她却绝不是一位好编辑。幸好上苍让她及时清醒，急流勇退，不然，真的不知道她会扼杀掉多少像我这样可怜的见习作者。

想到这一点，我突然长舒了一口气，暗暗地笑了：是啊！不管怎么说，今天的我也算是扬眉吐气了！虽然我只是以一名学生的身份出现在了这里，目前也只能以学生的身份默默地坐在她的对面，听她居高临下地与我们对话，但我们毕竟不是已经在对话了吗？并且大家不都还在路上走着吗？

终于，她来了，可是并不是我想象中的样子。第一眼看她，觉得她很普通，柔柔弱弱、可怜巴巴的那种普通，特别是当她突然陷入我们这些高高大大、威威武武的警察中间时，那种普通就更加明显了；第二眼看她，觉得她风韵犹存，尤其可贵的是她的素面朝天，无论那系着老式纽扣的古铜色的紧身上衣，还是那条墨绿色的围巾，都更加明显地衬托出她的素面，更何况她圆圆的脸上还带着一抹苍白和一丝憔悴，弯弯的眼睛里还含着一缕疲倦和一点胆怯……

很快，对话前的导师引言就开始了。在对话前，导师们也许都会先行做一个引导式的宣言，一方面为了表明态度，确定主题，另一方面是为了调节气氛，以便增进彼此间的了解。在她做引言之前，另一位老师已经对她有所介绍，说她不仅学识渊博，而且嘴上功夫了得。听了这话她自然要谦逊地笑，但谦逊的笑容里还是不小心流露出了一缕过于自信的寒气。

终于轮到她施展功夫了，她也的确功夫了得，这种功夫不仅体现在语言上，更体现在心智上。因为她一下子就抓住了这些大警察们的蛇七寸：也就是潜伏在每个胸膛里的那种扶弱济贫的天性。在演讲刚刚开始时，她首先采取了"示弱"的方式，柔柔弱弱地说起了自己在刚刚走进课堂时的感受："别看别人把我说得多么厉害，其实我的心里真的很脆弱，当我走进课堂，看到了你们的制服，我甚至产生了一种无缘由的紧张感，仿佛自己成了犯罪嫌疑人……"她的话音一落，立即就博得了大警察们的同情心，为了表达对她的爱怜，有的警察甚至敲起了桌子，拍起了巴掌，随即，一阵雷鸣般的掌声也跟着响起。

但紧接着，精彩的演讲就开始了，尽管事后一回忆，我只觉得一脑子茫然，但当时听了她的演讲就是觉得精彩。"演讲就是这样的一种听觉艺术，哪怕你当时说的都是废话呢，只要能朗朗上口，只要能抑扬顿挫，只要让人觉得美，让人觉得有水平，只要你能够把大家的精气神儿全都给激发起来，你的演讲就是成功的。"记得我曾经这样对我的学生信口开河，现在想想，我的这种信口开河还是有一些道理的，因为事后，她到底说了什么，具体说了哪些话，我真的一句都记不起来了。

警察们大多敢爱敢恨，这不，这边对话刚刚开始，那边就有一位男学员争先向她表达起偏爱来了！当然他是以谈论文学的方式，委婉含蓄地向她表达了自己的偏爱。然而令人万万没有想到的是，连这些拍马屁的话语，她都不愿意笑纳，因为紧接着，她就用属于她的语言，出人意料地驳击了他的话，那种与众不同的高傲，令在场所有的人都不得不对她刮目相看……

在那场对话中，我始终未发一言，之所以不发言，是因为我觉得我还没有熬到能够发言的时刻。因为师生的对话，本身就是一种不平等的对话，况且大家所谈的话题，也真的是一个似是而非、根本就没有答案的话题，所以我当时无论说什么话，都将是蠢话，她无论怎么回答我，都是经典。难道不是吗？当那位恭维她的男学员，听到了她的驳斥后，为了表现出修养，不是照样和大家一起，给予了她最礼貌的笑容和最响亮的掌声了吗？

好难忘的一个下午，好难忘的一次对话。

也许，我的骨头里天生就有一种贱气吧。也说不清为什么，当她气宇轩昂地指点江山，酣畅淋漓地激扬文字，颐指气使地粪土当年万户侯时，我竟然对她产生了一腔好感来，不仅以前的厌恶没有了，心里的轻蔑也不见了。是的，她真的很美，特别是当她说得满面酡红、两目炯炯含情之时，我的心里甚至荡漾起一丝爱意来。我想，如果有那么一天，我和她不再是这种特殊的关系，如果有那么一天，我们能够站在同一个平台上平等交谈，我也许还能和她成为朋友吧。

呵呵，这人哪，真的是一群可爱的怪物……

地铁口

　　周末这两天，分别有两个朋友约我在两个不同的地铁口见面，相约前，他们都担心我会迟到，可结果却是他们迟到了。

　　也许是警察这种职业赋予了我分秒必争的性格吧！对于每次约会，我都会精心准备，基本都能做到踩着"点儿"到达约定的地点。如果对方和我一样，结果当然是皆大欢喜了，可如果对方迟到，那我就惨了，只好那么干巴巴地在地铁口等待了。

　　第一天约我的，是一位长着满脸大胡子的导演，他整整迟到了半个多小时，但这一次的等待还不算惨，因为他约我的地铁口是真正的地铁口，那种可以见到青天白日的地铁口。地铁口地处一个十字路口附近，那个十字路口很喧闹，喧闹到足以让我用观赏浏览消磨掉寂寞的时光。更何况路边还停着一辆小彩车呢！小彩车的外表新鲜极了，里面有一个小小的柜台，柜台里面还站着一位个子小小的女子。那个小小的女子始终弯着腰在里面忙着，我心不在焉地看了她好一会儿，才发现她是站在小彩车里卖卷饼的。

　　我在附近转了一小会儿，猜测了一下那个大胡子导演可能会从哪个方向赶过来，可猜了半天也没猜出个头绪，因为这里四通八达，无论哪个方向都可以步履匆匆地赶过一个人来，来赴你的约会。就这么转了一会儿，实在觉得没有什么可看的了，只好又走回小彩车边上，也不管人家是否愿意，就那么直勾勾地看那个小女子卖卷饼。小女子看了我一眼，不知为什么，她一眼就看出了我不是买卷饼的，便冲我

像树一样飞翔

微笑地点了点头，就去招待那些买卷饼的人了。每次招待顾客时，她都是先把一个塑料袋打开，隔着塑料袋把大饼摊在手中，然后一边询问一边用刷子往饼上涂抹一些酱色的佐料，接着再把绿色的生菜夹进去，如果顾客说要夹肠的，她就会把一个火腿肠夹到饼里，最后封袋系好，于是，一张卷饼就做好了……见我看着津津有味的，她就笑了，轻声地问道："是不是在等人啊？"她可真是聪明，怎么就看出我是在等人呢？没有顾客的时候，我还斗胆问了她几个问题，比如彩车是天天开回家里去呢，还是始终停在这里，比如彩车停在这里是否收费等等，她都面带微笑回答我了，她还告诉我她就在不远处租住的房屋，每天早晨三点钟就得起床和面，洗青菜……我问她一个月能有多少收益，她就顿住了，没有回答。我不明白她为什么不肯告诉我这些，但我知道她每个月的收入一定不会太多的，是的，在这个世界上，靠勤劳的双手真的很难赚到大钱的。

小彩车的旁边还放着一辆敞篷的汽油三轮车，见我站得久了，女子便让我坐在三轮车的驾驶室里，我也因此摇身一变，变成了一名驾驶三轮车的驾驶员。一般来说，驾驶员是很难被人们看到眼睛里的，记得有一天，我那蹬人力三轮车的三姐夫送我外甥女去车站，正巧让我遇见了，可我只是看到了坐在三轮车上的外甥女，愣是没想起去看一眼蹬三轮车的人。那天，我正巧是骑着一辆自行车的，所以一看见外甥女，我便一路追随着三轮车，边走边和外甥女聊了起来，直到三姐夫说了一句什么，我才发现原来送外甥女的竟然是我亲爱的三姐夫呀！现在回想起这件事，我还忍不住要发笑，是啊！为什么我就是想不起来去看一看三轮车夫的模样呢？

这一天的经历也和那天差不多，当那位长满大胡子的导演朋友从我的身边经过时，他也如同我那天一样，愣是没有看到我的脸。其实我的脸很大呀，真的很大呀，况且还有一双大大的眼睛，况且还戴着一副大大的眼镜，可导演的那双比我还大的眼睛明明已经向我的脸上扫过来了，但紧接着就又扫过去了，他就是没有扫射到我。四处张望了一会儿，我看见他皱了皱眉头，便操起了手机打起电话来，随即，我的电话就响了……呵呵，为什么总会发生这样的事情呢？我想来想去，到底有些想明白了，也许这就是一种所谓的大众忽视吧？在这个世界上，有那么一群人，总是很难吸引大众的眼球，大家对于他们总是熟视无睹，谁都不肯转动自己的法眼去观看他们。也许是他们真的太普通了，渐渐地就普通成了和他们的附属物融为一起的物体。

第二天约我的，是我的闺蜜——她也是作家，但名气可比我大多了。这一次，我足足等了她四十分钟，并且这一次的等实在是有些难以忍受了，因为这一次的等，她是不允许我"出"地铁口的，也就是说，我只能站在地铁站的里端——站在那个被一个电梯口和一段电子围栏围住的小小空地里去等她。那个空地，的确是真的空地，因为除了一个圆圆的大柱子，周围没有一个地方能够坐一坐的；但那个空地又绝不仅仅是空地，那里可是人流拥挤呢！随着地铁的一次次进站，那里的人流就会一波一波地从电梯口里涌流出来，那人多得都令你惊奇，仿佛那电梯的出口绝不仅仅是个单纯的出口，而是一个可以制造各种人的机器，就像当年盘古造人用的机器一样，随着一只看不见的大手那么一按，就会有很多很多的人被制造出来，然后这些人就会一股脑地从那个小出口里走出来。吞吐量！我突然想到了这个名词。这些被制造出来的人虽然都长着一样的四肢和五官，但他们却是各不相同的。我仔细地观察过了，他们真的是各不相同的，基本没有重样的，无论是模样，还是装束，全都是一人一个样子。

看人面是我这段日子看得最多的书籍。但人面却不同于书籍，书籍会给我某种美感，甚至某种启示，但人面却只能让我感到乏味，感到累，我曾经努力调试过自己的心态，让自己尽量以看书的心态去看人面，但无论我多么的努力，我就是感受不到那种快乐和享受。最乏味的是在地铁里看人面，所看到的人面个个都是麻木的，个个都是没有表情的，比周围的墙壁还让人觉得冰冷。他们看我时没有表情，是不是因为我看他们时没有表情？为了尝试，我曾经偷偷地向一个女人微笑过，当然，我只敢偷偷地朝一个女人微笑。但我如此尝试的结果，却是着实地吓着了那个女人，我看见那个女人惊慌地看了我一眼后，马上就把头转过去了，身子还往那边挤了挤，如果不是有许多的人挡在那里，我相信她一定会逃得远远的。她一定是把我当成精神病患者了，一定是的。这么说来，在地铁里，人面就应该仅仅是人面了，绝对不可以是鲜活的，有表情的，自从有了这次经历后，我就再也没敢进行第二次尝试了，但我也因此得了病，因为我再也不愿意用快乐的心态去阅读人面了，哪怕面前的人面是美若天仙的人。

"人面不知何处去，桃李依旧笑春风"，与现代人相比，古人咋就那么爱惜人面呢？哪怕是一个乡下的陌生姑娘的人面？现代人再怎么不会打扮，也会比古代女子打扮得美一些吧？可为什么现代人的人面就那么不招人看呢？想着想着，我有些想明白了，这就是所谓的物以稀为贵吧？和现代人相比，一定是古代的人太少了，也一定是古代的人太寂寞了，太没有能够玩耍的东西了，比如电脑啊手机啊之类的东西，所以他们才如此爱惜自己的同类吧？

不看人面，此时能看什么？幸好我的兜子里还装着一本小说，虽然它是一本由我自己写出来的小说，但毕竟也是小说不是？并且说句真话，自从这部书出来后，我还真的没有认真地阅读过它，因为是自己写的嘛，一切都了然于心，再看一遍又有什么意义呢？但这一天，我却认认真真地阅读了好几章我自己写的小说，站在陌生的人流中，用一种陌生人的角度去看自己的小说，呵，那种感觉也是怪怪的，读到精彩处，自己甚至都偷偷地流眼泪了。这部书是我和我的爱人共同用灵魂、用爱默默地写就的，是我们两个人心灵的复合体，一想到我们两个人，在那段寂寞的岁月里，曾经共同为这个世界制造出了这样的一个生命体，我的心就酸酸的，当然，酸里面也掺着甜，甜里面也含着苦……当我正这么酸酸地、甜甜地、苦苦地沉浸在小说里呢，突然一声呼唤打断了我的思路："呵呵！我正想四处寻找呢！一下子就看到了看书的你！我就和我儿子说，不用找了，就是她了！在这个喧闹的地方，也只有她能够看得进去书……"

我笑了，偷偷地擦去眼角的泪滴，接着便和她一起快乐出发了！我们前往的目的地是798，一个我完全不知道的地方，也正因为不知道，我才对那里充满了期待……

心在蓬莱

早晨走在上班的路上，我总是觉得很幸福。

那段路上，有一段花圃小径，有一所学校，也有一个十字路口……无论走到哪里，那里都是我的最爱。特别是那个路口，因为总有我的同行在那里站岗，所以就让我倍感亲切和祥和。遇到绿灯，我当然会愉快万分，大踏步地向着阳光的方向前行，目光所及之处皆是美景；遇到红灯，我依然还觉得愉快万分，因为每到这时，我都会转过身来，去看自己走过的那条花圃小径，并总是惊诧为什么隔了一段距离看那里，那里就变成了蓬莱？

突然就意识到：只要心里有蓬莱，就处处皆是蓬莱。

去过几处自认为最美的地方，但无论多美的地方，那种美丽也只是在眼前一闪而过。无论多美丽的地方，行走的路都是一样的，有水泥的，有卵石的，也有泥泞的……住的地方也都是一样的，不外乎一张小床，一扇小窗，一台电脑……于是，突然就想换一种活法了。你不是非常想去蓬莱吗？那你何不干脆就把周围的景色变成蓬莱？

这么想着，我就真乘着专机飞抵蓬莱了！我迈着轻快的脚步，从我家那五星级的宾馆里走下来，前方的目的地就是"仙人望海楼"。走在海边的小路上，我甚至暗自窃喜：窃喜自己怎么人缘这么好，竟然没花一分钱就免费坐了一次飞机。海风吹拂着我的长发，花柳摆曳着我的警裙，透过那波涛汹涌的海面，我甚至看到了那虚无缥缈的"海市蜃楼"，耳畔也响起了女解说员那恬美动听的八仙过海的传说……并且更令人惊喜的是：在八仙渡海口，我就那么无意间一回头，就轻而易举地看到了你，我日思夜想的少年伙伴，就像轻而易举地就看到了岸边的垂柳。"啊？这么巧啊？你也来这里了？"我惊喜地叫道，于是你便矜持地笑了，平生第一次当着我的面，优雅地吟诵了一首小诗：

"阳光在海面夸张地撒下金色的鳞片
晨风拂过早起的渔家和我相映成趣的脸
远方，我眺望远方
看不见你远方的岸
但能看清你欣喜过后怅然若失的双眼……"

啊！太美了！实在是太美了！陶醉其中，我突然热泪盈眶……啊！蓬莱！我迷恋的地方，因为你的加盟，这里便显得比仙境还要美丽！

时光的宠儿

　　人无法做到真正的伟大，原因当然来自人生的琐碎。无论你的胃口有多大，无论你的心智有多高，饭都是一小口一小口吃的，路也都是一小步一小步走的。

　　昨天听一位老师讲课，先是觉得羞愧，因为他都成功得那样了，依然还那么谦虚。接着就振奋了，因为他那些激昂的话语，让我们每一个人都看到了希望。再接着，就听他说起了他的学习习惯，他说他每天都四点钟就起床读书写作，每天只睡五小时。我暗暗地查了查自己的睡眠时间，十点睡，七点醒，啊！这得多长时间啊？这还不算中午那香香甜甜的午觉呢。当然，睡眠之中可能也醒来那么一两次，但醒了眼睛依然闭着，闭眼干吗？当然做十六锭金，那可是我的绝门催眠术。做着做着，就一定又睡过去了。创作的时候，也有四点醒的时候，可这种时候依然不起床，依然闭着眼，但大脑已经开始工作了。一些好玩的情节，多数都是在这种时候跳出来的，跳出来了我就必须要把它们留住，怎么留？就是闭着眼睛把它们记在枕边的小本本里，记完了，本子往旁边一推，就又开始舒舒服服地闭目养神了。如果这时爱人把豆浆熬上了，我肯定会枕着那种嗡嗡声再睡个回笼觉的。你如若问我这世上最香的觉是什么？我一定会告诉你是回笼觉，就是那种伴着豆浆机嗡嗡声的回笼觉……

　　于是，我笑了，笑容里一定有一丝不屑的神情。是的，无论老师讲得有多好，无论我对这位老师有多佩服，但睡觉的习惯我是绝不会改变的。饭是铁，睡是钢，一天不睡心就慌。闲暇的时候真是太多了，何苦还要贪黑起早？小说是闲人闲着没事时写给闲人们看的，闲着没事做，噼里啪啦地敲一通电脑，总比打麻将强是不是？

我这人活了这么多年，什么都不多，就时间多，有闲的时间整天一大把一大把的，这种难熬的时候干什么？当然是看好玩的书啦！如果能看得把自己都忘了，也就毫无寂寞可言了。但这种忘却可是需要前提的。因为大多数的时候，我的书常常看得很勉强，勉强看书的结果，除了收获闹心外，有时也会收获信心，为什么呢？因为实在是替那些写书的人感到着急！这么一着急，责任感就上来了。于是，就要去敲电脑。就像现在的我一样，看到那些糟糕的文字也被排版印刷，实在是无聊，就是有话想说，也不知道自己到底想说什么，反正十个指头就是觉得痒得慌，所以就打开了电脑，开始这么一个字一个字地敲起键盘来，敲着敲着，一个小时就过去了，敲着敲着，夜晚就又降临了。哈哈！一会儿洗漱宽衣，我又可以舒舒服服地去睡觉了！

是的！属于我的寂寞的时光，怎么就这么多呢？如此有闲的我，真的犯不着三更半夜爬起床的。

这段日子常常会遇到一些曾经同道过的朋友，也常常听他们感叹："可惜没有时间，要不然……"每次听了他们的话，我都会奇怪：我们的年纪都相仿，也就是说，时间老人并没有把他管辖的时光偷偷地拨给我一些，可为什么他们的时光总是那么少，而我的时光总是那么多呢？

今天早晨醒来，正好是四点，虽然眼睛依然闭着，可那种寂寞的感觉却又上来了。身在他乡，又没有豆浆机的声音伴我进入回笼觉，没办法，只好打开灯去看书。枕边放着罗素的书，我先扫了一眼书背后的文字：那应该是罗素的经典之语吧？不然怎么会单独印到后面？"我的一生始终为以下三种激情所支配：对真理的不可遏止的探求，对人类苦难的不可遏止的同情，对爱情的不可遏止的追求。"我又翻了翻前言，便震惊了：罗素竟然活了九十八岁，活了这么大岁数，有闲的时间可实在是太多了，所以他当然能出版七十一本书了……太棒了！就凭这一点，我也一定要好好地看一看他的书。

于是，翻身坐起，拧亮头灯就开看了，哈哈！崇拜的心情就是看书的原动力，我一口气就看了三十多页，身上的激情也因此而澎湃了！看了看表，时针指向五点半，不禁突发奇想：那位老师如果真的如他所说：这种时候也应该在看书吧？我此时此刻看罗素，他此时此刻在看谁？罗素说："任何一种对他人不造成危害的快乐都应得到珍视！"如果我此时把电话打过去，对他来说算不算是一种危害呢？如果他真是早晨四点就起床了，那这种时候就不算是一种危害了吧？这么想着想着，手指就按到了他的电话号码，不一会儿，那种特别的长鸣音就响了，一下，两下，三下……我正犹豫着是否继续下去呢，没想到电话里已经传来了他亲切的声音，听口齿里的语气，他果然同我一样，也处于清醒状态中……

虽然这次交谈，我们彼此都觉得很愉快，但事后想来，我还是觉出了自己的任性与无礼。我希望有一天我的老师能看到这篇闲文，并且最好能坚持看到这最后的一句话：

对不起，老师！

让岁月留痕

塞内加说：生命并非短促，而是我们荒唐太多。因为每个人每一天都在为他人耗散精力，人们都是这样的怪，在捍卫自己财产时都能做到锱铢必较，而一旦挥霍起本该珍惜的时间，却都显得出手大方……

我的日子就像我手中的这个小小的万花筒，虽然里面的图案色彩绚丽，千变万化，但无论图案怎么变化，它依然就是我手中的这个小小的万花筒而已。

呼的一天，呼的又一天。每一天，每一天，都这么过了，晚上，躺在每一天都要躺的床上时，我突然觉得很恐惧：觉得我这每一天每一天呼呼而过的日子实在是太白瞎了，它们就像无声的暗流，天天都这么无声无息地流淌着，那可是哗哗哗的白银一般的流水呀！实在是太可惜了，是不是应该留下一些什么呢？

写长篇小说的日子真好，真充实。那时我的日子每天都有收成，我的岁月也每天都能留下痕迹。但再长的长篇终有结尾的时候，就像再长的路程终有走完的时候。这种时候，我应该完完全全地把小说放下，连投稿的事都不要做，就让它慢慢地沉淀一段时间，静静地在那个文件夹里等我，等我完全忘记它的时候，再用第三者的眼光去看它，我相信，那时的看一定会激起很多意想不到的灵感。

那么，这种时候应该做一些什么呢？当然有很多要做的了！比如，我每天都自己写一些随笔，就像此时的我坐在电脑前，并不知自己要说些什么，但我相信，只要你写出来了，哪怕那个东西很小，很稚嫩，但它都是秧苗，是秧苗就总有希望结出丰硕的果。实在没有什么可写的时候，我依然还有很多的事情要做，比如去看书啊！去看一些以前没有看过的书籍。看书的过程其实就是积攒智慧的过程。是的，智慧也如同钱财，它终有花光的时候，所以你必须要学会定期储蓄。

但再好的书也有看完的时候，尽管你是那么的舍不得，但它总会让你看完。就像那首诗所写的：诗当快意读易尽，客有可人期不来。

可纸质的书页虽然都有结尾，但生活的书却永远没有结尾。去闹市，去田野，去与大自然做亲密的接触，去快乐地参加社会活动……我觉得这些也都是一种阅读。并且有的时候，读这种无字的书，甚至会比读有字的书更有收益，更令人振奋。有字的书虽然里面也有空隙，也有留白，也会激发起你参与其中"再创作"的热情，但你的这种热情却总是显得很落寞，无人喝彩；可无字的书却不同了，读无字的书，你就不仅仅是读者了，你甚至也可以充当一把作者，并且你还总会听到一些真实的或虚假的喝彩声。如果你是真正的智者，你的一颦一笑，甚至还能改写一些主人公的命运呢。当然，遇到这种机会，你可一定要把握好自己哟，最起码的，你要做到把坏人变好，可千万不能把好人变坏呀！

啊！感谢上苍，感谢自己，因为我每天的日子总是这么精彩！

事故·故事

字谜：顺着念好听，倒着念要命。

谜底：事故，也可以是故事。

今天我要讲的，是事故，也是故事。

我是一名交警，在交通事故科当内勤。因为每天都接触大大小小的交通事故案件，所以无论对惨不忍睹的事故现场，还是对血肉模糊的事故受害者，感官上都显得有些麻木。

然而，那天我却震惊了，因为那起交通事故的死者是一个女孩，并且刚刚十三岁……

事故发生的经过很简单：那个女孩儿去家在路边的亲戚家送奶瓶，亲戚家的门开着，她显得很着急，就隔着门对屋里人说："我把奶瓶挂在门上了！"

亲戚说："进屋坐一会儿吧！"

女孩儿说："我着急……"边说边往路上跑，可话还没有说完，只听"砰"的一声响，女孩儿就被路过的一辆车轧了。

事故发生后的第二天，肇事者一方送来了五万元钱的抵押金，我收了，因为没有金柜，我就把钱存到了银行，好在银行离我们单位并不远，只一路之隔。

事故发生后的第四天，受害者家属来取钱了。听说是那个女孩儿的母亲，我的心里便一动，马上把同情的目光投向了她。案卷里母亲写的是农民，但她的穿着一点都不像农民，我看了看她的手，她的手也不粗糙，看来也没有做农民的活计。但她的脸色却是黑黑的，当然是黑黑的，谁家贪上了这事，脸色都会很阴郁的。

我想说几句同情的话，可话语迟钝的我一时又不知怎么开口，就说："我们去银行取钱吧！"便锁了抽屉引她往外走。

"还要去银行？"她表现出很不耐烦的神情。我理解她的焦躁，谁贪上了这事都得焦躁的。于是，便安慰地说："银行很近的，就在路对面。"

接着，两个人便一起走出交警大队，一起过公路，一起向银行走去。穿越公路时，我怕她因为心情不好被车碰着，特意慢慢地引着她走，一边走，一边想该怎么向她表达我的同情。我想告诉她："我女儿也十三岁！"我想安慰她："我非常理解她的悲伤，因为我们都是母亲。"我想劝解她："别太忧伤了，不是有那么一句话吗？活人想死人，等于傻子撵飞禽……"但转念想了想，觉得这些话说了都还不如不说，于是，一路上，我始终没有说出一句话。

很快就到了银行，当然，银行也不会因为对她的同情而缩短取款时间。那天人很多，我们足足等待了五分钟，在等待的过程中，她一直都显得很焦躁。幸好钱终于还是取出来了，银行工作人员把钱交给我，我就直接把钱交给了她，她便开始认真地数钱，这家银行的装修很好，不知为什么，窗子却留得很小，一缕阳光从那扇很小的窗子里射进来，正好射在了她查钱的侧影上。她的手抖抖的，她的神情很沮丧。我突然觉得她的侧影很像梵高的一幅画，当然，是那幅色调很阴郁的关于农民的画，每一笔都道出了那种难言的苦楚和凄凉。五万元，多么轻，又多么重啊！那是用她那年仅十三岁的女儿的命换来的，可这有限的五万元真的能够代替她女儿的生命吗？想到这些，我的心突然一酸，那种从母性的心泉里流出来的眼泪，一个劲地要往眼睛里涌，为了不勾起她的悲伤，我还是强行地把眼泪咽回去了。

终于查完了钱，她慢慢地抬起头来，用那双布满了血丝的眼睛看了我一眼。我知道她心里一定有千言万语要和人倾吐，此时，无论作为一名交警，还是作为一位母亲，我都非常乐意成为她的倾听者，也非常愿意帮她分担忧伤。所以，我一直热切地望着她，准备用心倾听

像树一样飞翔

她说的每一句话。

她的嘴唇抖了抖，终于说道："你们警察真肥啊！这五万元的利息就够你们吃的了。"

我愣在那里了，我以为自己的耳朵出了毛病……

许多人都把质疑的目光投向了我，我的脸"腾"地一下烧了起来，一直烧到了脖根儿里。可我只是冲她干涩地笑笑，我想申辩，可我张了张嘴，却什么话都没有说出来。

她把钱小心地装进兜里，轻蔑地看了我一眼，便有些愤愤地转身走出了银行，我默默地送她走出门去，一直望着她的身影向公路那边走去……

我的心像被什么东西裹住了似的，很难受，很难受，我终于明白我的心为什么这么难受了，我走回银行，请求工作人员说："请你帮我算算利息好吗？"

银行工作人员笑了，对我说："不用算了，五万元存两天的利息，最多也不超过三角钱。"看来，她也听到了那位母亲的话。

我马上跑出去，我想叫回那位母亲，我想当着很多人的面把三角钱甚至三元钱甚至三十元钱交给她，我想用这些钱挽回我的面子，这个面子对于我来说真的很重要，因为那是一位警察的尊严。

然而望穿了双眼，我却再没有看到她的身影，落入我眼中的，只有茫茫的车流，人流……

唉，这就是那起事故，当然也可以说是那个故事。

两个字，仅仅因为位置不同，结果就截然不同。

两辆车，也仅仅因为走法不同，后果也截然相反。

那么，两颗心呢？

心　坑

问："这个世界上，什么样的坑永远都填不满？"

答："心坑。"

外甥女嫁到了外地，我随其他十九位亲友共同去送亲。为了确保平安，我们决定不雇专车，而是共同乘坐一辆大客车去白城火车站坐火车。二十人的亲友团啊！那可叫浩浩荡荡，大家又都是亲朋好友，所以彼此见面，自然要笑语连连。

然而坐上车不久，大家就都笑不起来了。

去往火车站的大客车十分钟一趟，时间一到车就得离站，这是规矩，不管车上装多少人，到时间了你就必须得离站，不然下一趟大客车的司机不会饶了你。不久前我就坐过这么一趟车，车上仅仅拉了八个人，但时间到了，司机还是黑着脸把车开走了，虽然在离城的那段路上，那辆车的车速一直很慢、很慢，车前的大喇叭里也一直声嘶力竭地播放着事先录好的广告："白城，白城……"可这么撕心裂肺地狂喊了一路，依然没上来几个人，于是，那辆车只好就这么拉着几个人上路了，几乎每个人都占着两个座位，啊！那次旅行实在是太松快了。和那辆车相比，今天的这辆车应该算是很幸运了吧？车上不仅已经坐了很多的人，我们一下子就上来了二十人，呼啦啦地一上车，偌大的车厢就一下子变得小了，小到好几个亲友只能可怜巴巴地坐在过道的小凳子上。我想这回司机得偷着乐了吧。为了探究司机的心情，我特意透过密密麻麻的脑袋瓜儿，从后视镜里观察了一下司机的表情。哈，没想到人家的城府还很深，我发现那张脸依然绷得紧紧的，脸上一点表情都没有。

终于到了开车的时间，大客车便驶离了车站，可令我们没想到的是，车上已经坐得满满的了，可车前的大喇叭却又撕心裂肺地喊起来了："白城，白城……"不仅大喇叭在喊，连站在车门边的售票员也喊："白城的，白城的走了，有座，有座……"我回头看了看，车上真的已经装得太满了，连过道上都蹲坐了我的亲友，还哪来的座位呢？可大喇叭和售票员依然比赛似地喊。

也许那天真的是这辆车的幸运日吧。他们的喊声很快就收到了可喜的效果，几乎每过一个路口，就会有三两个人挤上车来，售票员还真没有说谎，对于所有上来的人，他都变戏法似的从座位底下拿出折叠的小凳子来，一转眼，那过道上就都塞得满满的了。

车还在市区里慢慢地行驶着，因为里面挤满了人，所以那空气就越来越觉得稀薄了。再往前走，又是一个路口，我知道这是出城的最后一个路口了，便盼着这辆车快一些驶过路口，等过了这个路口，这辆车才算真正地行驶了。然而令人没想到的是：到了路口后，这辆车又停下来了，一开始我还以为他们在等红灯，可绿灯亮了那车依然不走，车前的喇叭依然撕心裂肺地呼喊着："白城，白城……"异常敬业的售票员已经被挤到车门边缘了，可即使如此，他依然把期望的目光投放到路面上，一边向四处搜寻着，一边更加高声地喊："白城的，白城的马上走了……"

我实在忍不住了，张口就说："这车到底什么时候走啊！我们要赶火车的！"

售票员闻声立即回过头来，瞪圆了他那过大的眼睛，那黑黑的脸子，那凶凶的目光，让我的心不由得猛地一紧，冷汗也随即暗暗地涌出了。我虽然有些胆寒，可转念一想自己是交警，这世上哪有交警怕司机的？想到这里，便仗着胆子又加了一句："你们到底想超载多少啊？怎么就不知足呢？就不怕有人举报你们吗？"还没等我的话说完，那司机又紧急地转过身来，凶凶的目光里已经喷出了火焰，瞧那架势好像要越过人群向我扑过来似的。爱人怕我惹事，马上责备起我

心
坑

来："行了，行了，少说一句吧！"姐姐说得更下贱："那个同志，你别听我妹妹的，她不会举报你的……"听姐姐如此说，售票员才悻悻地转过身去，但紧接着他又冲着外面喊上了，这次喊的声音更大，似乎要把他心里所有的气愤都发泄到喊声里："白城，白城，白城的……"

唉！那一段路程啊！

回来的路上，我们在另一座小城里，又挤上了另一种类型的大客车。虽然大客车的类型不一样，司机的长相不一样，过道上的小凳子也不一样，但我们的遭遇却是相同的，那就是那辆车始终都在拖着时间，一直都在招呼着乘客，那种架势就像一种无声的宣言："不坚持到最后的一秒钟，我们绝不罢休！"因为深深地读懂了他们的心，所以面对越来越挤的车厢，我始终都在坚毅地闭着嘴，不仅不好听的话没敢说一句，连屁都没敢放一个。

是啊！无论再上来多少人，这辆车永远都不会被填满的，这就像人们心里的坑，心坑怎么能填得满呢？

华佗无奈小虫何

原先只是听说过闹蝗灾，却从没有感受过蝗灾的喧闹。可现在，我几乎天天都要和蝗虫打交道，每天只要一出门，无论是走在大街上，还是穿行于小巷里，总会有那么一些烦人的蝗虫在你身边漫天飞舞。

我所说的蝗虫，就是指一些不按规定行驶的车辆。

之所以不喜欢去大城市生活，就是源于那里的车多人多。因为再好吃的东西，如果前来叮咬的苍蝇多了，那种东西也就不再是美味了。可到底从什么时候开始的？这小城里的汽车也这么多了？原来这种多只体现在路上，躲开了路也就躲开了车。可现在呢，无论大街小巷，哪怕是人行路，只要有空隙的地方，总会有那么几辆车游鱼一般钻进来。小城市的司机又都具有小城市人的机灵，个个都善于打游击战，每个司机都有一套躲避交警的绝妙招数，所以，只要是没有交警的地方，那一辆辆的车就眼瞅着蜕变成了蝗虫。

因为遭遇蝗虫久了，我也逐渐摸清了一些蝗虫的规律。那些总能循规蹈矩在路上行驶的，说人家是蝗虫的确冤枉了人家，这些按章行驶的汽车，大都是靠驾驶车辆而维持生计的，比如出租车、拉货车以及某些行业的车辆。敢于在大街小巷钻空子逞威风的才是正牌的蝗虫，而且还是超级别的蝗虫。

由于这些车辆不管你愿意与否，总会无理地贴到你的脸面子上来，我才有幸近距离观察到了一些驾车者的嘴脸。我发现这些驾车者绝大多数都是年轻人，有的熟悉，有的陌生，有的漂亮，有的猥琐但无论熟悉的，陌生的，好看的，丑陋的，一张张脸上都带着不可一世的神态，仿佛这些小路就是他们家的庭院。他们所开的车都是由他们的祖辈们紧衣缩食地帮他们购买的，而且证件上也都标注了他们的大名。

我这样说话也许会伤了一些人的自尊心，但我相信绝大多数的年轻人都会哑口无言。不信咱就做个市场调查，测一测这些人所驾驶的车辆，到底是从哪里来的？我相信绝大多数人的车辆，都不是靠他们自己的劳动所得购买的，年轻的男子所开的车，大多来自于父母或岳父岳母，而年轻女子驾驶的车辆，那来源就一定很有意思了，有的也许可以写成一部非常精彩的小说呢。

其实要说行路的优越，谁都比不上交警，并且不瞒大家，我本人也是一名交警，然而我这个交警当得可实在是太窝囊了，蝗虫们总是视我为无物。你说连交警都看着头疼的车辆，不是蝗虫又会是什么？

唉！这真是"绿水青山枉自多，华佗无奈小虫何……"

小说背后的小说

2014年5月，《啄木鸟》杂志刊载了我的新小说《血色青春》，在未收到样书之前，鲁迅文学院的同学先把《啄木鸟》的封面、目录及小说的首页给我传了过来，让我一睹为快。在图片里当然看不清小说的内容，但仅仅看了一眼《血色青春》那唯美的插图，泪水就润湿了我的眼眶。是啊！这部仅仅二十七万字的新小说，竟然牵扯了三条人命呢！

按计划，这部新小说应该叫《鬼迷心窍》，因为它是继长篇小说《心中有鬼》和《鬼使神差》之后的第三部公安题材的小说，正好凑成了"三鬼"。那天姐姐说："你的小说咋总是鬼呀神的？不知道的，还以为描写的都是鬼七王八的东西，一听名字就瘆人。"因了这个前提，当《啄木鸟》杂志社建议我把小说改名为《血色青春》时，我便欣然应允了。

人生最大的起落，无外乎生与死，再惊心动魄的故事，再跌宕起伏的情节，也超不出生命的界限。"人的地狱都是自设的。"这是小说的题记，也是那三条逝去的生命给我的顿悟。小说涉及的第一条人命，是一个陌生的年轻人。他在二十岁那年，被十八岁的彪哥一刀断送了性命，彪哥也因此身陷囹圄十五年，入狱时青春年少，出狱后已鬓发斑白。我不认识那个年轻人，但我熟知彪哥。彪哥出狱后，靠坚强的意志、聪慧的头脑，摇身一变成了我们这座小城知名的企业家，腰缠万贯，成了远近闻名的致富典型。彪哥不仅事业有成，还擅长吟诗作赋，他写的新歌《缘》，在朋友圈里堪称金曲，朋友聚会时不仅要唱，连手机彩铃也都竞相下载。每次酒后，彪哥都会给大家讲几个他在监狱服刑时，那富有传奇色彩的小段子，这些小段子渐渐地融入了我的新小说的情节中，彪哥也因此成了《血色青春》男主人公——陶子默的原型。

但真正勾起我创作灵感的，却不是彪哥，而是"兜兜齿儿"姐夫。兜姐夫是我爱人所在单位的一个门卫，平时总喜欢开玩笑，那"地包天"（下牙包上牙）的嘴便一整天一整天地咧着，啥时候见了都嘻嘻哈哈地笑。兜姐夫和爱人的关系很复杂：既是上下级关系，还兼酒友和"男蜜"。丈夫在单位，一整天一整天地和兜姐夫在一起混，可兜姐夫依然不解渴儿，晚上下班回家，兜姐夫还总给爱人打电话，蜜得让谁听了都觉得不正常。后来，爱人只要接他的电话，开口便一定是句骂人话："你这个老犊子，又啥事？"电话那边便马上嘻嘻地笑了，接下来无论是正经话，还是玩笑话，到了兜姐夫的嘴里就都是笑话了。

最后一次见兜姐夫，是我去北戴河休假之前，这次休假，每个作家都可以带家属，可爱人借口单位忙，说啥都不肯陪我去。为了促使他去，我使了个计策，直接就去爱人单位给他告了假。我也就是在替爱人告假的那天，最后一次遇见兜姐夫的，记得他当时就斜坐在门卫室门前的小凳子上，笑嘻嘻地看着我。接下来我们夫妻二人就快乐南下了。等我们休假回来，一个惊人的消息就传来了：兜姐夫不知因为什么，竟然把自己吊死在了门卫小屋的大门上了。

那么快乐、那么智慧的兜姐夫，怎么就把自己吊死了呢？我百思不得其解。苦苦思索没有答案，当然闷得要爆炸，无法解脱之时，只能借电脑屏幕胡言乱语……没想到那胡话越写越多，越写越离谱，渐渐地，兜姐夫摇身一变，成了我新小说的二号女主人公曲诗涵的原型。

小说里讲述的"黄鼠狼夜闯女老师宿舍""狐狸精下神儿谈古论今"等离奇故事，却是德哥讲给我听的。

我曾经写过一篇散文《温暖的刀》，写的就是德哥两口子。之所以要把他们夫妻比做温暖的刀，就是因为他们那害人的迷信。他们也太迷信了吧！几乎达到了三句话不离黄狐二仙的地步。平时我非常喜欢在爱人单位散步，明月高悬之时，甚至还会在那里站一会大成拳养生桩！我爱人单位景色宜人，既有清风明月，又有花香鸟语，更有小桥流水，简直就是神仙的瑶池。可一天晚上，德哥德嫂却偏偏跑来告诉我：那棵老榆树下夜夜闹鬼："我亲眼看到的，一个穿白袍子的鬼，就在老榆树下面飘！"德嫂就那么红口白牙地对我说，说得我一惊一乍的，从此再到老榆树下站桩，那头发就根根直立……最可气的是一次请我们吃饭，本来热乎乎的火锅，充满亲情的氛围很令人感动，偏偏吃着吃着，德嫂就下神儿了，摇身一变成了狐仙，说我某月某日之前会有血光之灾，说得人激不得恼不得的。如果说某月某日有血光之灾，还让人能够忍受，可他们却把跨度拉长到四个多月，这就意味着这四个多月别想有好日子过了。幸好我会换个角度想问题，最终把德哥德嫂对我的刺激，看成是上苍的恩赐。他们这是在给我提供写作素材呢！我只好这么想。

爱人见我这么想，就经常怂恿德哥给我讲故事。一次，为了让德哥给我讲故事，爱人还特意把德哥请到了兜姐夫的门卫室，让兜姐夫好茶好烟侍候着。那天晚上，德哥给我讲了很多他在农村插队时遇到的离奇事，比如路遇黄鼠狼，夜逢鬼打墙等，当时自始至终听完德哥故事的，只有我和兜姐夫两个人。至今回想起那个静谧的夜晚，那个门卫小屋，我还有一种隔世之感。德哥讲故事确实是高手，讲到精彩的时候，连兜姐夫的脸色都给吓白了，他面带惊悚地瞪着我说："你真的一点都不害怕？"

我说："怕啥呀？没觉得害怕呀？"

"你可真胆大！"记得当时，兜姐夫还这样夸了我一句。

如今，憨厚的德哥也驾鹤西去了，但他讲故事的声音至今依然萦绕在耳畔。

这部小说除了涉及了三条人命，还掺杂着一个奇怪的梦。

小说在创作初期，进行得异常顺畅。可就在创作进行到三分之二的时候，我接到了一家出版社的电话，他们决定出版我的长篇小说

《古镜》，但前提是小说必须由四十万字，压缩到三十万字。因了这个原因，我只好把手头的创作中断，专心修改起《古镜》来。两个多月后，当我终于有时间再写《血色青春》时，却一个字都写不出来了。写不进去小说的日子，连天空都是灰色的，那些日子，我整天浑浑噩噩的，行尸走肉一般，无论做什么都觉得是在浪费生命。一天夜里，我突然梦到了一种奇怪的声音，是的，那个梦既没有情节，也没有景象，仅仅就是一种奇怪的声音。那个怪异而苍老的声音对我说："你想不想写完你的小说啊？你要是想，就去大庙找你的同学李广忠吧！"我被我自己的梦惊住了：梦见大庙不奇怪，大庙是成吉思汗庙的简称，就坐落在离我们二百多公里的乌兰浩特市。梦见李广忠就奇怪了，他是我三十年前的初中同学，并且三十多年来，我们从来都没有联系过。我把梦讲给爱人听，爱人便说："反正现在你也没有什么事儿，不如我们就去大庙逛逛，万一真的遇见了你的同学李广忠呢？"我想，既然梦里有征兆，我们不如变被动为主动，联系一下李广忠看看。几个电话打出去，没想到真的联系上了李广忠，经过交谈才知道，他现在也是一名警察，工作单位就在内蒙古科尔沁草原，离成吉思汗庙仅仅一百公里的路程。这的确是太令人振奋的消息了！很快，神奇的梦话就变成了美丽的现实。那也是一个春光乍泄的五月，那天，那个融蒙、汉、藏三个民族的建筑风格于一体的成吉思汗庙，显得异常的神奇静谧，偌大的庙堂里几乎空无一人，仿佛那扇古老的庙门就是为我和李广忠开启的。那天，我们不仅一起逛了庙，还在大庙附近的一家小餐馆喝了很多酒……啊！现在回忆起那一天的境遇，依然觉得就像梦一样美。从大庙归来的路上，我的灵感就来了，回到家后便一气呵成，直到《血色青春》瓜熟蒂落。

　　李广忠告诉我，内蒙古科尔沁大草原最美的景色是十月的五角枫，他还热情地邀请我去参加五角枫旅游文化节，可一晃一年就过去了，这个美丽的心愿，我至今还未能实现。